FilmCraft

U0006269

Screenwriting
編劇之路

**世界級金獎編劇告訴你
好劇本是怎麼煉成的**

《生命之詩》 20

FilmCraft

Screenwriting
編劇之路

世界級金獎編劇告訴你
好劇本是怎麼煉成的

提姆・葛爾森 Tim Grierson／著
黃政淵／譯

 漫遊者文化

編劇之路
世界級金獎編劇告訴你好劇本是怎麼煉成的
FilmCraft: Screenwriting

作　　　者	提姆‧葛爾森（Tim Grierson）
譯　　　者	黃政淵
封面設計	Javick工作室
內頁排版	高巧怡
行銷企劃	林芳如
行銷統籌	駱漢琦
業務發行	邱紹溢
業務統籌	郭其彬
系列主編	林淑雅
副總編輯	何維民
總　編　輯	李亞南
發　行　人	蘇拾平
出　　　版	漫遊者文化事業股份有限公司
地　　　址	台北市松山區復興北路331號4樓
電　　　話	（02）2715 2022
傳　　　真	（02）2715 2021
讀者服務信箱	service@azothbooks.com
漫遊者部落格	http://blog.roodo.com/azothbooks
發行或營運統籌	大雁文化事業股份有限公司
地　　　址	台北市105松山區復興北路333號11樓之4
劃撥帳號	50022001
戶　　　名	漫遊者文化事業股份有限公司

初版一刷　　2014 年 12月
初版六刷第一次 2019年10月
定　　價　台幣499元
I S B N　978-986-5671-18-1
版權所有‧翻印必究（Printed in Taiwan）
本書如有缺頁、破損、裝訂錯誤，請寄回本公司更換。

FilmCraft: Screenwriting
by Tim Grierson
Copyright © The ILEX Press 2013
Complex Chinese Translation copyright 2014 © by Azoth Books
Co., Ltd.
This translation of FilmCraft: Screenwriting originally published
in English in 2013 is published by arrangement with THE ILEX
PRESS Limited.
本書英文版於2013年由THE ILEX PRESS Limited出版。
ALL RIGHTS RESERVED.

國家圖書館出版品預行編目(CIP)資料
編劇之路 : 世界級金獎編劇告訴你好劇本是怎麼煉成的 / 提姆.葛爾森(Tim
Grierson)著; 黃政淵譯. -- 初版. -- 臺北市 : 漫遊者文化出版 : 大雁文化發行,
2014.12　192面 ; 23×22.5公分　譯自 : FilmCraft : screenwriting
ISBN 978-986-5671-18-1(平裝)
1.電影劇本　812.3　　　103021599

《為愛朗讀》，2008

《銀翼殺手》，1982

目次

前言

在所有與電影製作相關的技藝中，編劇可能是最特殊、同時也是誤解最多的一環。

編劇是負責形塑電影最後成品之藝術視野的第一人，其靈感為後來加入團隊貢獻才華的諸多藝術家與技術人員，提供指引的明燈。但是當你想到好萊塢，會覺得編劇工作的替代率很高——劇本經常輾轉由好幾個編劇接手，當中有些人的名字從未能登上大銀幕的演職員表——再加上大眾的錯誤認知（「編劇就是寫演員台詞的，對吧？」），以及人云亦云的想當然耳（「什麼人都能當編劇」），由此我們不難明白為什麼電影編劇的形象會出問題。

幾乎每個參與電影的創意人都被認為是該領域的專家，例如演員、作曲家、造型設計師、攝影師，但很遺憾的，編劇常被當成一文不值的角色。在電影製作過程中，他們的職務最常被開除或取代。儘管電影的藍圖由編劇提供，他們卻不被視為電影的「作者」——這個榮譽落在導演頭上。

這就是電影編劇面對的嚴苛現實，但你總能輕鬆找到幾十本實用的教學書，教你如何用高概念[1]的提案劇本[2]打進電影產業。這個現象可以有很多解釋，例如想當編劇的人看到電影公司推出的平庸電影，覺得如果是自己來寫，可以寫得更好。但另一個理由是，許多人仍然認為電影是最偉大、最普世的藝術形式，他們渴望跟電影的廣大觀眾分享自己的故事。對資深的專業編劇而言，他們的心境也是一樣的：儘管打造好電影的道路上布滿了阻礙，他們仍熱切企盼著向全世界展現部分的自我。

迎向這個挑戰並且贏得成功的人，正是本書禮讚的對象。這裡收錄的十五位編劇都是一時之選，但我希望各位在閱讀本書後，可以看清楚他們所寫的電影類型不盡相同。從好萊塢賣座鉅片、美國獨立製片到國際影壇，這些編劇打造了過去五十年來一些最令世人難以忘懷的電影記憶，而大多數觀眾都不認得他們的名字，更別提對他們有任何了解。透過本書，希望能讓這些創作者廣為大眾認識——這是他們應得的。

本書採用一種平易近人的書寫格式：每個章節專寫一名劇作家，讓他們直接對讀者暢談自己的成長、創作哲學與職業生涯，同時盡力降低作者在訪問中的存在感，以便令受訪者的特質躍乎紙上。如果你想學習怎麼組織緊湊的三幕劇結構劇本，好幫自己賺進大把鈔票，本書將會令你失望。但如果你在尋找啟發，希望深入了解編劇人生，則或許會覺得本書不可或缺。而即使你對寫作沒有興趣，只是單純好奇電影如何從劇本走向大銀幕，本書也可以滿足你這分心情。

此外，本書反對以好萊塢來代表整個電影產業，或甚至僅由英語發音的作品來代表。正因為如此，我對本書受訪對象來自世界各地這一點格外自豪：當中包括了來自南韓、法國、墨西哥與丹麥的編劇，而且每位受訪者都對二十一世紀初葉的世界電影，提出了自己的詮釋。在美國的片廠體系，儘管電影可能是由劇本起頭，但製片與高階主管的決定可以很快就稀釋劇本的品質，而且商業考量經常凌駕藝術上的表現。訪談過全球各地的編劇後，我發現：與其他地區相較，商業考量在好萊塢的影響力之大，實在很驚人——或許也令人難堪。無怪乎當我們想看一部真正具有詩意、動人心弦的電影作品時，從好萊塢以外的電影來挑選，得到滿足的機率較高。

但本書也不認可「好萊塢都出產不入流作品」這種陳腐觀念。《編劇之路》中最精采的幾篇訪談，出自那些在大片廠籌備的案子中奮戰的編劇；看他們如何面對工作，是很發人深省的經驗。

馬克‧邦貝克寫過《終極警探 4.0》（*Live Free or Die Hard*, 2007）與《煞不住》（*Unstoppable*, 2010），受訪時談到自己早期如何執著於想寫好萊塢大片：「片廠電影的製作過程充滿各式各樣的障礙；面對它們，

1 high-concept：指故事的核心可以用一、兩句話歸納説明。

2 spec script：尚未確定被製作，僅做為提案之用或待價而沽的劇本。

從中創造出有點價值的東西——有一部分的我深受這個挑戰吸引。」

約翰‧奧古斯特是《大智若魚》（Big Fish, 2003）與《狗男女》（Go, 1999）的編劇，對他來說，要在好萊塢的環境下生存，必須明白一件事：當自己熱愛的案子失去動能、掉進業界所謂「劇本發展地獄」時（在這個憂傷的煉獄，劇本幾乎沒希望進入攝製），心碎不可避免。但據他所言，這一行還是有光明面存在：「……從好的一面來看，編劇跟電影產業的許多其他工作不同——你隨時可以拿起筆來寫新的東西。」再不然，這兩位與其他編劇對片廠電影製作過程的看法，至少能提高你對他們才華、堅持與耐力的敬意——這些是所有優秀好萊塢編劇都具備的特質。

要創作出絕佳的劇本，需要無盡的努力。這一點也在這些訪談中顯現出來。劇本之美，就在它持續演化的過程。在一呎底片都還沒拍攝之前，劇本早已經歷過許多次改寫，諸如放棄故事副線、發展出配角群，以及強化主題並深入探討。

「劇本永遠都是電影的夢。」尚－克勞德‧卡黑耶這麼說。他是《中產階級拘謹的魅力》（Discreet Charm of the Bourgeoisie, 1972）與《青樓怨婦》（Belle de Jour, 1967）的共同編劇。更進一步來看「持續演化」這一點，有經驗的編劇會認知到，他們的職業是永遠無法徹底「精通」的。儘管卡黑耶現在已經八十多歲，卻認為自己還有成長的空間。「電影語言，是由全世界的偉大電影工作者發展出來的。」他說。「他們已經精鍊它，有時候也顛覆它，而我們的主要任務不光是去了解自己要使用的電影語言，可能的話，也應該嘗試使它變得更好。」他的話令人謙卑，但也令人充滿力量。

本書的其他編劇也呼應他的看法，盛讚同行對編劇藝術的貢獻。為了表彰其功績，我加入了五篇〈傳奇大師〉側寫，從班‧赫克特、伍迪‧艾倫到英格瑪‧伯格曼，以頌揚這些傳奇編劇極具

影響力的成就。

儘管在電影圈裡，編劇經常自覺有如次等公民，聽到受訪對象談及編劇與導演間有時很微妙的合作關係，依舊令人興味十足。吉勒莫‧亞瑞格曾經與導演阿利安卓‧崗札雷‧伊納利圖（Alejandro González Iñárritu）合作打造《愛情是狗娘》（Amores Perros, 2000）、《靈魂的重量》（21 Grams, 2003）與《火線交錯》（Babel, 2006），他對編、導之間關係的看法最引人深思。堅決反對作者論[3]的他，深信每個電影製作相關人士都會影響作品最後的成敗。

如果編劇覺得被人占了便宜，亞瑞格的建議如下：「我發現有很多方法可以用來保護自己的作品。」他說。「一切都是可以商議的。你可以在合約裡注明，『不許任何人改動劇本一字一句。』——然後它就白紙黑字在那裡了。打從一開始我就學到一件事：你賣什麼，人家買什麼……我從十五歲起就是這種態度：『這是我的作品，給我放尊重——做不到的話，大家拉倒。』」剛出道的編劇可能會覺得自己沒辦法像他這麼強勢，但我認為讀者在看完他那一章後可以理解，他從很年輕時就有這樣的自我肯定，也因此成為當代最突出、最不輕易妥協的編劇之一。

這些受訪對象中有不少人繞了一點遠路才走進這一行，這一點或許可以鼓勵那些也想當編劇的讀者。他們有人曾經是電影剪接師，有人曾經夢想當運動員，還有人在毫無藝術氣息的家庭成長。但這些編劇有一個共通點：在很年輕時就深受大銀幕的不可思議所吸引。即便他們現在有些人偶爾在其他領域工作，例如小說界或劇場界，但劇本寫作仍是他們的生活重心。另外，有幾位身兼導演角色的編劇，也談到電影製作的不同層面之間是如何相通而非相衝突。我覺得這部分也相當值得一讀。

除此之外，許多受訪者願意誠實公開討論某些不成功的案例，也令我印象深刻。例如以《時時刻

3　auteur theory：一九六〇年代法國電影人揭櫫的理論，主張電影的作者應該是導演。

刻》（*The Hours*, 2002）與《為愛朗讀》（*The Reader*, 2008）劇本成而獲獎連連的大衛・黑爾，在為強納森・法蘭岑（Jonathan Franzen）的傑出小說《修正》（*The Corrections*）進行電影改編工作時，因為製片群後來決定改變路線，他下的許多苦心都被丟到一邊，讓他非常失望。他對我透露：「當全部的心血付諸東流，一部分的我也死去了。」

如果所有電影都因信念而成就，那麼編劇就是第一個全心信仰的人之一。他們勇敢奉獻龐大的創作能量與時間，投入一個可能永不見天日的作品，或是更糟——投入一部最後成就平庸的電影。蘿賓・史威考的文學改編作品包括《新小婦人》（*Little Women*, 1994）、《藝妓回憶錄》（*Memoirs of a Geisha*, 2005），在訪談中討論到那種挫折感：「我真希望觀眾看《超異能快感》（*Practical Magic*, 1998）時，可以體會到我在寫改編劇本時的美好經驗。」當被問到她對如何處理這種挫敗感有什麼建議時，她答道：「不要去想那些讓你傷心的事，繼續往前走就對了。」

除了這些挫敗的故事與領悟，本書也有在天時地利人和下創造出金獎電影的故事。奧斯卡最佳外語片《更好的世界》（*In a Better World*, 2010）編劇安德斯・湯瑪士・詹森，分享了電影幕後的靈感來源。比利・雷也討論了他在寫《欲蓋彌彰》（*Shattered Glass*, 2003）時如何獲得突破，成功將史蒂芬・葛拉斯（Stephen Glass）這位備受指責的記者的故事，寫成令人動容的電影。

此外，本書也論及創作方法，包括有編劇鼓吹去鳥不生蛋的偏僻地方寫初稿，也有人談到絞盡腦汁的撞牆期最後仍催生了好點子或寫法。最起碼，《編劇之路》能讓你不再誤以為編劇只是在象牙塔裡坐等繆思女神帶來靈感。事實上，更常見的情況是，編劇就只是一直寫、寫、寫：一邊寫，一邊希望並祈禱會出現什麼好東西。

幸好我不用等太久，我的受訪對象就能說出一些好東西。在此我要誠摯感謝他們所有人，謝謝他們挪出時間，也謝謝他們願意與我分享其創作生命與私生活。在我想透過他們說的話令他們躍然紙上的時候，它們幻化為我們交談時的真實立體人物。有些時候，他們為了撥出時間給我，必須想辦法在家庭與其他責任之間擠出空檔。

就算沒在寫作時，編劇也還是在思考寫作。所以，有機會「竊聽」他們的世界，讓我非常開心，這份感謝也會長存在我心中。同樣的，我也要感謝這些編劇的經紀人、製片與公關，協助我完成這些訪問。另一群特別要感謝的人，是這些編劇的助理；他們不眠不休、耐性十足，扮演很關鍵的角色。如果沒有你們，這本書不可能寫就。謝謝你們的善心與勤奮。

本書隸屬於〈FilmCraft〉書系。它是麥克・古瑞吉（Mike Goodridge）專業用心策畫的成果。從二〇〇五年他在《國際銀幕》（*Screen International*）雜誌擔任我的編輯以來，我開始有此榮幸與他共事。他從不吝於幫我加油打氣，並私下予我一針見血的建言。感謝他將此書系的編劇部分託付給我。我也要感謝塔拉・蓋拉格（Tara Gallagher）與 Ilex Photo 的其他好同事出版了這些深具美感的好書。

如果不是我父母慷慨的鼓勵，我不可能走到這裡。跟本書中的幾位受訪者一樣，我的家族從未出過任何藝術家，但我的父母自始至終支持我的夢想，結果我走上這條並非一路平順的路，但仍覺得非常值得。我的姊妹麗莎與她們一家人也常在我心上，雖然我跟他們用 Skype 交談的時間實在不多。

最後我要感謝我的太太蘇珊，她也是個夢想家。人生永不止息在改變，但是妳，我的天使，永遠都在我的身邊。

提姆・葛爾森

《大鼻子情聖》，1990

霍杉・阿米尼 Hossein Amini

"商業的東西不吸引我。我不怎麼喜歡圓滿結局。我喜歡曖昧朦朧、有內在矛盾與脆弱之處的角色——我喜歡讓我的主角狀況不太妙。"

《落日車神》，2011

出生於伊朗，目前住在倫敦。霍杉 · 阿米尼在牛津大學主導拍攝幾部短片後，本以為自己想當編劇兼導演，但等他開始接案寫劇本維生，他發現自己喜歡專注在編劇工作上。他的編劇職涯始於電視電影《光之消逝》（The Dying of the Light, 1992）、《深層的祕密》（Deep Secrets, 1996），但當時阿米尼已經很清楚自己的興趣在劇情長片。

一九九〇年代中期，他在英國影藝學院電影獎頒獎典禮上遇到導演麥可 · 溫特波頓（Michael Winterbottom），由此開啟了他們合作《絕戀》（Jude, 1996）這部電影的契機。它改編自湯瑪斯 · 哈代（Thomas Hardy）的小說《無名的裘德》（Jude the Obscure），由克里斯托弗 · 埃克萊斯頓（Christopher Eccleston）與凱特 · 溫絲蕾（Kate Winslet）主演。他的下一部作品是改編自亨利 · 詹姆斯（Henry James）小說的《慾望之翼》（The Wings of the Dove, 1997），獲四項奧斯卡獎提名，包括最佳改編劇本獎。阿米尼旋即與米拉麥克斯影業（Miramax Films）簽下獨家合作合約，為該獨立製片公司多項電影計畫撰寫劇本，例如《紐約黑幫》（Gangs of New York, 2002／未獲掛編劇頭銜[4]）與《關鍵時刻》（The Four Feathers, 2002）。

在與米拉麥克斯的合約結束後，環球影業（Universal Pictures）跟他接觸，希望由他來改編犯罪小說作家詹姆斯 · 薩里斯（James Sallis）的作品，主角是一名開車載罪犯脫逃的謎樣車手。這個案子就是《落日車神》（Drive, 2011），後來取得獨立資金，並由丹麥導演尼可拉 · 溫丁 · 黑芬（Nicolas Winding Refn）執導，在坎城影展競賽項目中大獲好評。

儘管阿米尼主要撰寫獨立與藝術電影劇本，最近也參與了一些大片廠的案子，包括《公主與狩獵者》（Snow White and the Huntsman, 2012）與《浪人 47》（47 Ronin, 2013）。受訪期間他正在執導派翠西亞 · 海史密斯（Patricia Highsmith）的小說改編電影《一月的兩種面貌》（The Two Faces of January），主演是維果 · 莫天森（Viggo Mortensen）與克絲汀 · 鄧斯特（Kirsten Dunst）。

4 編劇頭銜是由製片提交美國編劇公會（Writers Guild of America）後制定。如果參與工作的任何編劇對頭銜配置有異議，得提請公會仲裁。

霍杉‧阿米尼 Hossein Amini

許多編劇在還年輕時就放棄這條路,是因為沒得到鼓勵。我很幸運,我的父母在我畢業後仍支持了我好幾年,直到我終於拿到案子為止。伊朗大部分的父母都希望他們的孩子當律師、醫生、建築師或工程師,最不希望看到小孩從事的工作就是拍電影,因為根本賺不到錢。幸運的是,我的父母非常支持我。要是沒有他們,我根本不能當編劇。許多有才華的編劇消失了,因為大家撐不下去。我剛開始一起寫作的朋友,最後都找了正常的工作,例如房地產仲介等,而他們當年寫得跟我一樣好,甚至可能更好。我真的很幸運,可以堅持得比他們久。

我在伊朗長大,最早沉迷的是李小龍的電影。我爸也算影癡,所以我家有一面小投影幕,在我過生日時就看一部李小龍電影。當時在伊朗有很多

戶外電影院——不是美國那種戶外汽車電影院,而是由於天氣通常很熱,各種社團那類的單位會在戶外播放電影。

我十一歲時移民,就在伊朗革命之後,對電影更感興趣了。當時我父母已經分居,我去巴黎跟我爸住。他不知道怎麼跟我和我兄弟相處,於是帶我們去看電影——沿著香榭麗舍大道一家一家去看兩點、四點、六點的場次。我一開始迷上的是好萊塢動作片,但後來我去牛津大學念書,那裡有兩家很棒的戲院在播放老電影,有時我會一天偷溜去看個兩部。他們會辦「費里尼週」或「塔可夫斯基週」,而且都是用大銀幕放映。至於巴黎,我記得在那裡看過《死吻》(Kiss Me Deadly, 1955)。我得說,在大銀幕上看黑白的「黑色電影」(film noir),真是震懾人心的經驗⋯⋯就是這一

《絕戀》JUDE, 1996

(圖 1 至 3)雖然霍杉‧阿米尼熱愛湯瑪斯‧哈代的小說《無名的裘德》,但他知道他必須刪減故事篇幅。

「如果我們真的忠於原著,」他說。「電影至少會有四或五小時長。」《絕戀》是阿米尼的第一部改編劇本,因此他必須找出處理這部原著的技巧。「就改編的方法來說,我的做法一直持續到現在都沒變。我會熟讀原著,然後把書裡每個場景拆解出來——每一個具體的場景。然後我把這些場景都寫在索引卡上(圖 2),再添加我覺得需要補上的場景(圖 3)。《絕戀》算是滿簡單的,因為哈代寫了很多場景,你就把那些拖太長的場景拿掉,然後思考怎麼讓電影順暢走下去就好。」

當被問到他在電影完成後是否曾經重讀原著、看看電影與原著有哪些差異,阿米尼回答:「我想我從沒重讀原著去作比較。我的意思是,我寫劇本時,已經把原著讀得爛熟——在寫出前兩版劇本的時候,我已經看過原著三、四遍,有時候甚至讀過五遍,根本可以說是跟原著一起生活,連搭公車或地鐵時都在讀。等電影一完成,我就不回頭看原著了。」

01

“我熟讀原著，然後把書裡每一個場景都拆解出來——每一個具體的場景。然後我把這些場景都寫在索引卡上，再添加我覺得需要補上的場景。”

切，讓我愛上電影，到現在仍深陷其中。

我不是看英國電視長大的，而是歐洲和美國電影，但是在倫敦，英國電視才是王道。所以在我開始寫電視電影時，問題出現了：我總是用大銀幕的方式在思考。我寫過一個劇情式紀錄片（docu-drama）：**《光之消逝》**。這是關於一個人道救援工作者在非洲的故事。它的對白很少，背景宏大。我用電影的方式來編排劇本，沒考慮到這是電視規格的預算——當時我想的是大衛・連[5]（David Lean），嘗試寫他那種大格局作品。

在電視圈工作時，我遇到麥可・溫特波頓，他提到想拍湯瑪斯・哈代小說《無名的裘德》電影版，問我：「你會對這個有興趣嗎？你知道這本書嗎？」我騙他說我知道。當時我還沒讀過這本書，趕緊找來看——幸好，是我喜歡的那種書，但老實說，只要是電影的東西我都願意寫。在電視圈工作固然令人興奮，但是有機會進電影圈就像做夢一樣。

關於改編的方向，麥可說得很籠統：他想把焦點放在這個故事與當代有關的面向上。但就我改編**《絕戀》**的經驗來說——我想，對所有改編劇本都一樣：你必須跟原著談戀愛。你要感覺自己是第一個讀完這本書的人，而這是你想說給你朋友聽的方式。此外，我經常一開始就愛上當中的某個角色。

以**《絕戀》**來說，我愛上的顯然就是裘德這個角色。我深受「人生可以如何擊垮一個人」這個主題所吸引，之後也一直對它很感興趣。儘管出發點很高尚，人生卻不知怎的將這個初衷扭轉為他們意想不到的面目。這種人讓我著迷。好萊塢版

5 英國導演（1908-1991），以**《阿拉伯的勞倫斯》**、**《桂河大橋》**等史詩鉅片聞名於世。

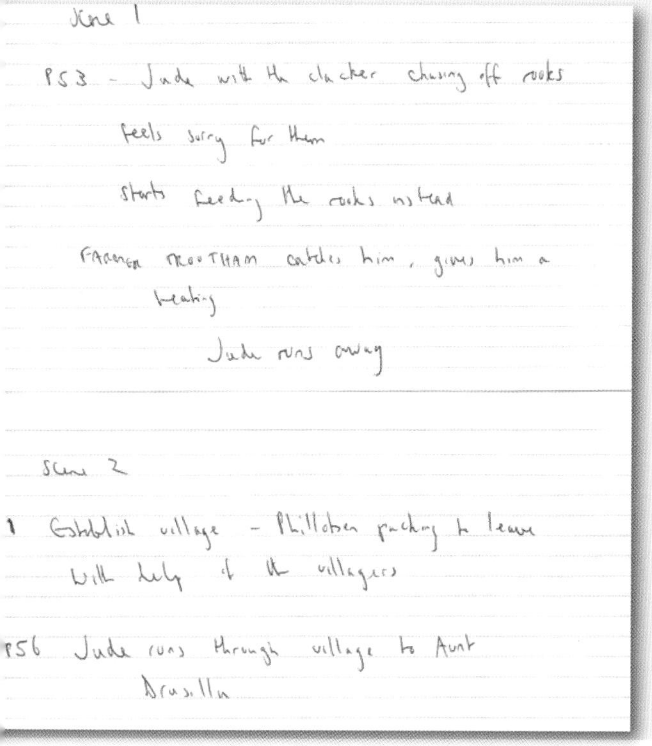

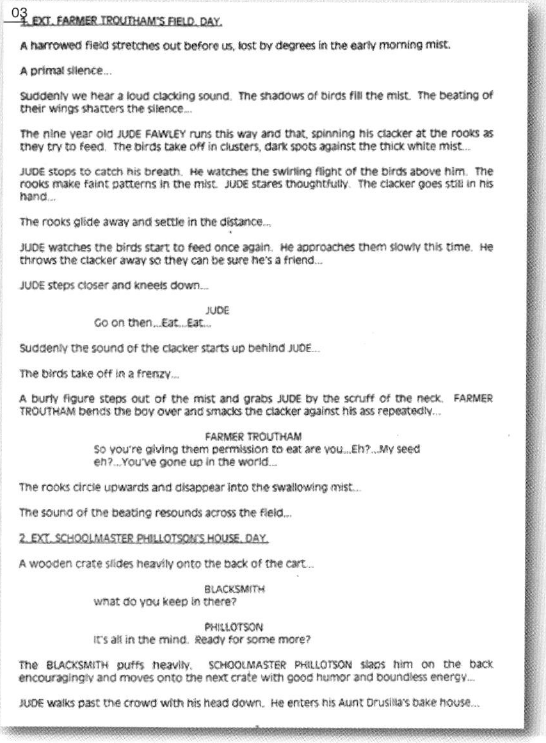

03
1. EXT. FARMER TROUTHAM'S FIELD. DAY.

A harrowed field stretches out before us, lost by degrees in the early morning mist.

A primal silence...

Suddenly we hear a loud clacking sound. The shadows of birds fill the mist. The beating of their wings shatters the silence...

The nine year old JUDE FAWLEY runs this way and that, spinning his clacker at the rooks as they try to feed. The birds take off in clusters, dark spots against the thick white mist...

JUDE stops to catch his breath. He watches the swirling flight of the birds above him. The rooks make faint patterns in the mist. JUDE stares thoughtfully. The clacker goes still in his hand...

The rooks glide away and settle in the distance...

JUDE watches the birds start to feed once again. He approaches them slowly this time. He throws the clacker away so they can be sure he's a friend...

JUDE steps closer and kneels down...

JUDE
Go on then...Eat...Eat...

Suddenly the sound of the clacker starts up behind JUDE...

The birds take off in a frenzy...

A burly figure steps out of the mist and grabs JUDE by the scruff of the neck. FARMER TROUTHAM bends the boy over and smacks the clacker against his ass repeatedly...

FARMER TROUTHAM
So you're giving them permission to eat are you...Eh?...My seed eh?...You've gone up in the world...

The rooks circle upwards and disappear into the swallowing mist...

The sound of the beating resounds across the field...

2. EXT. SCHOOLMASTER PHILLOTSON'S HOUSE. DAY.

A wooden crate slides heavily onto the back of the cart...

BLACKSMITH
what do you keep in there?

PHILLOTSON
It's all in the mind. Ready for some more?

The BLACKSMITH puffs heavily. SCHOOLMASTER PHILLOTSON slaps him on the back encouragingly and moves onto the next crate with good humor and boundless energy...

JUDE walks past the crowd with his head down. He enters his Aunt Drusilla's bake house...

圖 1：凱特・溫絲蕾飾演蘇・布萊黑德（Sue Bridehead），克里斯托弗・埃克萊斯頓飾演裘德・傅利（Jude Fawley）

圖 2：阿米尼的索引卡，記錄了小說的開場場景。

圖 3：定稿劇本上的開場場景（對照圖 2）。

> **"我覺得失敗當中有種非常高貴的東西……神話裡的那些角色反抗眾神，最後以失敗收場。他們的失敗，有種非常具有英雄氣慨與人性的東西。"**

本的裘德會是「他原本沒沒無名，最後卻登峰造極」，而這本書讓我折服的是，這個出身低微的男人懷抱著美麗的夢想與企圖心，最後人生卻拖垮了他。我覺得失敗當中有種非常高貴的東西——這可能不是好萊塢賣座大片的好題材，但它可以追溯到希臘神話。神話裡的那些角色反抗眾神，最後以失敗收場。他們的失敗，有種非常具有英雄氣慨與人性的東西。

在電影裡，我最感興趣的一直都是反應鏡頭[6]，以及那個角色在想什麼。這也是大銀幕的體驗：你看到某人的臉部特寫，感受到他那些情緒。我想讓劇本的對白盡可能保有真實感、貼近日常對話，而非使用刻意強化、戲劇化的對白——這種風格的對白，只跟角色說出的內容相關。我寫過的戲之中我最喜歡的，都是那些對白被用來引導演員演出最佳反應的場景。我喜歡尋找最簡單的方法來說一件事，卻能對聆聽的那一方造成最大的衝擊。對白經常是像背景噪音的存在，其實它最重要的功能是讓角色的臉上醞釀出無聲的情緒。

我經常遇到下面的情況：某家製作公司有意改編某本書，我的經紀人說他們考慮讓我來寫。「去讀原著，然後跟他們提案。」以《慾望之翼》為例，我讀到原著的尾聲時，還是不知道該怎麼改編，但是當我讀到最後的場景，也就是分手那一場，之後就能輕鬆回頭創造出一個故事。

我一直都是「黑色電影」影迷，因此一切在瞬間豁然開朗。我的提案是，這是一部黑色電影，唯一差別是這些角色沒有實際殺死彼此；他們只是傷透另一個女人的心，用這種方式殺死她。那個年代的古裝電影都在套莫辰艾佛利公司[7]的模子——這樣講對他們很不公平，因為他們出品的很多影片都是經典，只是當時莫辰艾佛利幾乎已經成了陳腔爛調——因此大家都在思考：「怎麼顛覆莫辰艾佛利？」用黑色電影的框架來思考《慾望之翼》，就出現了一個寫古裝劇的嶄新方法，真的讓人很興奮。

《慾望之翼》成功後，我並沒有得意忘形，只是我對這個產業的想法可能太過天真……好萊塢電影陪著我長大，當時我想盡快到美國寫那些電影。然而，當你剛開始的作品得到相對而言還不錯的評價時，這其實是一件危險的事，因為你不再用大腦思考，你想對每件事、每個人都說好，因為你努力了那麼久仍一事無成，然後突然間有這麼多東西爭相捧到你面前……

有部分的我希望自己當時能花個七、八年時間，去嘗試寫《絕戀》或《慾望之翼》那樣的電影，因為我覺得如果我這麼做，應該可以有更好的成績，也可能可以取得更大的控制權。但做出這種錯誤判斷是很常見的事，畢竟，當別人想要你做某件事時，他們可以很有說服力——金錢也可以非常有說服力。

《絕戀》去坎城影展的時候，我必須自付機票，跟我老婆住在一間非常廉價的旅館，但因為是坎城影展期間，所以還是很貴。我到了那裡後，有

圖1：《絕戀》（1996），麥可・溫特波頓執導。

6　reaction shot，指拍攝角色情緒反應的鏡頭。

7　Merchant Ivory，由導演James Ivory 與製片 Ismail Merchant 共組的電影公司，曾製作多部文學經典改編電影，包括《窗外有藍天》（*A Room with a View*, 1985）、《此情可問天》（*Howards End*, 1992）。

> **"我喜歡尋找最簡單的方法來說一件事，卻能對聆聽的那一方造成最大的衝擊。對白經常是像背景噪音的存在，其實它最重要的功能是讓角色的臉上醞釀出無聲的情緒。"**

人介紹我認識名製片人哈維・溫斯坦（Harvey Weinstein）。我們碰面的兩天後，他付錢讓我搭協和號客機到紐約跟他開會，討論我幫他的公司「米拉麥克斯影業」寫劇本的事。他說：「來為我工作。」結果，《慾望之翼》之後，我真的為他工作了兩年。這是年薪制的合約，這段期間我只能寫米拉麥克斯的劇本。

就某些方面來說，這樣的安排是好事，但在其他方面就不是很理想。他們公司是拍出不少佳作，只是我那時還不知道編劇最好是自由接案，才能接觸多方管道來採用你的故事點子。當時我碰到的問題是，米拉麥克斯對什麼有興趣、要我寫什麼，我就得照辦，結果那些題材不太適合我。

圖 2：海倫娜・波漢・卡特（Helena Bonham Carter）飾演《慾望之翼》（1997）的凱特。

最愛《烈火悍將》

（圖 3）阿米尼表示，《烈火悍將》（*Heat*, 1995）是他最喜歡的電影。「它的主題跟《落日車神》一樣：這些人想要脫離、改頭換面，他們的出身卻一步步進逼、困住他們，跟他們作對。」阿米尼說。「《烈火悍將》裡，艾爾・帕西諾與勞勃・狄尼洛最後終於碰面的那場戲——我一直很想寫這樣的場景。它用了我最喜歡的英雄與惡人關係處理手法：世界上沒有黑白分明這種事。」

阿米尼很欣賞編劇暨導演麥可・曼（Michael Mann）的功力，因為他讓場景簡單鬆散卻仍張力十足。「這兩個角色講話的方式有一種輕鬆隨意感，看起來似乎不夠戲劇化，卻是我喜歡這場戲的原因，因為正是這樣的手法，才讓它變得更有感情、更有力。這兩人只是一邊喝咖啡、一邊講話，然後突然岔題聊到彼此反覆做的夢。這是完美的一場戲，因為這是全片中他們唯一一交談的場景——這兩人是死對頭，卻找到共通的連結。它幾乎就像一場戀愛戲。」

最喜歡的一場戲

（圖1到3）當我請阿米尼從他寫過的戲中選出自己最喜歡的一場，他挑的是《慾望之翼》裡米莉（Alison Elliot 飾演）將死前的一刻。阿米尼說：「莫頓（Linus Roache 飾演）去找她，而她原諒了他。這場戲我寫得很過癮。」（圖1）。這場戲在亨利・詹姆斯的原著中並不存在，阿米尼必須全新創作。「但因為他筆下的角色非常鮮明，因此對白很自然流洩而出。他給了我許多彈藥與能量來寫這些場景。」

這場戲經過幾個版本改寫，愈寫愈精鍊，但阿米尼說，它的精髓打從一開始就在那裡了。

「關鍵其實就是關於那盒餅乾的對白。他們不直接談正在發生的事，這種說話方式很特別。這場戲很容易寫，因為有這麼多弦外之音正在發生——這場戲一開始就充滿了情感，讓他們實際上隨便說什麼都可以。這樣的戲是我喜歡的：如果你設計得好，他們可以聊天氣，卻仍然是世界上最動人的情景。相較於講出來的話，我對沒說出來的更有興趣。如果角色唯一不談的，是這個場景真正的狀況，這樣的戲就會很精彩。當然我們不能每次都這樣寫，但是當你可以這樣寫的時候，寫起來真是愉快，因為沒有用對白解釋任何事或推動劇情的壓力——你就只是在發掘情感。」

```
                    MILLIE
          You should have seen him. He was so
          embarrassed. He kept trying to turn the tin
          on its side without me noticing-

                    MERTON
          Millie, please-

                    MILLIE
          Mark never does anything quite right. He
          came to hurt me and brought a box of
          biscuits.

                    MERTON
          What he told you isn't true.

     Millie looks away. Merton can't see her eyes.

                    MILLIE
          I said that to him myself. That it wasn't
          true. And then I sent him away in the rain.

     Merton still can't see her eyes.

                    MERTON
          But you believed him?

     Millie looks up now, tears streaming down her face.

                    MERTON
          Millie, what can I do to persuade you?

                    MILLIE
          Don't.

     Her eyes plead with him not to lie anymore.

                    MILLIE
          There's no need. We're past that, you and
          I.

     Merton stares at her in silence. Millie gathers herself and
     smiles softly, forgiving him.

                    MILLIE
          I love you. Both of you.

     Merton can't help himself. He kneels at her feet, reaches
     closer and kisses her.  She doesn't stop him, responding
     gently.

     Tears begin to fill Merton's eyes as he touches her face. He
     kisses her eyes and her hair.
```

沒有人快樂的結局

（圖4－6）當阿米尼還在掙扎該如何改編《慾望之翼》時，已經想好要讓劇本以性愛場面來收尾。這場戲會導致耍心機的凱特與他的愛人莫頓分手（圖5－6）。

「在原著中，這不是性愛場景。」阿米尼說。「亨利·詹姆斯寫的是分手，但我的想法是，經過這部電影的歷程，這兩個角色已經毀了他們的愛情，因為他們對愛漫不在乎，視之為理所當然。到最後，他們的愛已經如此破敗，只能分手收場。」凱特與莫頓結束關係的這場戲，有部分出自阿米尼自己在青少年時期的分手經驗，他說那是「為了讓愛存續而孤注一擲——那種感覺很糟。」

他的另一個靈感來源是《雙重保險》（*Double Indemnity*, 1944）片中由芭芭拉·斯坦威克（Barbara Stanwyck）飾演的那個注定走向毀滅的蛇蠍美人（femme fatale）。「我覺得凱特就是個蛇蠍美人。」阿米尼說。「這些類型的角色有一種脆弱的特質：他們製造混亂，但也在過程中毀滅自己。」

2.

CONTINUED:

She moves on top of his naked body and looks down at him. Merton smiles gently and raises his arms to her shoulders. He touches them lightly. Kate looks back into his eyes.

    KATE
What are you thinking about?

    MERTON
Millie.

    KATE
You are still in love with her.

    MERTON
I was never in love with her.

    KATE
Whilst she was alive, no.

Kate smiles sadly and helps him inside her, wincing slightly from the pain. She lies down softly on his chest and starts to move. They both look close to tears.

    MERTON
I'm sorry, Kate.

    KATE
It doesn't matter.

    MERTON
She wanted us to be together.

    KATE
We will be.

Kate wipes his tears away with tender fingers. She sways a little faster now. They turn around together and move in slow, perfect time. Neither looks at the other.

Kate groans softly as he finishes inside her. She moves quickly to his breast. She doesn't want him to see her crying.

Merton breathes hard. He holds her for a moment in his arms. His fingers gently explore her face. He feels her tears. For a moment neither speaks.

    MERTON
I'm going to write that letter.

    KATE
Do whatever you want.

(CONTINUED)

06

3.

CONTINUED: (2)

    MERTON
I want to marry you, Kate.
    (There's a long silence)
Without her money.

    KATE
Is that your condition?

    MERTON
Yes.

    KATE
Am I allowed one too?

    MERTON
Of course you are.

Kate buries her face deeper into his chest. She kisses it softly, her eyes wet.

    KATE
Give me your word of honour...Your word of honour that you're not in love with her memory.

Merton stares out. He doesn't reply. They stay there a moment longer in each other's arms.

Kate rolls away from him and gets out of bed. She takes her clothes and walks into the next room.

Merton doesn't follow her. He lies in bed and listens to her put her clothes back on. He hears her walk out of the door and close it behind her. He hears her footsteps on the stairs. He makes no attempt to follow her.

He lies back and stares at the ceiling. There are tears in his eyes. He rolls over on his front.

動作戲

（圖 1 － 4）《落日車神》最具特色的精采橋段，是一開場的動作戲：用一樁幾乎依實際時間呈現的搶劫事件，向觀眾介紹主角車手（雷恩·葛斯林 Ryan Gosling 飾演）載罪犯逃離現場的駕駛本領。「這可能是改動最少的段落[8]。」阿米尼說。「打從初稿開始，就有這一段戲，一直保留到完稿。我們對這段戲的研究很深入。我跟環球影業的保安主管談過，他告訴我：『在洛杉磯，你不可能逃脫直升機追捕。』然後我說：『如果車手走屋頂下面呢？』於是我們用這個點子為中心發展出整段戲。」

在阿米尼的劇本中，這段戲幾乎沒有對白（圖 2 － 3）。他回憶道：「這是我寫過的第一個真正大場面動作戲段落。」至於跟劇本相較，電影中這段戲呈現得如何，阿米尼說：「也許比劇本原本設計的還長一點，但所有戲劇節拍[9]都被保留了。電影裡讓這段戲更出色的元素，是克里夫·馬丁內茲（Cliff Martinez）的音樂，以及導演尼可拉·溫丁·黑芬在車裡拍雷恩臉部的鏡頭角度。厲害的導演就是有這種本領：同樣的一段戲如果給另一個導演拍，就算劇本一模一樣，效果也會遠遜於現在的版本。」

02 19 CONTINUED: 19

     POLICE SCANNER
   ...1 David 11...suspect headed West on
  Pico...

Driver threads his way through the vehicles in front of him, so smooth and effortless it's hard to tell how fast he's going. He glances up as he hears the dull rumble of a police chopper overhead. The helicopter is almost directly above him, swinging its search-beam back and forth to get a lock on his position.

Driver pushes the car as fast as it will go, but there's no way of outrunning the chopper. Blue light floods the asphalt around him as he guns down Figueroa.

     POLICE SCANNER
   All units...pursuit in progress...silver
  Impala...Headed North on Figueroa...

Even now Driver doesn't panic, turning his attention back to the basketball game.

    BASKETBALL COMMENTARY
   Thornton pulls up from behind the arc,
   misses. Rebound New York. One eighteen to
   play...

Driver swerves sharply towards the sparkling lights of the Staples Centre.

20 INT/EXT. IMPALA/ STAPLES CENTRE/ PARKING LOT - NIGHT.   20

The terraced parking lot looms up ahead. A sign above the barrier says 'Season Ticket Holders Only'. Driver punches in a ticket and roars into the parking lot.

21 INT. IMPALA/ STAPLES CENTRE PARKING LOT - NIGHT.   21

The Impala screeches from one level to the next. With a game going on, the parking lot is almost full. Finally Driver pulls into a free parking space.

    BASKETBALL COMMENTARY
   ...Thirty seconds remaining and all the
   Knicks have to do is run out the clock...

Driver glances in his side mirror. Behind him, dozens of FANS are already streaming out into the parking lot before the game is over, hoping to avoid the inevitable traffic.

    BASKETBALL COMMENTARY
   ...Gordon back to Davis...Davis for
   three...This is unbelievable!...

03   6.
  21 CONTINUED: 21

The jubilant commentary continues, but Driver isn't listening anymore. The game has served its purpose. More fans flood into the parking lot. Dozens of cars pull out of their places.

    BASKETBALL COMMENTARY
   ...What a remarkable comeback...Outplayed
   for most of the game, the Clippers have
   shown incredible resilience...

Driver glances at the armed robbers and nods. It's time. They climb out of the car, merging in with the crowd. Driver watches them disappear, then slips on a Clippers cap, climbs out of the Impala himself and heads towards another car.

EXT. STAPLES CENTRE/ DOWNTOWN L.A. - NIGHT.

Outside the parking lot, the police are waiting, stopping anything that looks like an Impala, shining their flashlights into the windows. Wearing his Clippers cap and a Clippers sticker on his new car, Driver calmly drives past them, making his getaway.

跟米拉麥克斯簽約後，我很快就有機會寫《紐約黑幫》的劇本——這是他們用來勾引我的紅蘿蔔。當時我心想：「如果我在米拉麥克斯的職業生涯，是跟馬丁·史柯西斯這樣的人士合作，何樂而不為？」在這個計畫得到公司「綠燈」[10] 得以開拍之前，我跟史柯西斯在紐約寫了一稿劇本。然後在他們開拍前，我在羅馬又花了三或四星期改劇本。這樣的參與程度，還不足以讓我拿到這部片的編劇頭銜，但這是一次很棒的經驗。

不幸的是，當時我同時也在改寫《關鍵時刻》。《紐約黑幫》是我真正想寫的東西，對《關鍵時刻》則不太感興趣，但身為米拉麥克斯負責改寫的人，有時你不見得能寫自己想寫的，而是得寫那些他們要人改寫的本子。

那個時間點還滿不巧的，有段時間我必須穿梭在《紐約黑幫》的羅馬片場和《關鍵時刻》的摩洛哥片場之間。《關鍵時刻》從很早期就有許多問題——我覺得自己被夾在導演跟電影公司之間，雙方對這部片的想法完全不同。這是一個很特殊的經驗，一邊是大家工作得很開心、很興奮的《紐約黑幫》片場，另一邊則是問題重重、所有人爭論不休的製作團隊。

《落日車神》得到的好評與獎項讓我很開心，但我想除了我以外，所有人都對美國的票房表現感到失望。它賺的錢不如預期。這部電影真的讓我很自豪，讓我回到寫《絕戀》與《慾望之翼》時的感覺。「這是我真正想寫的東西。這才是真正的我。這是我應該要寫的劇本。」我幫一些劇本做過重大改寫，當中有些沒拍成電影或是拍壞了。回顧這些電影時，我會問自己：「我真的有抱著熱情去寫那個本子嗎？」

身為編劇，我絕對有那種跟理想拉鋸的感覺，而且，我覺得大概好萊塢每個編劇都會這麼說。有時候，吸引你的電影，跟付你最高報酬的電影，是截然不同的。《落日車神》讓我可以再次忠於自己。在《落日車神》之前，從來沒有人找我寫

這種類型的片子——這種黑暗、西部片風格的當代黑色電影。寫《慾望之翼》的時候，如果有人找我寫這個題材，我還是會寫成這樣，只不過當時沒人找我寫這類電影。《落日車神》絕對是我熱愛的電影類型，比我對古裝電影的熱情還高。

一拿到詹姆斯·薩里斯的原著，我就迫不急待想把它改編成劇本。《午後七點零七分》（Le Samouraï, 1967）影響我很深，《原野奇俠》（Shane, 1953）也是。我很愛那些「無名獨行俠」西部片，一種沉默英雄的概念。我也愛極了那種洛杉磯氛圍。

由於各式各樣的片廠工作，我頻繁進出洛杉磯，但是我不開車。而當你不開車，你會更為洛杉磯著迷。當你走在街上，你會清楚意識到自己是唯一在走路的人。我一直很喜歡洛杉磯這個城市，也讀了幾本關於洛城市中心歷史的書，真的非常有趣。以洛杉磯為背景的《唐人街》（Chinatown, 1974）也是我一直很喜歡的電影；這座電影城，實在很迷人。總之，因為我不開車，電影公司派人

圖 1：《公主與狩獵者》（2012），澳洲演員克里斯·漢斯沃（Chris Hemsworth）飾演狩獵者。

10 green-light：指電影企畫或劇本得到電影公司核可，取得資金正式啟動製作專案。

《公主與狩獵者》SNOW WHITE AND THE HUNTSMAN, 2012

（圖 2－3）阿米尼偶爾會幫電影公司的大片改寫劇本，例如《公主與狩獵者》。「劇本發展到很後期的時候，環球影業才來找我。」阿米尼回憶道。「我花了兩個月多一點的時間幫忙改寫，不過，我不知道這時間是不是夠讓人全心投入。當時我就是做我能做的……其實主要是塑造角色。這部電影的『樣子』已經在那裡，所以它是那種讓人覺得『只是一份工作』的案子。這種狀況下，當編劇是像這樣的：電影公司喜歡你寫的東西，現在他們有別的本要人改寫，稿費很不錯，而你也能跟他們打好關係。」

身為電影公司的改寫編劇，阿米尼注意到他被帶進製作團隊，經常有一個特定目的。「他們認為你寫過一些比較有藝術性的電影，擅長處理角色。我覺得，他們找你進來，是為了讓演員安心，陪他們一起發展他們的角色。寫《公主與狩獵者》其實真的很開心，但老實說，在那樣的時間內要降低預算與劇本頁數，真的非常趕，因為他們甚至已經開始進行某些場景的分鏡了。在那個階段，卡司已經決定，導演也知道他想要哪些場景。編劇真的沒時間去玩創意。那是在跟時間賽跑。」

載著我四處跑。能夠去那些地方，真的太過癮了。我弄來一張很大的地圖，不停在思考角色們怎麼從甲地去到乙地。我努力研究地圖，試圖想出逃脫的路線。

我已經花了好幾年時間改編派翠西亞・海史密斯的小說《一月的兩種面貌》，導演也會由我來擔任。維果・莫天森飾演的男主角契斯特（Chester）真實身份是個騙徒，成功讓所有人尊敬他、喜愛他，但隨著電影的進行，這一切都被剝奪了……直到最後，他被徹底擊垮。

像這樣的電影，你必須用低預算來拍。它就像《落日車神》或《慾望之翼》──某種程度上來說，它們不算商業電影。商業的東西不吸引我。我不怎麼喜歡圓滿結局。我喜歡曖昧朦朧、有內在矛盾與脆弱之處的角色──我喜歡讓我的主角情況不太妙。

在我成長的年代，賣座電影是《霹靂神探》（The French Connection, 1971）、《教父》（The Godfather, 1972）、《唐人街》。我的意思是，《唐人街》的結局讓人鬱悶到不行……但這些都是賣座鉅片，賺了很多很多錢。我的麻煩就是，我是看這些電影長大的，它們才是我想拍的好萊塢大製作。

我想，《公主與狩獵者》上映那個週末賺進的錢，超過我所有作品的票房總和。這是個很有意思的難題。身為編劇，我們渴望大家都喜歡、都去看我們寫的電影。但當我再仔細一想，「嗯，我可能不是很商業的編劇。」我是說，《絕戀》讓我很自豪，但是它沒有觀眾……所以我有時候會想：「好吧，我沒辦法兩者兼得──你不能又拿好評又有票房。很少電影可以同時叫好又叫座。」

吉勒莫・亞瑞格 Guillermo Arriaga

"打從一開始我就學到一件事：你賣什麼，人家買什麼。你不該想說：「喔，他們竟然要拍我的劇本！喔，天啊，好耶，我實在太開心！」我從十五歲起就是這種態度：「這是我的作品，給我放尊重——做不到的話，大家拉倒。」"

《火線交錯》，2006

身兼電影編劇、導演、小說家三職。吉勒莫 · 亞瑞格在十歲時，用可樂瓶當道具，練習發表得獎感言。他向父母解釋說，這是因為他相信他以後會贏得奧斯卡、諾貝爾獎或坎城影展的獎項。他已經達到其中的一個目標了：由他編劇的**《馬奎斯的三場葬禮》**（*The Three Burials of Melquiades Estrada, 2005*）贏得了坎城影展最佳劇本獎。它也為該片導演湯米 · 李 · 瓊斯（Tommy Lee Jones）贏得最佳演員獎。而他的**《火線交錯》**劇本，則讓他獲得奧斯卡最佳原創劇本獎提名。

亞瑞格出生於墨西哥市，是二十一世紀讓全球觀眾關注墨西哥電影的重要電影人之一。他與導演阿利安卓 · 崗札雷 · 伊納利圖合作，寫了**《愛情是狗娘》**、**《靈魂的重量》**與**《火線交錯》**劇本。這些作品備受好評，因其對人性黑暗面的冷峻觀照，同時又表現出社群與個人的同理心仍能帶來希望。

二〇〇八年，亞瑞格推出第一部導演處女作：**《燃燒的原野》**（*The Burning Plain*），由莎莉 · 賽隆（Charlize Theron）、金 · 貝辛格（Kim Basinger）、珍妮佛 · 勞倫斯（Jennifer Lawrence）領銜主演，作品延續了他對非線性故事與複雜鮮明角色的熱情。

在亞瑞格的所有作品裡，他探索不同語言、文化與地域邊界可以如何讓人與人之間產生鴻溝，也同時探索這些鴻溝可以如何用出人意料的感人或可怕方法來弭平。他也是知名短篇小說家與運動愛好者，小說作品有《夜之水牛》（*The Night Buffalo*）與《死亡的甜美氣息》（*A Sweet Scent of Death*）。

吉勒莫・亞瑞格 Guillermo Arriaga

我出身艱苦的中產階級社區。這不是說我在貧民窟長大，而是指我經常惹麻煩，很多時候都在街頭鬼混。我小時候經常打架，環境裡有很多暴力——那種最極端的暴力。這是我的靈感來源。有些人的創作靈感來自書籍，我的則來自生活。

導演昆汀・塔倫提諾（Quentin Tarantino）跟我是朋友，我曾經對他說：「你的電影會拿暴力開玩笑，這有時候還滿讓人心痛的。對我來說，暴力是真實的，我有個朋友真的很可能哪天就被人砍頭。暴力在這裡是真實的。」

我會開始寫作，是因為我有表達的需要。我有很嚴重的注意力缺失症（attention deficit disorder），但很多老師認為我就是笨。表達想法對我來說很困難，但是當我開始寫作後，我的思緒變得比較有條理。

我在九歲、十歲左右吧，開始寫情書給女生。我從……嗯，大概兩歲左右，就愛上女生了。那些情書結果沒什麼用。那時候的我很害羞。有注意力缺失症的人，自信心會愈來愈低落，覺得自己很愚蠢——你覺得自己對這個世界一無所知。我的成績很差，經常被老師處罰。十二歲那年，我被學校退學，但後來進了另一所學校，拯救了我低落的自信心。那裡的學生要上話劇課，我開始寫舞台劇劇本。老師非常鼓勵我寫作：「很好、很好，寫吧！」——這對我的幫助很大。

小時候接觸運動，也對提振我的自信心有幫助，讓我學到很有價值的東西。我很會打籃球，但是在打冠軍賽時，我覺得壓力非常大，結果表現失常。於是我學到：不能讓壓力影響自己的身心——這種事一點用也沒有。球員們都會說：「打球就是要享受比賽。沒投進就沒投進，失敗就失敗，但是一定要享受比賽。」

我十五歲的時候寫了一齣戲，大夥兒排練了將近一年。首演的前兩天，演員們告訴我：「如果你不改結局，我們就不演了。」他們沒說要我修改

圖1：哥雅・托雷多（Goya Toledo）飾演的模特兒瓦樂莉亞（Valeria），因為一場車禍而失去她的謀生之道。在《愛情是狗娘》中，這場車禍是統合三條故事線的連結。

的理由，只是說：「我們不喜歡這結局。」我說：「我不改。」所以他們說：「我們已經排練了將近一年，卻要因為你的固執而毀掉這一切？」我說：「對，我不會改結局。辛苦和努力這種事，我才不在乎。我一個字都不改。」

這不是因為我固執，而是你寫任何東西，一定有它的邏輯——當中的每個安排，都有它結構上必須這樣做的理由。所以，如果你不喜歡我寫的什麼，就告訴我為什麼。如果你告訴我原因，也許我會考慮修改，但我絕不會因為有人說「給我改！」就改動我的作品。

> **"我不寫任何形式的大綱。我不想受任何事物的限制，不接受任何桎梏的束縛。我不發展任何故事背景或角色背景——我對這些事，一點概念都沒有。"**

《愛情是狗娘》
AMORES PERROS, 2000

（圖2－3）在《愛情是狗娘》中，有三
條混亂的故事線被一場嚴重的車禍串連在
一起。吉勒莫・亞瑞格的靈感來源，是他
親身經歷、幸運生還的一場恐怖車禍。

「我在卡車的後座睡覺，沒綁安全帶，隨
意躺在座椅上。」他回憶道。司機後來控
制不住車，整台車衝下懸崖。

「車子落地，然後開始翻滾，我在這個過
程中驚醒。這場車禍後的一段時間內，我
得了失憶症。我心想：『車禍之前發生了
什麼事？車禍的過程中又發生了什麼事？
車禍之後呢？』這後來變成了**《愛情是狗
娘》**的結構。」

"在電影劇本中，我傾全力寫出語言之美、敘事結構之美，以及角色塑造之美。"

我發現有很多方法可以用來保護自己的作品。」他說。「一切都是可以商議的。你可以在合約裡注明，「不許任何人改動劇本一字一句。」——然後它就白紙黑字寫在那裡了。打從一開始我就學到一件事：你賣什麼，人家買什麼。你不該想說：「喔，他們竟然要拍我的劇本！喔，天啊，好耶，我實在太開心！」我從十五歲起就是這種態度：「這是我的作品，給我放尊重——做不到的話，大家拉倒。」

有注意力缺失症的人，不是用線性的方式在思考，而是到處跳來跳去。所以，為什麼我的故事是非線性的，最主要的原因是我有注意力缺失症。我的第一齣舞台劇、第一本書、每一篇短篇小說，全都有時間的跳躍。我就是覺得：這才是講故事的自然方法。後來我讀了威廉·福克納（William Faulkner）與璜·魯佛[11]（Juan Rulfo），現在都還記得我在讀福克納的《聲音與憤怒》（The Sound and the Fury）時，心裡想的是：「所以這樣寫是可行的。」

我的心臟有輕微的感染問題，在心包膜上——就是包住心臟的那層膜。如果你生活上小心一點，這不是什麼嚴重的毛病，但我當年正在為加入奧運拳擊代表隊而受訓，結果它腫到我幾乎要心臟病發作。就是在那時候，我決定以後要每天寫作，而且從那時候起就沒停過。我家裡到處放了許多小骷髏頭，每當我累了、不想寫的時候，看到這些骷髏頭，我會說：「好吧，你得去幹活了。」就這樣，我起了頭的東西幾乎都能寫完。

我寫過小說和電影劇本。關於後者，你必須很清楚一件事：劇本是寫來被拍攝的。但是對我來說，這兩者都是文學。我很討厭聽到有人說：「你什麼時候要回歸文學？」我會回答：「我從來沒離開過。」沒有人會對舞台劇劇作家講這種話。我實在不懂電影哪裡比劇場來得低下，所以我覺得自己一直都在做文學工作。在電影劇本中，我傾全力寫出語言之美、敘事結構之美，以及角色塑造之美。拍電影需要許多人有興趣投入，例如演員、導演、製片、投資者——吸引他們加入的方

11 拉美文學重要作家，著有一篇小説的標題也是〈燃燒的原野〉。

昆汀·塔倫提諾的對白

（圖1）亞瑞格修改劇本時，第一件事就是刪減對白。「我不喜歡長篇對白。」他說。「我痛恨這種對白。我覺得你必須是昆汀·塔倫提諾這種天才，才能寫長篇對白。」有一次他對昆汀說：「你知道你的對白對電影造成的最大傷害是什麼嗎？你有別人沒有的才華，而大家都想拷貝你。這種寫對白的才華，基本上只有你和伍迪·艾倫（Woody Allen）才有——就你們倆而已。」然後塔倫提諾跟他說：「你知道你那種扭曲的敘事結構和扭曲的角色，對電影造成的最大傷害是什麼嗎？」

雖然亞瑞格是一邊笑、一邊講這個故事，其實他用很嚴謹的態度看待「好」對白與「趣味」對白的差別。「好對白不只是寫漂亮的東西，」他堅稱。「還要能讓故事向前推進。很多、很多人以為對白只是在幫劇情增添一點趣味，他們不知道昆汀·塔倫提諾的趣味也在帶著我們走向某處。」在昆汀·塔倫提諾的《黑色追緝令》（Pulp Fiction, 1994）裡，「按摩腳」那場戲的對白，就是他苦心經營對白的好範例。

01

《靈魂的重量》 21 GRAMS, 2003

（圖 2 － 5）「我花很長時間寫初稿。」亞瑞格說。「初稿一寫好，我就開始檢討自己所有的決定。」

以《靈魂的重量》來說，亞瑞格把自己的心臟病情套用在西恩 · 潘（Sean Penn）飾演的數學家上，其他角色則都經過很大幅度的修改。比方說，班尼西歐 · 狄奧 · 托羅（Benicio Del Toro）飾演重獲新生的罪犯，這個角色曾經被設定為富有的生意人。「我不斷自我質疑，然後進行修改。」亞瑞格說。「對我來說，探索並質疑自己在創作上的所有判斷，這才算嚴格的自我要求。」

05

《馬奎斯的三場葬禮》THE THREE BURIALS OF MELQUIADES ESTRADA, 2005

（圖1－4）由於亞瑞會擷取個人經驗用在作品中，因此不難理解他對筆下角色有很深的感情連結，對《馬奎斯的三場葬禮》來說更是如此。

故事講述一個德州牧場主人（湯米・李・瓊斯飾演）為了朋友之死而展開非常的復仇行動。他的朋友是墨西哥非法移民梅奇雅德斯・艾斯特拉達（Julio César Cedillo 飾演），被一個有種族歧視的邊境警察（Barry Pepper 飾演）殺害。

「梅奇雅德斯・艾斯特拉達是我一個朋友的名字。」亞瑞格解釋道。「他是貧窮的農民，跟他的兄弟們現在都住在美國，所以我知道離鄉背井的痛——離家十年，看不到小孩長大……他們是我的朋友，是我的哥兒們。我是他們家孩子的教父。我們每個星期都會通電話，到現在還是很親。我了解他們的世界。我不是非法居留的外國人，但我有交往三十年、很熟很熟的朋友，在美國非法居留。他們不會讀寫英文，在美國辛苦討生活，是誠實正直的好人。」

法，就是寫出很美的劇本。所以這是文學。

在寫我負責執導的劇本時，例如《燃燒的原野》，我還是專注在經營故事上。我不能抄捷徑，或有任何妥協。這個故事該怎麼說，就必須怎麼說。如果我寫劇本時開始像製片或導演那樣思考，就會毀了這個故事。等我真的開始進行導演工作時，再來思考該怎麼把劇本拍出來。而到了這時候，我又得謹記：編劇是為了某些理由才這樣寫，所以我必須尊重劇本。

在這方面，莎莉・賽隆非常有智慧。我還記得，拍攝期間有時候狀況很不順，身為導演的我妥協說：「那就這樣做吧。」但她會說：「不行，我永遠不會背叛你這個大編劇。」這是很棒的讚美，但她也是對的——我們必須回歸劇本。」

"新進編劇最常犯的錯，是過度鋪陳。所以我給我的學生訂下一條規則：一場戲不能超過一頁，對白不能超過兩行⋯⋯另一個錯誤則是：沒有自己的風格。"

圖5：《馬奎斯的三場葬禮》，2005

不同編劇，不同手段

（圖 1－2）雖然亞瑞格寫劇本時不研究資料，但他知道不是每個人都跟他一樣。

《火線交錯》讓他提名奧斯卡最佳原創劇本獎那一年，彼得・摩根（Peter Morgan）也以**《黛妃與女皇》**（*The Queen*, 2006）入圍。「他告訴我：『研究是一切的基礎。』」亞瑞格說。「我心想：『拜託！我可沒有。』」我們是不一樣的編劇。他寫的是他不認識的人物，所以必須蒐集資料，才能讓劇本有可信度。我寫的是曾經發生在自己身上的事，要研究什麼資料？結果我們相互調侃得很開心：『好耶，研究研究……』」

我對文字非常偏執。每次初稿一完成，我就開始雕琢劇本的一字一句。我不知道英文翻譯得怎樣，因為我是用西班牙文寫作，但我很小心避免在劇本裡重複用字，例如動作的描寫。我對每個字的輕重非常執著，但我從來不做任何資料研究——這對我來說是浪費時間。

我總是寫我知道的事，以及發生在自己身上的經歷，所以我不需要研究資料。比方說，寫**《火線交錯》**的時候，我沒去過日本或摩洛哥，但我有把握**《火線交錯》**的劇本還是有可信度。

圖 3：《愛情是狗娘》，2000

> **"保護作品的完整性是一回事，不聽其他人的想法卻是很蠢的事。朋友給我的每一個意見，我都會認真傾聽。我還夠謙卑，願意乖乖聽人家說什麼。"**

因為雖然我沒去過摩洛哥山區，但我去過墨西哥山區。因為我跟牧羊人相處過，而他們的行為模式在全世界都差不多。因為我去過非常偏遠的地方，我覺得這些地方應該都一樣……有趣的是，許多摩洛哥人與日本人都問我：「哇，你在那些地方住過幾年？」人類的共通點遠比我們所以為的多。

我不寫任何形式的大綱。我不想受任何事物的限制，不接受任何框桎的束縛。我不發展任何故事背景或角色背景——我對這些事，一點概念都沒有。我也不知道結局會怎樣，對劇本要怎麼收尾沒有半點頭緒。這就是我的工作方法。

我喜歡逆勢而為：不做資料研究，不寫大綱。我痛恨寫「討觀眾喜歡」的角色，總是嘗試打造最可怕、最可惡、行事最殘酷的角色，例如在《**愛情是狗娘**》裡，蓋爾・賈西亞・貝納（Gael García Bernal）飾演的那個角色：這傢伙企圖勾引他有孕在身的嫂嫂；為了賺錢，他拿自己的狗去參加鬥狗；他還殺掉自己最好的朋友——但觀眾依然理解他。

圖4：《火線交錯》，2006

《火線交錯》 BABEL, 2006

（圖1－4）**《火線交錯》**的角色與地點都很多元，靈感來自亞瑞格長年來熱愛的活動。「打獵是我的生活。」他解釋道。「如果他們要規定打獵不合法，我的麻煩就大了。」他一直忘不了童年的一段回憶。「那時我還是個孩子，跟朋友帶著一把口徑點三〇－六〇或其他大口徑的長槍到某個沙漠。」亞瑞格幾人對這把來福槍的射程很好奇。

他的朋友們懷疑這把槍是不是真的像它宣稱的能把子彈打到五英里遠。「於是他們說：『我們來開槍，看看會怎樣。』」這麼多年了，這個想法還是在我腦子裡揮之不去：『如果我開了槍，那些被我打到的人會怎麼樣？』」

這個事件催生了布萊德・彼特（Brad Pitt）與凱特・布蘭琪（Cate Blanchett）那一段痛苦的旅程，但其實還有一個潛藏的概念在引導著這部電影。

「我的作品都是從一個概念起頭。」亞瑞格說。「沒有這東西的話，我就很難寫下去。也許我不知道劇本要如何收尾，但我有個概念。以**《火線交錯》**來說，那就是：『故事必須發生在二十四小時內，而它將永遠改變這些角色的人生。』」

"我們畢竟不是活在黑白分明的世界，所以觀眾喜不喜歡一個角色並不是問題。我們都像這些角色一樣——有自己的缺陷而非完美的。"

或是以《燃燒的原野》為例，劇中莎莉‧賽隆的角色令人作嘔、心機重又冷酷，跟什麼人都可以發生性關係，但是到最後你會說：「我理解她。」我就喜歡這樣，完全不考慮「討觀眾喜歡」的觀念，隨心所欲地憑創意來寫故事。我們畢竟不是活在黑白分明的世界，所以觀眾喜不喜歡一個角色並不是問題。我們都像這些角色一樣——有自己的缺陷而非完美的。

每個星期天晚上七點到十二點，我會召集一群人，包括我朋友、我太太與我的孩子們，大家一起讀

十頁我正在寫的東西。我請他們其中一些人大聲朗讀，但不要加入情緒。有時候他們會想直接演出那些場景，但我說：「不行，念出來就好。我想看看劇本有沒有效果，還有聽起來怎樣。」讀完後，我會問很多問題，請他們暢所欲言，包括「寫什麼狗屎。」這種評語。如果他們猜到故事接下來會怎麼走，我就會說：「不行，這方向不對——太容易被預測了，不能這樣寫。」

保護作品的完整性是一回事，不聽其他人的想法卻是很蠢的事。朋友們給我的每一個意見我都認

圖 6：《火線交錯》，2006

> **"如果你不喜歡我寫的什麼，就告訴我為什麼。如果你告訴我原因，也許我會考慮修改，但我絕不會因為有人說「給我改！」就改動我的作品。"**

真傾聽。我還夠謙卑，願意乖乖聽人家說什麼。然後我會說：「好，非常好，我可以試試看你們的建議。」我對自己的作品永遠充滿信心，但也覺得其他人的觀點有參考的必要。這麼做不會讓你給人沒有安全感的感覺，反而比較接近「因為我很有自信，所以不怕聽取別人的意見。」

如果你對自己寫的東西很沒把握，遇到別人批評你的時候，你就死定了。相反的，我會想：「我確定我的方向是正確的，只是需要他人的建議來讓劇本更好。」如果你有自信，就能夠一邊聽人家的批評，一邊說：「嗯，也對。」就好像你裸著身子四處走動，所有人對你品頭論足，你心想：「我的身材不好看，但我還可以做運動改變它。」

新進編劇最常犯的錯，是過度鋪陳。所以我給我的學生訂下一條規則：一場戲不能超過一頁，對白不能超過兩行。這樣做可以逼自己專注。他們會犯的另一個錯誤則是：沒有自己的風格。他們試圖模仿其他人。

記得我在北德州大學當駐村藝術家時，曾經邀請一些大學生吃午餐。他們寫了些關於謀殺犯、殺人犯之類的東西，我說：「談談你們的人生吧。」然後其中一個說：「我是人工受孕的產物，我媽去精子銀行……父親是誰，一直是我生命中的一個謎。」我說：「到目前為止，這故事是最有趣的。你他媽的為什麼要寫那些荒謬的故事？寫你自己的故事吧，這絕對有趣多了。」

不論你的環境有多嚴酷、多暴力，你永遠可以找到出路。我們的體內都藏有自己想像不到的力量。說真的，我是世界上最樂觀的人。我覺得我寫的都是很正面的電影，能讓觀眾心想：「如果這些人可以脫離那樣惡劣的處境，我也可以擺脫我的問題。」我對樂觀主義上癮。

我很喜歡一個經常伴隨《靈魂的重量》這部片出現的現象：看完電影後，觀眾會打電話給他們的孩子或深愛的人，告訴他們「我愛你」。這就是

一種樂觀，大家看過一部電影後，覺得自己必須跟某人說「我愛你」。

圖1：《燃燒的原野》，2008

寫作可以很療癒，但我不是在驅魔，而是非常樂在其中。我喜歡創造不同的世界。你知道，這是很有意思的事：在孤獨的斗室裡創作故事，然後有什麼成果產出，而它觸動了這麼多人的生命，讓他們深受震撼……你怎麼可能不享受這件事？

《燃燒的原野》THE BURNING PLAIN, 2008

（圖2－5）亞瑞格的導演處女作**《燃燒的原野》**，劇本也由他自己操刀。

「我會永遠都以作家自居。」他說。「不管做什麼工作，製片、導演或任何職務，我都秉持著一顆作家的心。不過，你知道的，這是一份孤獨的工作，可以把人逼瘋。當導演讓你可以到外面跟演員和其他人打交道，我很喜歡這種感覺。」

亞瑞格絕不認同「編劇要執導自己的作品，才能保有其文字的主控權」這種觀念，因為「重點不是控制，而是協力合作。我喜歡合作，也喜歡跟有共同方向的人在一起。」

約翰・奧古斯特 John August

"不管劇本如何，你都得努力讓劇中的每一刻都可以代表整部電影，而每一刻就某方面來說又必須是片段的。然後，每一刻也都必須推動情節向前。"

《巧克力冒險工廠》，2005

約翰 · 奧古斯特在七歲時，用母親的打字機寫下第一個故事，內容關於一個男孩被困在火星的洞窟裡。以此為起點，他終於成熟、蛻變為好萊塢炙手可熱的電影編劇之一，最廣為人知的是與導演提姆 · 波頓（Tim Burton）合作了好幾部電影。

他們的合作關係始於《大智若魚》（*Big Fish*, 2003），這部電影讓他得到英國影藝學院最佳改編劇本獎提名。接著他寫了《巧克力冒險工廠》（*Charlie and the Chocolate Factory*, 2005），並與人合寫了《提姆波頓之地獄新娘》（*Corpse Bride*, 2005）。近幾年間，他與提姆 · 波頓合力打造了《黑影家族》（*Dark Shadows*, 2012）與《科學怪犬》（*Frankenweenie*, 2012），後者改編自提姆 · 波頓一九八四年的「邪典」（cult）動畫短片。

奧古斯特拿到編劇頭銜的第一部電影是《狗男女》（*Go*, 1999），該片以生動搞笑的手法檢視一群角色在耶誕節前夕的混亂人生。 後來他與人合寫《霹靂嬌娃》（*Charlie's Angels*, 2000）與《霹靂嬌娃 2：全速進攻》（*Charlie's Angels: Full Throttle*, 2003），兩部加起來的全球票房超過五億兩千萬美元。他還與人合寫《冰凍星球》（*Titan A.E.*, 2000），獲得多項安妮獎[12] 提名。

二○○七年，他自編自導了《九度空間》（*The Nines*）這部引發討論、神祕又複雜的電影。沒寫劇本的時候，他投入時間經營他的網站 johnaugust.com，在此討論電影編劇的藝術與業界動態。

---

12 Annie Awards：表彰傑出動畫的獎項，有「動畫界奧斯卡金像獎」之譽。

約翰・奧古斯特 John August

我從很小就確定自己將來要當作家，只是不知道要當哪一種。當時我完全不知道有電影編劇這種東西存在。我念的是位於愛荷華州狄蒙（Des Moines）的德瑞克大學（Drake University），就讀新聞與廣告相關的科系，學的東西跟電影編劇的訓練很接近。新聞寫作必須非常有重點、講求結構，跟電影編劇很像。廣告則將創意直覺與商業直覺作了很好的結合，而且做廣告提案跟做電影提案非常相像：你描述作品完成後會是什麼樣子，但不會描述每個步驟細節。

> "好的寫作都有一種「具體性」：讓人感覺作者真的知道他或她在寫什麼，而角色存在一個定義非常清楚的世界，而不是隨意任何一個電影世界裡……"

我完成的第一部劇本是齣愛情悲劇，故事背景是我的家鄉科羅拉多州博爾德（Boulder）。它具備所有劇本處女作會出現的問題：努力把自己知道的一切的一切全塞進劇本裡（因為我可能不會再寫第二部劇本了）。但結果寫得還不錯，它幫我

跟原著不一樣的主角

（圖1－2）奧古斯特第一次跟提姆・波頓見面討論《巧克力冒險工廠》時，導演問了他一個問題：「你有看過金・懷德（Gene Wilder）的電影版嗎？」奧古斯特答道：「沒有，我該去看嗎？」波頓的反應是：「不、不、不、不，千萬別看。」他希望奧古斯特像一張白紙，對那部電影沒有半點印象。但奧古斯特對羅爾德・達爾（Roald Dahl）的原著非常熟悉。事實上，他是這位作家的忠實書迷，小學三年級時還寫過信給他。「我記得我小時候對這本書的印象是：查理・巴克（Charlie Bucket）真的很幸福，因為他跟非常愛他的一家人住在一間小屋裡。」

奧古斯特記得自己對波頓說：「就算他沒贏得入場券，他還是全世界最幸運的小孩。威利・旺卡（Willy Wonka）是個可悲的男人，孤拎拎一個人跟那些奧柏倫柏矮人（Oompa-Loompas）住在工廠裡。」

波頓喜歡奧古斯特的詮釋，對他說：「我要保留書裡所有的元素。然後，只要能讓電影成立，你也可以在劇本裡加入任何你需要的東西。」

奧古斯特回頭讀原著，把他想放進電影的每一段文字用螢光筆標示出來（圖2）。「我從一開始就知道我要更換主角。」奧古斯特說。「儘管原書名是《查理與巧克力工廠》，但威利・旺卡才是真正的主角——他才是那個有所改變的人。查理沒什麼需要克服的，只是個贏得入場券的乖小孩，這設定沒什麼不好，但他不是學到教訓的壞孩子，旺卡才是必須成長進步的角色，所以我填補了他的背景故事，給他一個原著裡不存在的父親。我努力做到讓這些倒敘場景都有推動他的故事，同時給我們更多關於主角的資訊。

圖2：奧古斯特用螢光筆畫過重點的《巧克力冒險工廠》原著。（獲藍燈書屋、David Higham Associates 授權重製）

《大智若魚》BIG FISH, 2003

（圖3－5）《大智若魚》改編自丹尼爾・華萊士（Daniel Wallace）的小說。奧古斯特在此書於一九九八年出版前就搶先讀過。「經紀公司寄給我看的。」他回憶道。「我收到的是一整箱書稿，而且只能讀一晚上，因為他們準備開始賣小說的版權。」

奧古斯特立刻受到這個故事吸引。「六年前我的父親才過世，所以我很清楚家裡有人瀕臨死亡時的那種心情。但我也知道，如果要把它改編成電影，必須作一些調整。原著中的敘事者是兒子，但他其實不是一個具體的角色。我必須建構起這個角色，所以設定他是我這個年紀的人，讓他跟他父親之間的年齡差距跟我和我父親的相同。而且，之所以把他設定成記者，是因為我在大學主修新聞。我還給了他一個法籍老婆，因為我需要兒子的身邊有人可以跟他談論這個狀況。」

但是當奧古斯特想到該如何處理這個劇本時，他還嘗試說服索尼影業（Sony）自己是本劇的最佳編劇人選，儘管他的事業當時才剛起步。「那時候我還不擅長提案。」他坦承。「簡報《大智若魚》的提案時，我說明了我們會看到的兩條故事主線。在第一條故事線，我們看到成年的兒子如何試圖在父親過世之前，理解並接受他那些故事背後的真相。第二條故事線，我們可以看到父親心中所見的故事，因此內容非常誇張，充滿幻想與傳奇色彩。會議上，電影公司主管時不時就問我一次：『好吧，那電影的調性怎樣？』最後我挫敗地說：『嗯，電影很好笑，然後很好笑，接著很好笑，然後很好笑，接著你笑中帶淚，然後電影就結束了。』」

找到一個經紀人，而他幫助我的事業開始起步。那部劇本命名為《此時此地》（Here and Now），內容跟原子鐘有關，背景大致就是伴隨我成長的科學家社群。

這故事會讓人淚汪汪——我第一部賺人熱淚的劇本。你以為你知道會發生什麼悲劇，結果卻是你想都沒想到的。它讓人落淚，非常好，開啟了「約翰・奧古斯特會讓觀眾哭」的先例。這是我寫給自己的作品，而我感覺有些人會喜歡這個劇本。

跟那些當時備受青睞的提案劇本相較之下——它們都非常「高概念」——我故意寫一些不一樣的東西，處理比較小、私人與特定的題材。我覺得，好的寫作都有一種「具體性」（specificity）：讓人感覺作者真的知道自己在寫什麼，而且角色存在一個定義非常清楚的世界，而不是隨意任何一個電影世界裡……你知道，對電影公司來說，寫出概念清楚的電影很重要——他們可以用這個概念來設計海報——但我這個劇本不是那樣的本子。

我念南加大的彼德・史塔克製片碩士班（USC's Peter Stark producing program）的時候，還沒寫過電影劇本。當時有個作業是要我們寫劇本的前三十頁與最後十頁。這個作業真的很天才，因為當你寫完開頭和結尾，就會很想把全本寫完。現

> **"對待每一部劇本，你都必須把它當成自己的第一個作品那樣用心。就算你在這行已經建立起名聲，也不應該認為自己享有任何特殊待遇。"**

在我寫電影劇本的方法，幾乎都是在那時候奠定的。

我從不覺得劇本非得照順序來寫不可。任何時候，我都可以跟著感覺來寫劇裡的任何場景。就算沒有實際寫下來的劇本大綱，在正式開始寫之前，我都會對電影裡總共有哪些場景已經有足夠的概念。如果哪天我坐下來，沒有特定想寫哪個場景，也還是可以寫任何其他場景。有些場景很好寫，有些很難寫；有時候，最好先把簡單的場景拚出來，讓劇本先累積到足夠的份量。就《大智若魚》來說，最難寫的場景就是開頭前十頁——這十頁

間確立了兩條故事線與戲劇衝突的性質——好讓它感覺像一部完整的電影，而非兩部合在一起。我知道我必須寫好開頭，才能想出啟動故事的方法。死亡那幾場戲是你會想盡量晚點再寫的那種，因為你知道那裡會很難寫。

寫《大智若魚》時，我用非常「方法演技」[13]的方式來進行：我會凝視著鏡子，直到讓自己哭出來，然後才開始寫作。我真的有好幾天就這樣盯著鏡子、哭出來——這方法真的有效。這麼做的過程裡，有某種莫名的東西可以抓到正確的情緒。把自己逼到哭出來，可以幫助我讓其他人也達到

13 Method acting：知名俄國戲劇暨表演理論家史坦尼斯拉夫斯基（Stanislavsky）創立的表演體系。傳入美國後，有不少影星均受過此體系相關訓練，例如保羅・紐曼、艾爾・帕契諾、馬龍・白蘭度等。

《九度空間》THE NINES, 2007

（圖 1－3）《九度空間》是奧古斯特的導演處女作。隨著電影進展，三段小故事之間的連結愈來愈清楚。

「這部電影要是讓其他人來導，會搞不懂劇本在寫什麼。」奧古斯特說。「我的意思是，這個劇本的自傳色彩很強。它是專屬我大腦的產物，要跟另一個人解釋怎麼導《九度空間》幾乎是不可能的事。此外，這也是個好機會，可以用來實驗一件讓我很好奇的事。之前在《狗男女》裡，我試過讓時間重頭開始，但我很好奇：有沒有可能，在一部電影裡讓幾個故事相互交疊？《九度空間》的三個篇章不只是非線性，而是以不可能的方式相互交織。」

它的演員三人——萊恩・雷諾斯（Ryan Reynolds）、瑪莉莎・麥卡錫（Melissa McCarthy）、琥珀・戴維絲（Hope Davis）——各自扮演多重角色，整部片在奇幻、人性刻劃與諷刺劇之間遊走，並同時探觸許多主題，例如真實的本質、創造的祕密，以及比人類更高等的力量之存在。

「許多年來，一堆想法在我腦袋裡爭個不停，每個都吵著要我把它寫出來。」奧古斯特說。「最後我意識到，它們其實是同一個想法的不同版本：『創造者對自己創造的事物有什麼責任？什麼時候你才能撒手不管？』然後，我發現這三個故事其實可以交織成一部電影。」

寫手的自覺

（圖4）身為好萊塢電影編劇，奧古斯特有時會臨時被請去修一個快進入攝製期的電影劇本。他不願意在這種案子上投入太多時間，以免拿到編劇頭銜，讓自己的名字出現在銀幕上，但他可以幫忙把劇本整頓好。

「我花了兩星期修《鋼鐵人》第一集（*Iron Man*，2008）。」他說。「那個劇本真的很強，但是在中段附近有一塊剛被改寫過，你彷彿還可以聞到白板筆的氣味。看得出來這裡頭有些很棒的點子，只是沒被徹底執行，因此我動手幫忙把它們執行得更好一些，例如一些小調整，把一些東西調動一下，好讓手上的材料發揮到極致。在那個時間點，他們已經找到小勞勃‧道尼（Robert Downey Jr.），正在努力爭取葛妮絲‧派特蘿（Gwyneth Paltrow）加入演出……在這種案子裡，你不是建築師，而只是一個工匠，來做一些櫥櫃之類的東西，幫忙讓成品更好。

這個情緒點。之前寫另一個案子時，一部恐怖片，我也曾經這麼做，用這個方法讓自己心生恐懼後再動筆。很多編劇會在寫作時播放音樂，或是聞聞能讓他們聯想到那部電影的氣味，使自己再次融入那個世界。只要有效，什麼方法都可以。

我沒有真的演過戲，但讀過一些表演書籍。寫劇本時，我一個人扮演所有角色，直到它們找到演員來擔綱。如果是用「想」的，那我是個很好的演員，但真的叫我來「演」就不行了。不過，當電影編劇，本來就是在腦袋裡看著這些場景發生，然後想出該用什麼話來描述。

我一直很擅長聽人對話，而劇本對白基本上就像在聽人家怎麼說話，然後把它寫到最好。這就好比，「如果大家在對話時，有額外的五秒鐘可以思考，他們會怎麼把語句最佳化，用最好的方式講出來？」

對待每一部劇本，你都必須把它當成自己的第一個作品那樣用心。就算你在這行已經建立起名聲，也不應該認為自己享有任何特殊待遇。

有些編劇寫的東西讓我很受不了，當他們寫到動作戲的段落，只寫了一句「這裡來一段超厲害、震攝人心的動作段落」……抱歉，你應該自己把它寫出來才對。

當我被找去修劇本，通常是幫忙改善對白，修正一些故事的問題，但也有時候只是幫忙把劇本修順而已，因為一個案子經過不同編劇的手，劇本會變得亂七八糟，感覺不像一部電影了……於是你把劇本整個讀過，花時間把內容變得更通順，就能讓劇組更清楚他們要拍的是怎樣的一部電影。

電影編劇不光是為了導演和製片而寫作。一部文筆通順的劇本，可以幫助造型設計師理解那部電影中的世界是什麼樣子。這也是很重要的事。

而如果電影公司找我正式接手一個案子，我一定會想讓前一個編劇明白我不是他的敵人。當他們找我來，就表示前一個編劇已經出局——這是上頭的決定；就算不是找我，他們也會找其他編劇來改寫。

而在這種情況下，我會想知道這部電影的問題到底在哪裡。我的意思是，不光是劇本本身——這個案子真正的挑戰是什麼？——還有，現在案子到底狀況怎樣？有沒有誰是我必須小心以對的？

> **"電影編劇不光是為了導演和製片而寫作。一部文筆通順的劇本，可以幫助造型設計師理解那部電影中的世界是什麼樣子。這也是很重要的事。"**

我也有過劇本被交給其他編劇接手改寫的經驗，而我總是想把這些資訊傳達給下一個編劇，希望那個劇本能被以最好的方式來處理。身為電影編劇，都已經是大人了，我們應該可以冷靜討論這種事才對。

我一直到提姆 · 波頓準備從洛杉磯出發前往阿拉巴馬拍《大智若魚》之前，才頭一次跟他碰面，內容也只是很一般的討論，包括我們沒預算拍哪些東西，以及怎麼找出不那麼花錢的替代方案。

考慮到有多少部電影同時掛了我與他的名字，我們倆碰面的次數算真的很少。在《大智若魚》的整個製作過程中，我可能跟他見面談過兩小時，而這還包括了我去阿拉巴馬參加讀劇會議[14]和幫

忙處理一些事的時間。

我跟提姆的關係其實比較接近：我寫什麼，他拍什麼。我就像某個部門的頭頭，負責把劇本交給他，他收到後就拿去拍。電影編劇愛死這種導演了。有些導演會想跟你討論劇本的每一句、每一場。他們習慣這樣的工作流程，結果也可能很棒，但有些導演不來這一套，例如提姆，而且我們這樣合作的成果也很不錯。

我寫劇本時，一定要先弄清楚這部電影拍好後應該給人什麼樣的感覺。就《霹靂嬌娃》來說——它感覺就像家裡那個拿到奧運金牌的笨小妹一樣，她讓你很煩，但也是你的驕傲——我想讓這部電影散發一種明亮、陽光燦爛的南加州感覺。至於

14 table reading：製作團隊與卡司以全本劇本進行朗讀表演的會議。這意味前製工作接近完成，準備進入攝製期。

從草寫版到劇本

（圖 1－2）對奧古斯特來說，寫劇本場景的過程會經歷三個階段。「在我的腦袋裡，我會努力想清楚這場戲發生什麼事，然後開始聽到角色們講話。」這時他會飛快手寫下關於這場戲的筆記——他稱之為「草寫版」（圖1）。「我把一頁筆記紙對折再對折，」他說。「好讓我可以把它塞進後褲袋裡，隨時能掏出來寫。」然後他會用劇本的格式寫好這場戲，再交給助理打字。圖1與圖2都是《黑影家族》的早期版本。

「在草寫版，場景和對白都已經略具雛形。然後在下一個階段，我花大約二十分鐘來寫每一頁。我會逐字逐句斟酌，同時讓劇本保持乾淨清楚。在這個階段，有時我會邊寫邊改，運用小星星、米字符號來標示調動哪些句子到其他地方。」

奧古斯特在第二階段寫好的對白，進入最後階段的打字劇本後，就不會有太多更動。「我盡量在第一次就把一場戲寫到最好。有些人會先寫個「嘔吐版草稿」，再進行精修。我不是這種人。我很努力在第一次就把場景寫成我心目中該有的樣子。有時候我寫歪掉了，也只能捨棄重來。但我盡量在第一次就把一場戲寫好。」

《狗男女》，就像是二十二歲時的體驗，你必須自立自強、整頓好自己，最後一切都會迎刃而解。不過，不管劇本如何，你都得努力讓劇中每一刻都可以代表整部電影，而每一刻就某方面來說又必須是片段的。然後，每一刻也都必須推動情節向前。

就算《狗男女》沒能被拍成電影，光是完成這個劇本，對我來說也非常有幫助。在寫《狗男女》劇本時，我曾經被「想像影業」（Imagine）找去寫童書《炸蟲總動員》（How to Eat Fried Worms）的電影改編劇本，也在「面向影業」（Dimension）改編過《時間的皺紋》（A Wrinkle in Time）。因為這樣，當時我被當成只適合改編童書或處理精靈、地精、侏儒、耶誕節題材的編劇。

《狗男女》GO, 1999

（圖3）《狗男女》講的是一個事件層出不窮的耶誕夜，發生了三段相互交錯的故事。故事的源頭是奧古斯特在讀研究所期間寫的一個短片劇本，主角是一個叫龍娜（Ronna）的角色，電影版由莎拉・波利（Sarah Polley）飾演。在朋友的鼓勵下，奧古斯特決定把原本三十頁的劇本發展成電影長片，但他知道自己不想把長片寫成龍娜一個人的故事。「我老早就決定電影版不會是龍娜故事的擴大版而已，」他說。「因為她的故事在緊湊簡短的形式裡已經成功了，而劇本裡本來就存在的其他角色，我也早就想好他們在那一夜都幹了些什麼。」

奧古斯特很感謝《黑色追緝令》。「因為它讓電影重新起頭與時間移轉這兩個技巧都有了先例。所以我決定讓《狗男女》重新起頭，而且跟著三條故事線走。重新起頭的一大優點，就是你可以有三個第一幕[15]，還有新事件所帶來的那些能量。」此外，《黑色追緝令》也對證明《狗男女》的潛力提供了額外的助力。「如果《黑色追緝令》沒有問世並大獲成功，就不會有電影公司讓我們拍《狗男女》，」奧古斯特說。「觀眾也不可能準備好接受我們這部電影……但因為大家喜歡《黑色追緝令》，所以《狗男女》可以安全上壘──它讓我們做這樣的電影變得不足為怪了。」

15 first act：好萊塢編劇理論認為電影劇本的戲劇結構可以分成三幕：第一幕（鋪陳）、第二幕（衝突），以及第三幕（解決）。

INT WYNDCLIFF SANITARIUM - DAY   DRUGS 1 of 1

Maggie sits center-frame, slouching in a patient's uniform. In a drugged stupor, she looks up as an orderly's HAND offers a paper cup filled with pills. She's slow to accept it.

Suddenly, another ORDERLY grabs her from behind, pinching her nose shut while prying open her mouth. The pills go in, she's held until she swallows.

We move through days and weeks, in a continuous shot. Through it all, Maggie remains center-frame as the sanitarium swirls around her. She eats, sleeps, takes pills. Watches Tom and Jerry, plays checkers, stares at her OBESE PSYCHIATRIST. She's a passenger on this ride.

The sun goes up, down, up, up, up, down. She sits at Thanksgiving dinner. She watches as a Christmas tree is decorated. She stares at the blinking colored lights.

TRANSITION TO:

《霹靂嬌娃》CHARLIE'S ANGELS, 2000

（圖1－3）二〇〇〇年，電視劇《霹靂嬌娃》躍登大銀幕重現世人眼前。奧古斯特投入其劇本改寫工作時，有許多工作要做。他還記得，「萊恩・羅伊（Ryan Rowe）、艾德・所羅門（Ed Solomon）已經寫好劇本，大家都很喜歡開場的橋段——跟電影結尾的橋段一樣——三位嬌娃從飛機上跳傘而下。但劇本的其他部分，方向卻大相逕庭，以超級模特兒複製人為主軸，讓人感覺它跟開頭不是同一部電影。」所以他跟製片之一茱兒・芭莉摩（Drew Barrymore）開會時，前四次會議都是在討論電影的調性與感覺。

「我很愛這部影集，」他說。「也覺得這是一次絕無僅有的機會，可以拍一部讓你為那三個女孩莫名感到驕傲的動作片。還有，這部電影也能很好笑，因為她們三人在出任務時擁有一種不可思議的自信，日常生活中卻是超級傻瓜。喜劇從來都不是以很酷的人為主角；它是屬於傻瓜的。」不過，儘管電影的調性很輕鬆戲謔，奧古斯特表示這個劇本其實寫起來頗棘手。

「就劇本的實際寫作來說，《霹靂嬌娃》出乎意料的困難，因為你有三個主角，加上波斯利（Bosley）與一個壞人，而那個壞人還必須能夠讓觀眾吃驚。於是，這部片裡的每一場戲都必須做兩到三件事，不能讓一場戲只是某個角色的喜劇時刻。它的每個環節都必須劇情、喜劇與角色兼具，還要推動浪漫愛情故事的副線。」

被當成某個特定類型電影的編劇，其實可以很有幫助，至少他們會考慮找你寫某種類型的劇本——但我不想只寫這些東西。所以，我知道《狗男女》可以給我機會打破這個刻板印象。

電影公司喜歡《狗男女》的劇本，製片也喜歡，只是大家覺得「這是青少年演出的限制級喜劇，裡面還牽涉到毒品——我們不能拍這種電影。」但這部劇本給我很多機會去跟人開會，讓我被請去幫不同的人寫東西，例如《笨賊妙探》（Blue Streak, 1999），這是馬汀・勞倫斯（Martin Lawrence）的喜劇。我受邀加入團隊，好讓劇本的風格更強烈。他們不在乎以前我只是被找去寫小孩子題材的編劇。

所以，《狗男女》的劇本非常有用，它讓大家看到：「喔，你會寫喜劇。你可以寫動作場面。你會寫女人。」不論你對《狗男女》的看法怎樣，製片們都可以用它來證明雇用我是有道理的。

有些電影是真正屬於你的作品，你跟它們有深刻的連結。你在它們的世界裡住了很久，它們也變成你的一部分。其他某些電影，則像是你在露營時遇到的朋友：它們很好，但你感覺不到任何深刻或特殊的連結。

身為編劇，有一件事讓人很挫折：很多我有深刻情感連結的劇本，到現在都還沒拍成電影。它們被冷凍起來，只是一百二十頁填滿 Courier 字型[16]文字的稿子，真的讓人很想抓狂。比方說，我幫茱兒・芭莉摩重寫的《上空英雌》（Barbarella, 1968）新版劇本。我很希望它被拍出來，但我知道版權問題永遠不可能解決，拍成電影遙遙無期。但是，其他的劇本可能還是有機會……進這行十年或二十年後，你面臨的挑戰就是：決定自己什麼時候該對某些案子死心。

16 美國標準電影劇本格式採用的字型。

動畫的局限

（圖4－5）奧古斯特寫過《冰凍星球》（圖4）、《提姆波頓之地獄新娘》與《科學怪犬》（圖5）這幾部動畫電影的劇本。儘管在某些面向上，這種藝術形式可以有更大的創作空間，但他注意到它其實也有一些我們沒想到的限制。

「寫《冰凍星球》（2000）的時候，」他說。「動畫的作業正從全手繪變成全電腦動畫，最後演變成兩者的混合體。每個星期，我會收到不同的指示，比方說：『你可以寫到水，但角色不能弄溼。』甚至到了二〇一二年的《科學怪犬》，那些傀儡的效果很棒，但也還是有局限：『這個角色不能坐下──設計它的時候沒有包含這項功能。』又或者是，你不能寫有很多臨時演員的戲，因為在停格動畫（stop-motion animation）裡，每一個臨演也都得花幾個星期來做動畫……於是你必須更留心這些東西。

「幫動畫編劇，劇本不是送給演員看，而是送到故事部門（story department）。他們會把劇本拆解成分鏡表，看每一句對白要分配到哪個鏡頭。動畫必須一個鏡頭一個鏡頭製作，因此可以把整部電影弄得一清二楚。有時候，因為一個不同的故事點子，或因為某個執行上的理由，故事部門會改動一些東西。編劇必須在某種程度上接受這種事有可能發生。」

而身為編劇最挫折的時刻，就是當你必須再改寫一稿，卻不是真心相信電影公司給你的那些意見有用。

你沒有辦法，只能像醫生的信條[17]所說的去做：「首先，不造成傷害。」──但你可以感覺到自己正在背棄它，你死命地在你想寫的電影跟他們想拍的電影之間找到平衡。

有時候，你不見得總能找到皆大歡喜的平衡點。但如果這場戲導演不喜歡也不理解，他就永遠沒辦法把它導好，所以你一定得修改。這就是現實。如果演員不能把對白說得有說服力，你也一定要修改。而真正的挫折感，發生在某個並非實際參與拍攝的人對劇本發表高見時。比方說，專案發展部門某個資淺的專員有個意見，而且他覺得一定要被採納。這時候你必須照辦，否則沒辦法讓

> **"身為編劇最挫折的時刻，就是當你必須再改寫一稿，卻不是真心相信電影公司給你的那些意見有用。"**

電影製作流程繼續往下走，但你知道那不是什麼好意見，也不會讓電影更貼近你理想中的樣貌。

身為編劇，你不是最終負責的那個人。你沒有決定權。你可以投入情感，但你必須知道自己可能會心碎。這是很難受的經驗，你必須自己走過一段小小的哀悼歷程。但從好的一面來看，編劇跟電影產業的許多其他工作不同──你隨時可以拿起筆來寫新的東西。

17 即醫師誓詞，語出有「醫學之父」美譽的古希臘醫師希波克拉底（Hippocrates，西元前460〜前370年）。

伍迪・艾倫 Woody Allen

很少電影藝術家像伍迪・艾倫一樣,多產、才華洋溢,卻又非常輕蔑自己的作品。「我躺在家裡的床上寫東西,腦子裡有一堆不可思議的點子。」他曾經這麼說。「我以為自己一出手就會是《大國民》,一定會是非常好的作品。然後我把電影拍出來,看到的成品卻讓我覺得丟臉到家了,心想:『我是哪裡做錯了?』」他實在太謙虛了。

一九三五年十二月,伍迪・艾倫出生於紐約布朗克斯區(Bronx),一九六九年起開始持續自編自導(也經常自演)。他既能寫爆笑的喜劇,也可以製作發人深省的戲劇。早在童年時期,他就對這兩者著迷。青少年時代的他已經在寫笑話投稿地方報紙賺稿費,卻也對登上美國電影院大銀幕的偉大歐洲電影非常感興趣。「突然間我發現,電影其實可以這麼美好。」他回憶道。

他的電影生涯真正的啟航,是一九六五年寫的喜劇《風流紳士》(What's New Pussycat?),由於對最後的成果很不滿意,從此深信未來一定要執導自己的

劇本。就這樣,他開始獲得高度的創意主控權,成為好幾代電影人欣羨的對象。

伍迪・艾倫早期的喜劇片《傻瓜大鬧科學城》(Sleeper, 1973)、《愛與死》(Love and Death, 1975)獲得成功後,後來再以《安妮・霍爾》(Annie Hall, 1977)達成創作生涯上的重大突破。這部成熟的浪漫喜劇贏得四座奧斯卡獎,包括最佳影片與最佳原創劇本,由伍迪・艾倫與共同編劇馬歇爾・布利克曼(Marshall Brickman)一起獲獎。

伍迪・艾倫決心挑戰自己的極限,接下來幾年拍攝的電影,展現了他宏大的企圖心,從《我心深處》(Interiors, 1978)這種伯格曼風格的戲劇,到規模宏大、浪漫又憂鬱的《曼哈頓》(Manhattan, 1979),再到受《八又二分之一》(8 1/2)啟發的《星塵往事》(Stardust Memories, 1980)。在嚴肅與輕鬆的事件之間切換,從此成為伍迪・艾倫作品的基礎。的確,他最好的一些電影都是結合這兩者的作品,包括《漢娜姊妹》(Hannah and Her Sisters, 1986)、《罪與愆》(Crimes

圖1:《安妮・霍爾》

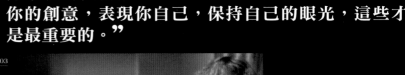

and Misdemeanors, 1989）與《賢伉儷》（Husbands and Wives, 1992）。伍迪・艾倫曾獲二十三項奧斯卡獎提名，拿過四座獎：三座劇本獎與一座導演獎。從他不愛出風頭的作風來看，他大概會覺得自己拿的獎項並不重要（一九七四年，他曾說過：「頒獎這整個概念就是很蠢的事。」），可能對那些跟他合作的演員拿到六座奧斯卡獎這件事反而比較有感覺，而這應該也是為什麼演員很樂意加入他劇組的原因之一，儘管他們參與的可能是酬勞不高的小角色。

的確，當代的電影編劇中，鮮少人可以寫出這麼多令人難忘的角色，不論是《開羅紫玫瑰》（The Purple Rose of Cairo, 1985）裡大蕭條時代下為電影瘋狂的妻子（米亞・法蘿 Mia Farrow 飾演）、《罪與愆》裡通姦的殺人兇手（馬丁・蘭道 Martin Landau 飾演）、《另一個女人》（Another Woman, 1988）中情感疏離的哲學教授（吉娜・羅蘭 Gena Rowlands 飾演），或是《安妮・霍爾》裡令人喜愛的電影同

儘管伍迪・艾倫如此多產，他的生涯也經歷過幾段停滯期。他拍過近五十部電影，不可能每一部都成功。但即使是他最弱的作品，也展現了他在永恆的人性議題上的洞見。伍迪・艾倫的劇本致力於探討人們如何努力想要找到幸福——透過愛情，透過成功，透過一些笑聲。但他筆下的角色屢戰屢敗地發現這些慰藉的無常，而這個事實也為其電影提供了辛辣的諷刺性。直到今天，年近八十的他仍然像他的角色一樣在尋找。對全世界的觀眾而言，伍迪・艾倫在意義上不眠不休的追尋，是電影藝術在過去四十年間給我們最重要且影響深遠的珍寶之一。

「除了我的藝術繆思之外，我對誰都不服從。」談到他如何決定下一部作品的題材時，伍迪・艾倫曾這麼說。「評論與商業上的反應並非那麼有意義；製作電影的經驗才重要。執行你的創意，表現你自己，保持自己的眼光，這些才是最重要的。」

圖 2：《我心深處》，1978
圖 3：《漢娜姊妹》，1986
圖 4：《開羅紫玫瑰》，1985
圖 5：《賢伉儷》，1992

馬克・邦貝克 Mark Bomback

"在我寫的每一部劇本裡，我都會盡最大的努力要讓你們愛上這些角色。無論寫什麼類型的電影，我覺得我的頭號任務，都是要讓你們關心我的主人翁陷入的困境。"

《煞不住》，2010

馬克・邦貝克在衛斯理大學主修英語文學與電影研究，因為看了**《甜蜜生活》**（*La Dolce Vita, 1960*），以及山姆・富勒（Sam Fuller）導演的**《南韓血戰記》**（*The Steel Helmet, 1951*）深受啟發，於是走上電影編劇的路。雖然他早期被拍出來的作品並不成功，例如**《夜半鈴聲》**（*The Night Caller, 1998*）與**《嬰魂》**（*Godsend, 2004*），但近來他已讓自己成為「大事件電影」[18]編劇，備受推崇。

他的成功始於**《終極警探 4.0》**（*Live Free or Die Hard ╱ Die Hard 4.0, 2007*）劇本，這是全世界票房最高的一部**《終極警探》**電影，也是這個系列自銀幕消失十二年後重振雄風之作。自此之後，他寫了一些動作片電影劇本，例如**《超異能冒險》**（*Race to Witch Mountain, 2009*）與**《攔截記憶碼》**（*Total Recall, 2012*）。此外，他也做了一些未掛頭銜的劇本改寫工作，包括**《康斯坦汀：驅魔神探》**（*Constantine, 2005*）、**《猩球崛起》**（*Rise of the Planet of the Apes, 2011*）等。然而，到目前為止他最好的作品是二〇一〇年的**《煞不住》**（*Unstoppable*），劇本參考了二〇〇一年俄亥俄州發生的火車失控真實事件。

對於躋身好萊塢一流動作片編劇這件事，他謙虛地表示：「近來我確實感覺到自己好像打進了那份熱門編劇人選清單中，但我想我應該是落在名單的後半段。繼續慢慢往上爬是我的目標。這是很難擠進去的名單。想名列其中，你必須是真正的第九局王牌投手，而你也會因此得到相應的報酬。」

18 event movie：因其預算規模、知名度等因素，讓電影上映本身就成為「重大事件」。

馬克・邦貝克Mark Bomback

十幾歲以前，我不確定我知道「電影編劇」這個字眼。我愛電影，但我很少看演職員表。那時的我可能沒辦法告訴你許多我喜歡的電影是誰導的。說真的，我到了高中的時候，才開始有點考慮走電影這條路，而我喜歡的電影人大多是導演兼編劇，於是寫劇本似乎變成讓自己的電影被拍出來的職責之一。你知道的，就是「史派克・李（Spike Lee）也得自己寫劇本，不然他就沒有電影可拍」那一套。那時候我什麼都不懂，覺得史蒂芬・史匹柏（Steven Spielberg）所有的電影都是他自編自導的。

但是等我上大學後，我進了一所很棒的電影系。衛斯理大學非常注重理論，對理解電影語言的重視，勝過電影製作。這個系跟人家不太一樣的地方是，它沒讓我們看很多歐洲電影——雖然有接觸經典作品，但重心主要放在美國導演上，例如卡普拉（Frank Capra）、霍克斯（Howard Hawks）、希區考克與懷德（Billy Wilder），甚至還有一門課專門研究「黑色電影」。

大約就在那個時候，我看了《蘭閨艷血》（*In a Lonely Place*, 1950）與《巴頓・芬克》（*Barton Fink*, 1991）這兩部關於電影編劇的故事，這才發現：「喔，原來有電影編劇這種工作。這職業還真特別，一票知識份子在工作上飽受虐待和凌遲。」後來我發現這想法不盡然正確，但它刻劃了這工作中悲劇性浪漫的一面，勾起我的興趣。

我的成長過程可以說過得無憂無慮，不過，「以編劇為業」這種有點自我毀滅傾向的藝術召喚——卻同時享有某種體制裡的安全感——對我來說可能有什麼地方非常吸引人。我不會因為讀了「跨掉的一代」凱魯亞克（Jack Kerouac）的書後就說：「我要拋棄我的人生！」我的情況比較接近：「我想要有棟好房子、過安穩的生活，但我也想體驗藝術家人生那種備受折磨的感覺。」

聽起來很矯情，但編劇們在面對片廠電影製作過程中種種障礙的同時，仍拚了命想創作出某種有價值的東西——我想，有部分的我深受這一點吸引。大學時代的我覺得這種掙扎有它浪漫的地方。有趣的是，我覺得《蘭閨艷血》和《巴頓・芬克》的主角應該啟發不了幾個人當電影編劇的夢想。

大學畢業後，我搬到洛杉磯，找到一份讀完劇本後幫忙寫摘要的工作。那一年，我保守估計，大概看過一百五十篇劇本，而且坦白說，大部分都是垃圾。讓我驚訝的是，從 CAA、Endeavor 與 William Morris 這些頂尖經紀公司寄來的電影劇本裡有多少狗屁不通的東西。偶爾我會讀到很棒的作品，但結果沒人買下來；然後還有一些中等水準之作——寫得很不錯，卻又不算精彩，但因為有很扎實、一貫的核心點子，讓它們跟那些垃圾有所區隔。這樣的劇本可能不是寫得很美，但可以讓你不斷翻頁讀下去。

我從老早就意識到，劇本能不能勝出有一半決定於此：它必須寫得很有可讀性，必須有真正強大的點子來當引擎。

或許只是我自己這樣想，但我確實感覺到在我那票寫作的朋友當中，很多人都有類似的心情——在內心深處，他們都有點擔心會被人發現他們其實不知道自己在做什麼。記得我曾經搜尋過我仰慕的編劇在媒體刊出的訪問，他們也承認自己到頭來覺得有點心虛……我想，這對我來說很重要，讓我可以坦然面對這種自己好像在唬弄大家的感覺。大多數人在做創作時多少都會有這種感覺。

當電影編劇，自信心是很重要的一環。一直到最近這五、六年，我才覺得我的自信心提升到某種程度，變成我的一種資產。有時候，當我要參加真的很重要的會議時，我會這樣告訴自己：「用符合他們期待的樣子走進會議室，給他們安全

> **「我從老早就意識到，劇本能不能勝出有一半決定於此：它必須寫得很有可讀性，必須有真正強大的點子來當引擎。」**

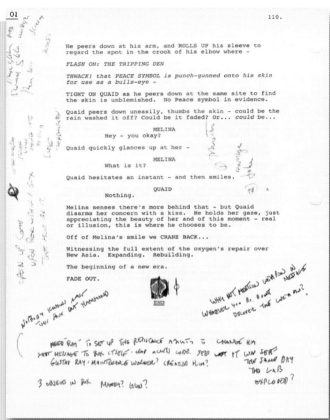

圖 1：改寫《攔截記憶碼》最後一場戲的筆跡

重新演繹經典：找到自己的角度

（圖 1 － 2）當邦貝克加入重拍電影《魔鬼總動員》的團隊時，他經歷了重新打造一部廣受歡迎電影的挑戰。原版中阿諾・史瓦辛格（Arnold Schwarzenegger）演出的主角，新版改由柯林・法洛（Colin Farrell）飾演。

「他們找我談這片的時候，我說原版在電影院放映過後，我就沒看過第二遍了。」邦貝克回憶道。「後來我重看了一次，給他們的答覆是：『老實說，我認為這是非常好的電影。我真的想不到什麼好法子可以讓它煥然一新或編得更好，所以我可能不是重寫這部片的最佳人選。』」

過了一段時間，《終極警探4.0》的導演藍・懷斯曼（Len Wiseman）確定執導《攔截記憶碼》，再次找上邦貝克。

「他們手上有寇特・溫墨（Kurt Wimmer）寫的劇本，需要找人改寫。我讀了劇本，覺得寇特真的想到了行得通的新詮釋方法，我心想：『天啊，我怎麼沒想到可以這樣寫？你拿掉去火星的元素，把故事留在地球上，它就搖身一變為未來版的《神鬼認證》（*Bourne Identity*, 2002）。』寇特成功找到新方法來講這個故事。另外，還有菲利浦・迪克（Philip K. Dick）寫的原著短篇科幻小說精彩的核心概念：一旦交出你的心靈，就永遠不可能真正地再找回來；你將永遠沒辦法百分之百確定什麼是真、什麼是假，有如一趟永無終止的迷幻旅程……擁有這樣吸引人的強烈元素，還可以從另外一個角度來發揮，說這種電影不該被重拍是很可笑的事。」

當問到他覺得觀眾會如何比較新舊兩個版本，邦貝克坦承：「如果看過原版的人，只因為他們對它抱有美好的回憶，就預設新版是處於『兩好球，快被三振』的狀態，這會讓我很難過。沒錯，如果你連著看這兩部電影，有可能會發現你比較喜歡原版的某些地方，例如舊版的笑點比較多，還有那些誇張過頭的動作戲，但我希望你也會發現新版在說故事上比較成功。我們確實把很多邏輯漏洞填補起來，它因此有了不同樣貌的能量與節奏。」

感，讓他們覺得『很好，我們請到了正確的人。』把你的焦慮留到午夜時分自己在家面對筆電的時候。」然後它就會變成某種自我實現的預言——你坐下來寫作，對自己說：「如果他們不覺得我是做這個案子的最佳人選，就不會雇用我。而我要不是天生來吃這行飯的，就不會還坐在這裡寫劇本，老早就被淘汰了。」

《終極警探4.0》本來跟我扯不上關係。在那之前，我改寫過布魯斯・威利（Bruce Willis）本來要主演的一部電影。雖然它後來沒拍成，但布魯斯與當時的製片夥伴亞諾・瑞夫金（Arnold Rifkin）很喜歡我幫那個案子寫的東西。後來他們要找編劇寫新的《終極警探》電影，而我當時被拍出來的編劇作品還只有《嬰魂》與《夜半鈴聲》，所以非常想寫一部有更高知名度的電影。更重要的是，我真的很愛《終極警探》第一集。我是說，我很喜歡第二、第三集，但我愛第一集。

待命的「劇本醫生」

（圖1－2）《終極警探4.0》之後，邦貝克曾被找去改寫幾部福斯的電影，例如《猩球崛起》。當被問到福斯對他有什麼期望時，邦貝克回答：「就劇本改寫來說，福斯來找我，可能是因為我滿擅長讓每個元素有機地融入故事整體，等我改寫完，電影在敘事與角色的層面上都會更合理。

「我已經相當擅長診斷劇本裡哪些東西不行，把某些東西拉出來獨立檢視，例如：『這個角色走向重建或毀滅的路徑為何？那個角色有哪裡不對勁，我覺得需要被解決？』在整個故事中持續關注這些重點，真切地感受角色的處境，確保兩難的局面在某些層面上呼應故事的大主題，讓這一切相互呼應串聯……某些大預算電影在接近拍攝期的時候，電影公司與導演之間的拉鋸可能會讓人忽略了把故事說好的重要性。我被找進去，就是為了確保這個劇本可以拍成一部關於主角旅程的電影，以及電影的重大概念從頭到尾都沒有跑掉。」

那時候大片廠開始熱衷做系列電影，我也認為就編劇生涯來說，寫系列電影是聰明之舉，因為如果你成功了，更多機會有可能接踵而來。而說到系列電影，還有比《終極警探》更好的選擇嗎？

對我來說這實在沒得挑了，於是拚了命想提出最好的案子。我馬上感覺到福斯公司的高層心裡八成在想：「看在布魯斯和亞諾的面子上，我們願意聽聽這傢伙的提案，但絕對不可能雇用這個寫《嬰魂》的人來寫《終極警探》。」

幸運的是，我想到的幾個點子讓他們很中意。我非常仔細描述了主角麥克連（John McClane）在電影進程中會怎麼演變。這種類比／數位的主題，真的很讓我著迷。

我的提案角度是，「這部電影有趣的地方，在於《終極警探》電影本身幾乎就像上一個時代的遺跡，所以我們就拿這個點來玩，讓麥克萊恩看起來像個跟時代脫節的人。」我真的很想讓這個角色重登這種類型電影的寶座，於是他們決定交給我來寫，但我很肯定福斯高層心裡想的是：「等這傢伙寫出初稿，就請他走路，再找一個真的懂怎麼寫這種東西的人進來。」因為這份不安全感，我幾乎可以說是懷著怨恨寫出第一稿，也非常確定這是孤注一擲。我的事業都押寶在這個劇本上了。

結果，這部電影的劇本初稿，是我當時寫過最好的一本。它的劇情流暢、前後連貫，讓人清楚看到這部電影可以做到什麼。對一部《終極警探》系列電影來說，最重要的是我成功抓到麥克連那種特殊的幽默感，所以我不但沒被開除，這部電影還幫我打開大門，帶進後來的每一個案子。

《X戰警：金鋼狼》（X Men Origins: Wolverine, 2009）的續集即將上映[19]，我曾經參與改寫它的劇本。我加入製作團隊的時候，原來的劇本顯得不太「足夠」。換句話說，它有點過於被金剛狼世界裡的一些概念所束縛，而這些概念沒有向外拓展成任何基本上能引起觀眾迴響的東西。

昨晚我剛看了《復仇者聯盟》（The Avengers, 2012）。對我來說，這是怎麼執行漫畫改編電影的完美範例。一般來說，你會想讓熟悉這些漫畫的人對改編覺得滿意，又不想讓那些只是想來試試這類電影的觀眾覺得被排擠在外。不過，這麼想其實很短視。三十

19 本片在台灣已於二〇一三年上映，片名為《金鋼狼：武士之戰》（The Woverine）。

> **"在最好的高難度設計場面裡，角色們都會在各自的轉變弧線往前進一步，不論是他們之間的關係有些微改變，或是從充滿磨難的動作戲裡學到什麼事。"**

年後，你的觀眾不太可能要求改編非常忠於原著，只是想看一部劇本寫得很好的電影。你到底想不想要他們喜歡你的電影？

《金剛狼》原來的劇本問題就在於有點太過封閉，而我努力做到的，就是找出金剛狼角色身上一些更能引起迴響、更普世性的東西，尤其是他長生不死的能力。這到底是幸運，還是詛咒？當身邊的所有人最後都會死去，金剛狼卻是不死之身，這種情況下他如何過他的人生？這可能不是什麼新鮮的創意，卻是一個讓觀眾關注主角的有趣角度。

關於這些系列電影，大家總是有個很大的誤解，以為電影公司只關心動作場面，而片廠主管根本不在乎電影有沒有扎實的故事和真實的角色——這種想法非常犬儒，也離真相很遠。

比方說，當片廠高層跟攝影指導或公關部門開會的時候，他們當然不需要擔心角色的事。但是當他們跟編劇開會時，則幾乎只專注在角色和敘事的問題上，希望能把故事講到最好。我可以輕鬆責怪片廠體系說：「在這樣的體系下，怎麼有辦法拍出好電影？他們只關心爆炸場面。」但事實是，雖然他們確實希望電影場面浩大又壯觀，卻也渴望電影的故事裡有一些可以讓大家產生共鳴的角色，所以才雇用編劇來確保達成這個目標。

20 set-piece：需要大量預算、精心設計才能拍攝執行的場面，例如大規模戰爭場景、高難度動作特技。

21 在好萊塢「三幕劇編劇理論」中，角色轉變弧線（character arc）與轉變歷程／旅程（journey）是非常重要的觀念。此理論相信，角色（尤其是主要角色）從故事開頭的 A 狀態，到了故事結局必須轉變成 B 狀態，例如一開場討厭女主角的男主角，經過種種的轉變歷程，到結局時會完成他的「角色轉變弧線」，深深愛上了女主角。

在我寫的每一部劇本裡，我都會盡最大的努力要讓你們愛上這些角色。無論寫什麼類型的電影，我覺得我的頭號任務，都是要讓你們關心我的主人翁陷入的困境。我希望我的觀眾能夠回答下面這個問題：「為什麼這個故事是發生在這個人身上？」所以我在寫作時，自己也一直在回答這個問題。當然，這當中涉及一個我們通常稱之為「角色轉變弧線」的故事發展術語，但對我來說，這就是一部電影成功的關鍵成分。

以《煞不住》為例，關於這些角色是誰、他們該怎麼有所成長，背後有兩大概念在運作。一是這兩個主角失去了尊重自己的能力，不再擁有任何

兼具角色轉變弧線的動作片

（圖 3）在寫《終極警探 4.0》之前，邦貝克雖然是動作片的大粉絲，卻還沒寫過太多動作場景。這時候，福斯電影的一名高階主管給了他很受用的訣竅。

「有個現在已經是製片人的主管叫艾力克斯・楊（Alex Young），非常睿智地建議我把劇本分區塊來處理。」邦貝克回憶道。「他向我保證，『等我們聘了導演，動作場景就會水到渠成。你只要盡量把動作場面用最有趣的方式寫出來就好，不要太拘泥於細節。重要的是，你要確保故事好看、角色引人入勝。在劇本階段，我們最不需要費心的就是動作場面。』當然，一旦電影快進入攝製期，動作場景就會變成大家最關心的事。理想上來說，這時候你已經把劇本都發展好了，所以其他元素都有人在處理，你只需要專注在動作場面上即可。這部電影的導演藍・懷斯曼很愛處理高難度設計場面[20]。要是我卯起來寫，把動作場景的每一拍都設定得很明確，那我就太蠢了。所以我的做法是，想一些高難度設計場面的點子，跟導演說：『關於這個動作戲段落，我有個粗略的概念草圖。』然後他會說：『我也有一些想法。』兩個人就這樣來回討論。

「我的工作是吸收他的點子，然後確保這些點子在場景運作的層面上能夠順利執行。我會努力把對白整合進這個段落的架構，以及最重要的，努力確保角色們會在這個高難度設計場面中經歷某種轉變的歷程。在最好的高難度設計場面裡，角色們都會在各自的轉變弧線[21]往前進一步，不論是他們之間的關係有些微改變，或是從充滿磨難的動作戲裡學到什麼事。在動作片裡，編劇大部分的工作就是想出每個高難度設計場面的大概念，然後讓其他的一切在這個概念裡仍能發揮效果。」

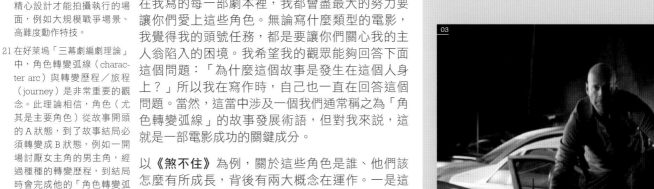

03

《桃色名單》 DECEPTION, 2008

（圖1）二〇〇八年的驚悚片《桃色名單》（Deception），本來是邦貝克幾年前的劇本提案《觀光客》（The Tourist）。

「我想到的點子是：在一個祕密世界裡，位居頂尖職位的人可以在夜裡相互尋求匿名性愛來釋放壓力，隔天再若無其事回去上班。」邦貝克回憶道。「片名取為《觀光客》，是因為它想探討在旅館房間度過人生具有什麼意義。主角在劇中經常被誤認為觀光客，而在角色的層面上，他在自己的人生裡也只是過客。」

這點子讓邦貝克很興奮，做了一件他從未做過的事。「開始動筆的時候，我根本還沒想出真正的劇情，就只是埋頭寫下去。我寫出了非常強的第一幕，有三十頁，拿給朋友們看，他們的反應是：『喔，天啊，這部電影一定會很棒！我迫不及待想看剩下的劇本了。』他們不知道的是，我不太確定接下來要怎麼發展，不斷繞回第一幕，沒辦法往前進。」儘管如此，他還是把這個點子賣掉了，但他坦承故事後來的發展，「並沒有真的想清楚。」

當他嘗試把劇本寫完，他發現這件事正如他所害怕的那般困難。「劇本的前半比後半強很多。我學到的教訓是：對電影的後半沒有任何概念就動筆寫劇本，絕對是個錯誤。」

這部片後來改名為《桃色名單》，劇本經過一些編劇改寫，最後上映時得到惡評和平庸的票房表現。

「談這部電影而不去怪罪許多人，是很困難的事。」邦貝克說。「我不想講出那些話，所以我寧可不談。但如果那時我寫出更好的劇本，電影肯定會更好。現在回想起來，讓我驚訝的是，這部電影在很早的階段就預告了劇情的衝擊點，所以我無法想像任何人會真的被它騙到。當一部電影失敗時，可以怪罪的層面多的是，但我確實應該承受大部分的責難。畢竟，如果一開始有個好劇本，就不會產生這麼多的問題了。」

01

《超異能冒險》
RACE TO WITCH MOUNTAIN, 2009

（圖2－3）《終極警探4.0》的成功後，邦貝克接下的首批案子之一是《超異能冒險》。這是巨石強森（Dwayne Johnson）主演的家庭動作電影。「它本來是針對孩子規畫的電影，」他回憶道。「動作場面幾乎不存在，非常輔導級或普級的調性。但迪士尼公司覺得拍給孩子看的動作片有商機，而他們是《終極警探4.0》的粉絲，所以跟我說：『你能不能把我們手上的劇本變得像《終極警探》那樣？』邦貝克接下這個工作，很快就意識到它沒那麼容易。「一旦你開始改變動作場面的調性與風格，角色也必須跟著調整，結果變成幅度不小的劇本整體大修。被他們拿來當範本的電影包括《魔鬼終結者第二集》（*T2, 1991*）、《終極警探》第一集（1988）、《致命武器》（*Lethal Weapon, 1987*）——迪士尼是真的想讓這部電影擁有那樣的能量。當然，我也沒辦法從相反的走向來寫《超異能冒險》。假如他們說的是：『這部電影太硬了，我們得讓它可愛一點、軟性一點。』那就不是我的強項了。」

當被問到他對電影最後的成果有什麼看法，邦貝克坦承：「我不知道如果我沒有參與改寫《超異能冒險》，我會怎麼看這部片。我不確定我會不會喜歡——我真的沒什麼想法。但我知道我的孩子很喜歡它，他們的朋友也喜歡。看著孩子們觀賞這部電影，讓我非常開心。一直到今天，當我碰到小孩子、被問到我寫過什麼劇本，他們都會告訴我他們覺得這部電影是最酷的。」邦貝克笑道。「所以我會說它算成功吧。」

自我價值，一味地貶低自己。二是「失控的火車」這個中心思想——它代表的是：事件的發生，有時候沒有任何道理或理由，人生就是會突然讓你吃痛。這種時刻，就是考驗你勇氣的關頭。於是，在這個劇本裡，我努力尋找一個方法讓這兩個表面上沒什麼共通點的角色，在這瘋狂的一天內重新發現自己其實是很有價值的人。

我的腦袋裡，隨時都有五、六個跟故事有關的點子在打轉，而我可以分別投入不同等份的能量來處理。通常，其中一或兩個是首要之務，當天就要專心做個整理。像這樣同時處理多個點子會造成多大壓力，是由你自己決定的。在我看來，我覺得研究癌症治療的壓力很大，當警察也一樣，而我不覺得當電影編劇的壓力有那麼大。對我來說，壓力並非主要來自工作本身……以前也許是如此，但我感覺現在我的專業能力已經夠強了，那種我覺得自己不能寫好的案子就不需要勉強接

> ❝我的腦袋裡，隨時都有五、六個跟故事有關的點子在打轉，而我可以分別投入不同等份的能量來處理。❞

下來，所以現在我其實不會再想著：「喔，我沒辦法達成他們要求的東西……」然後為此擔心得睡不著。

不過，我有時候還是會失眠，滿腦子想的是：「要是作品的結果沒有我想的那麼好，對未來的案子會有什麼影響？」換句話說，我想我的壓力主要來源是生涯中必然的高潮與低潮，我會自問：「這是高潮嗎？我的事業現在感覺發展得不錯，但如果這就是頂點，是不是表示我接著很快就要走下坡？」我感覺我接到每個案子，都像是站在罰球線上，必須每罰都進。但這種內化的壓力，我覺得也是一種很有用的前進動力。跟其他很多職業

無法講理的反派角色

（圖 1－3）《煞不住》是由丹佐‧華盛頓（Denzel Washington）與克里斯‧潘恩（Chris Pine）主演的電影。邦貝克在寫這部電影劇本的時候，有兩個不同的靈感來源。

「我非常喜歡電視影集《白宮風雲》（*The West Wing*），」邦貝克說。「所以我心想：『這個劇本要借用《白宮風雲》的文體。』於是這部片有了艾倫‧索金（Aaron Sorkin）的風格，敘事在不同角色間快速交替，每個人一邊移動一邊講話，講個不停。」

另一部參考影片是《大白鯊》（*Jaws*, 1975）。「你有個不會跟你講理的反派主角。」他解釋道。「努力把壞人寫好，讓我覺得很累。我從來就不擅長寫壞人，所以我很開心能把壞人從故事中拿掉。我比照《大白鯊》──每十分鐘，鯊魚就會出現──來組織這部電影的架構。節奏也跟《大白鯊》一樣，一開始比較悠哉，之後節奏越來越快。」

圖 2：《煞不住》某一版劇本上的手寫註記

圖 3：邦貝克訪問火車工程師時的筆記

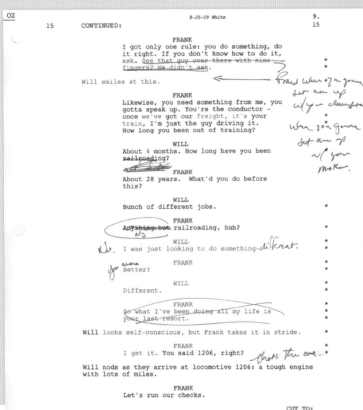

驚人的典範：《神祕河流》

（圖4-5）「這不是什麼祕密，我們都知道現在最好的劇本在電視圈。」邦貝克說。「《廣告狂人》（*Mad Men*）、《絕命毒師》（*Breaking Bad*）、《新世紀福爾摩斯》（*Sherlock*）——對我來說，這些是目前寫得最好的影集。但我會說，電視影集缺乏一種完結感，而我認為，不論再有趣、再好看的敘事，我們有時也會希望它有結局的時候。我覺得，在一九八〇年代晚期或九〇年代初期，電影有了奇怪的轉變。『獨立電影』這個概念出現，然後大預算電影不用再背負必須拍出名作的負擔，而電視接收了獨立電影的空間，所以現在不按類型規則走的電影愈來愈沒有空間。」但是對邦貝克來說，他很高興還是有例外存在。

「對我來說，在片廠的中預算電影當中，最後一部真正的佳片是《神祕河流》（*Mystic River*, 2003）。我真的超喜歡這部片，我心想：『哇，這真是好電影的驚人典範。』對我來說，《神祕河流》的劇本就跟任何你看到的電視影集一樣好。它改編自一本傑作——作者是丹尼斯·勒翰（Dennis Lehane）——也有加分的效果。《神祕河流》沒有電視版，它注定就是應該拍成電影，而且我覺得就某些方面來說，電影版比起小說可以說毫不遜色，因為電影還有精準卡司和優異導演的加持。布萊恩·海格蘭（Brian Helgeland）寫的劇本真的很棒。我覺得他非常有天份，可以從表面上看來已經滿好改編的素材，例如《鐵面特警隊》（*LA confidential*, 1997）和《神祕河流》，找到絕對完美的方法用電影重新講述故事。」

比起來，我這種壓力根本是小巫見大巫。

我現在住在紐約市的外圍。從洛杉磯搬過來，我的理由很單純：為了家庭。我太太和我，希望我們的孩子可以在我的兄弟、他們的孩子與我的父母附近長大。其實我沒認真想過搬到這裡對我的工作會有什麼影響。我知道我會因此必須常回洛杉磯出差，卻意外發現這樣反而對工作有幫助。比方說，如果我去洛杉磯開會，大家比較不會隨意取消約會，因為他們知道我只會在這裡待幾天，所以他們會盡力配合我，讓會議更有效益。我跟導演或製片開會時，我們會卯起來把一堆事盡快完成，因為他們知道我要回紐約。

住在這裡，還有另一個好處。當我還住在洛杉磯時，擁有電影編劇的頭銜一點都不酷。在洛杉磯，許多人就算不是電影編劇，也認識幾個編劇，或是在電影產業的其他部門工作。當電影編劇除了「只是一項職業」之外，你還得跟你的鄰居競爭。在星巴克裡，每個人面前都是一台筆電。

但是在紐約，我認識的人當中，沒人在電影產業工作。他們有人在金融業，或是當醫生、老師、攝影師。因此，雖然聽起來有點做作，但我是真心覺得在紐約郊區生活，帶給我較多的創意能量。這裡比較屬於我。我在這裡可以喜歡我的職業。我不確定如果我留在洛杉磯，是不是能以同樣的方式喜愛我的工作。

不過，我想補充說明一點。我曾經希望我的孩子在紐約長大，滿心以為比起在洛杉磯，他們會認為我的工作比較酷。結果完全相反。他們告訴我，如果我真的很酷，我們應該留在洛杉磯才對。不過，人生豈能兩全其美呢。

尚－克勞德・卡黑耶
Jean-Claude Carrière

"世界不斷在變化，電影語言也是——要停止改變是不可能的。你必須身在流動的河水中，而非旁觀河水流逝。你必須身在其間，必須投身其中。"

《青樓怨婦》，1967

法國作家尚－克勞德 · 卡黑耶的創作生命，涵蓋了小說、舞台劇、卡通、詩與短片，但他的電影劇本確立了他身為本世紀最偉大作家之一的地位。

一九五〇年代中葉，他將賈克 · 大地（Jacques Tati）導演的 **《胡洛先生的假期》**（*Mr. Hulot's Holiday, 1953*）與 **《我的舅舅》**（*Mon Oncle, 1958*）改編成書，就此展開他的電影生涯。卡黑耶後來與喜劇電影人皮耶 · 艾鐵（Pierre Étaix）合作，拍了兩部短片，其中一部 **《週年紀念日快樂》**（*Happy Anniversary, 1962*）拿到了奧斯卡獎。在那之後，他與導演路易 · 布紐爾（Luis Buñuel）展開成果豐碩的長年合作關係，十三年間打造出六部電影：**《女僕日記》**（*Diary of a Chambermaid, 1964*）、**《青樓怨婦》**（*Belle de Jour, 1967*）、**《銀河》**（*The Milky Way, 1969*）、**《中產階級拘謹的魅力》**（*The Discreet Charm of the Bourgeoisie, 1972*）、**《自由的幻影》**（*The Phantom of Liberty, 1974*），以及 **《朦朧的慾望》**（*That Obscure Object of Desire, 1977*）。

無論處理原創劇本或改編劇本，他都一樣揮灑自如，也曾經三度獲得奧斯卡獎提名。他的代表作包括：**《錫鼓》**（*The Tin Drum, 1979*），榮獲奧斯卡最佳外語片獎；**《馬丹 · 蓋赫返鄉記》**（*The Return of Martin Guerre, 1982*），他與共同編劇丹尼爾 · 溫（Daniel Vigne）贏得法國凱薩獎最佳原創電影劇本獎；米蘭 · 昆德拉的小說 **《生命中不能承受之輕》**改編之電影 **《布拉格之春》**（*The Unbearable Lightness of Being, 1988*），以及那部讓他備受讚譽、由傑哈 · 德巴狄厄（Gérard Depardieu）主演的 **《大鼻子情聖》**（*Cyrano de Bergerac, 1990*）。

卡黑耶曾獲美國編劇公會頒發的終身成就獎，至今仍是多產的作家，對 **《靈異緣未了》**（*Birth, 2004*）與 **《白色緞帶》**（*The White Ribbon, 2009*）的劇本都有所貢獻，後者贏得該年的坎城影展金棕櫚獎。「我現在每天都還在寫作。」高齡八十歲的他說。「沒在寫電影劇本、舞台劇或書的時候，我就在地鐵或計程車上寫手記。從來沒有間斷過。」

尚－克勞德・卡黑耶 Jean-Claude Carrière

我出生在鄉下村莊，那裡沒有一本書，也沒有任何影像可以看，但我接下來的人生都在書堆與影像間打滾。

我的家人是鄉下人，全都是農夫。我一點都不鄙視他們，但我在家裡真的就像珍禽異獸一樣，因為我從小就是優秀的學生。我開始寫作後，家裡沒半個人理解我在做什麼。終我這一生，他們都是如此。

十或十一歲左右，我已經開始寫作，但我寫的是卡通，關於牛仔、海盜那類的故事，同時也開始寫詩。十五、六歲時，我開始受到電影強烈吸引。二次大戰期間，我們在法國不能看美國電影，因為那是禁片，只能看法國與德國電影。所以大戰結束後，對我來說就像遇上電影狂歡派對一樣。我開始發掘電影的整個歷史。

現在我明白了，當年我決定當電影編劇是出於兩個原因。首先，我不怎麼喜歡導演的工作。我的意思是，為一部電影付出四、五年，甚至六年的時間，對當時的我來說似乎太久了。

第二個原因是，除了電影之外，我還想寫其他領域的東西。一旦你成為電影導演，就不能當小說家了，因為你必須當你小小電影王國的國王。

但如果你是電影編劇，也還可以寫小說、舞台劇、歌曲、歌劇唱詞——這些我這輩子嘗試過的其他創作形式。我從不曾對這個決定感到遺憾。從來沒有，直到今天都沒後悔過。

我在全世界主持過許多寫作工作坊，第一天就會告訴學員：編劇不是作家，而是電影工作者。他必須從一開始就知道，自己寫的東西是要拍成電影的。編劇如果以為自己是作家，就必須寫出非常精巧的劇本，創造非常好的文學效果——這麼一來，他就完了。他絕對會失敗。

《女僕日記》
DIARY OF A CHAMBERMAID, 1964

（圖 1 － 3）卡黑耶與導演布紐爾的首次合作，是一九六四年的《女僕日記》。「一開始，對我來說還滿困難的。」卡黑耶坦承。「那時我才剛入行，所以布紐爾提點子的時候，我很難對他說不。」但是當這部電影的製片之一賽吉・希博曼（Serge Silberman）邀請卡黑耶共進午餐後，他們的關係產生了變化。

「他告訴我，『你知道，路易對你非常、非常滿意。』」卡黑耶回憶道。「『他覺得你很聰明，跟你合作很順利，不過，你應該偶爾對他說不。』」希博曼的意見提振了卡黑耶的信心，直到後來他才知道真相。

「我發現是布紐爾要希博曼來跟我說這件事的。」卡黑耶說。「就某方面來說，布紐爾需要對手。他不需要祕書，而是需要某個人來跟他唱反調、反對他，然後給他建議，所以後來我開始嘗試這樣做。到了我們第一部電影製作期的尾聲，一切都進行得很順利。這就是為什麼他找我合作第二部電影，後來又繼續合作了其他幾部電影。」

> **"電影語言非常複雜。它的組成不僅有影像與聲音，還包括演技……你必須百分之百確定自己寫的東西能不能被演員傳達出來。當你跟導演搭配的時候，你必須反覆確認的問題是：「這有辦法演出來嗎？」"**

如果你想成名，不要來當電影編劇。編劇排在導演後面，有時甚至在演員後面。

就某方面來說，編劇是藏在幕後的人。舞台劇作家遠比電影編劇還有知名度，小說家如果成功的話也是如此。但是電影編劇必須謙遜，自知他的名字或許終會消失無蹤。所以，如果想要成名，他一定要改行。

電影的語言，是由全世界的偉大電影工作者發展出來。他們已經將它千錘百鍊——有時是顛覆它——而我們電影人的主要任務，不僅是要理解它，也要盡可能嘗試使它更上層樓。

為什麼有那麼多小說家跨足拍電影會失敗，原因就是他們完全不懂電影使用的語言。電影語言非常複雜。它的組成不僅有影像與聲音，還包括演技。男女演員，都是這個語言的一部分。你必須百分之百確定自己寫的東西能不能被演員傳達出來。當你跟導演搭配的時候，你必須反覆確認的問題是：「這有辦法演出來嗎？」

電影語言不斷在演化，每一天都在改變。我記得有一天，導演尚－盧・高達（Jean-Luc Godard）跟我去看伊朗導演阿巴斯・奇亞羅斯塔米（Abbas Kiarostami）的電影。我們非常吃驚，因為這個來自另一個國度的電影人，讓我們看到：這套我們自以為了解的語言竟然有新的用法。事實證明，我們並非無所不知——他開創了新的方法。

發生這種情況，對我來說是非常興奮的事。你不可能說：「我們現在知道電影該怎麼拍了。我們很清楚每場戲應該有多長，知道一個鏡頭可以停留多久，然後跳到下一個。」因為這實在太荒謬。

當你訂下這樣的規則，一個新的天才出現就顛覆了一切。世界不斷在變化，電影語言也是——要停止改變是不可能的。你必須身在流動的河水中，

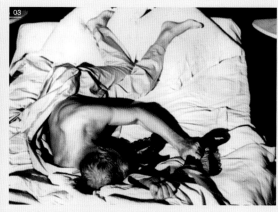

結局的錘鍊

（圖1－3）**《青樓怨婦》**的結局，是這部電影最有力、最謎一般的段落。它向觀眾暗示了快樂結局非常可能只存在於瑟維茵（凱撒琳‧丹尼芙 Catherine Deneuve 飾演）的腦袋裡。當年，卡黑耶與布紐爾費了很大的勁才想到這個結局。

「我們希望找到一個結局可以連結這部片的兩個面向：現實與非現實。」卡黑耶說。「這相當困難，我們真的找了很久，想過好幾個不同的結局。有天晚上，已經很晚了，兩點左右，我已經睡了，電話突然響起，是布紐爾打來的。他說：『尚－克勞德，過來我這裡。我想到一個怎麼結局的點子了。』於是我穿上衣服，去他的房間，只見他感動到幾乎要哭出來的樣子。然後他告訴我一個點子，跟現在電影的結局不一樣，但是方向一致。我說：『好，就這樣。』也為這個結局而感動。隔天，我們才把這場戲寫下來。通常他都滿早就寢，十點一到就上床，而且睡得很香。但是那一天，他凌晨兩點了都還沒睡，這表示他心裡因為沒想到怎麼結局而非常糾結。」

在電影最後一個段落中，雨松先生（米歇爾‧皮可利 Michel Piccoli 飾演）將瑟維茵的勾當一五一十告訴她坐輪椅的丈夫皮耶。這場爭吵既是真實的，也是非真實的：一個特寫鏡頭帶到皮耶流淚的臉，然後鏡頭運動到一個幾乎是幻想的結局：瑟維茵正在跟皮耶輕聲交談，彷彿什麼事都沒有發生，而皮耶看起來是四肢健全的樣子。

（圖2）米歇爾‧皮可利（左）與導演布紐爾（右）、凱撒琳‧丹尼芙在片場拍攝這場結局戲。

而非旁觀河水流逝。你必須身在其間，必須投身其中。你必須全心投入自己寫的電影，必須扮演自己片中所有的角色。

當我開始構思一部電影，或是有電影找我合作，經常會把故事說給我的朋友、妻子或我的女兒們聽。

例如《馬丹·蓋赫返鄉記》，我記得有一天我把故事講給我媽聽，結果她非常感興趣，於是我告訴自己：「這裡面可能有好故事。」如果你離故事太遠、對故事投入的感情不夠；如果你寫電影只是因為你需要錢，而對方給你的條件很不錯——這樣是寫不出什麼名堂的。

我跟導演的合作非常緊密，包括剪接期間。我自己也是剪接師，而且我認為編劇長時間待在剪接室裡是絕對必要的，因為你可以注意劇本的東西有沒有被遺漏了、盯緊任何狀況，或是電影比想像中更好還是更糟。

> **"如果你離故事太遠、對故事投入的感情不夠；如果你寫電影只是因為你需要錢，而對方給你的條件很不錯——這樣是寫不出什麼名堂的。"**

初剪版本放映的那一刻——這是電影的第一個拷貝——永遠都能發現讓你驚訝的地方。不過，驚訝不見得是壞事，它有時候反而是驚喜，例如《大鼻子情聖》。

我記得我們第一次看片時，所有人都非常驚喜。大家已經竭盡全力，而我們通力合作的結果還超乎我們的預期。我們知道拍電影用古典韻文很困難，但最後的成果實在讓我們很驚喜。不過，在某些案例中，結果是令人失望的，而且有時候是我們自己造成的。這一點我們必須坦白承認。

要我描述我怎麼跟導演一起合作寫劇本，幾乎是不可能的事。每天，我們面對面好幾個小時，一

04

《青樓怨婦》BELLE DE JOUR, 1967

（圖4）在寫《青樓怨婦》的劇本時，卡黑耶說他跟導演布紐爾會自己扮演劇中的角色。卡黑耶演的是妓院老闆與嫖客，而布紐爾負責瑟維茵這個主角。

「為什麼布紐爾選擇演瑟維茵？」卡黑耶說。「可能是因為那是離他最遙遠的角色吧。他很清楚有一天他得指導扮演瑟維茵的女演員，所以他想讓自己——一個西班牙人，當時已經六十五歲——進入瑟維茵的心理與生理狀態。他希望盡量接近這個角色。」

但即使如此，這兩個大男人還是需要人協助他們理解女性的心理。

「《青樓怨婦》裡所有的性幻想，都是女人告訴我們的。」卡黑耶說。「兩個男人要刻劃女性情慾是不可能的，所以我們請許多女性告訴我們她們的夢境。」說到這裡，他停頓了一下，接著笑道：「我不會告訴你哪個幻想是誰講的，因為其中一個是我老婆的。」

> "編劇不是作家，而是電影工作者。他必須從一開始就知道，自己寫的東西是要拍成電影的。編劇如果以為自己是作家，就必須寫出非常精巧的劇本，創造非常好的文學效果——這麼一來，他就完了。他絕對會失敗。"

圖1：《中產階級拘謹的魅力》，1972

起即興發想，試圖說服對方自己的點子有多棒。如果對方不埋單，你就得放棄。這種工作方法僅存在於電影產業。你知道，我從沒看過兩個小說家這樣工作。這是不可能的。

以《中產階級拘謹的魅力》劇本為例，當時我跟布紐爾做的是原創劇本，所以跟改編劇本的工作有點差異。有小說為本，你至少有個起始點，知道故事是關於什麼、主要角色有哪些。但是當你從零開始，必須無中生有，你會覺得無所適從，不知道要往何處走。當然你是比較自由沒錯，但你也沒有模型可以參考。

發展《中產階級拘謹的魅力》故事的時候，我記得我們連要拿哪些電影來參照都不知道。所以你得自己想出整部電影的故事，而唯一能幫忙你的，是坐在你對面的那個人。

跟導演合作就像在談判；有時候你反駁，有時候你提出建議，而對方聳聳肩、做個鬼臉，看起來一點都不喜歡的樣子。你想不通為什麼，因為你很喜歡這個點子，所以你想不計代價保護它——你有時候很尖銳，有時候耍小聰明，有時候裝傻⋯⋯總之你無所不用其極，但時候到了，你還是必須放手。如果你沒辦法說服導演你的想法可以幫他的電影解套，最好就此放棄，開始想別的方法。

跟布紐爾一起工作的時候，我們兩人都有否決權。當我或他提出一個點子，另一個人有三秒鐘說『好』或『不好』。如果對方說『不好』，另一人無權堅持己見。然後我們得忘了這個點子，開始討論下一個。而如果他說「好」，我們就繼續討論、發展下去。

為什麼要限制三秒鐘？這是為了避免我們的內心找到藉口來保護或反對這個點子。

我所有的劇本至少都寫過四稿，有時候甚至到十一稿。不過，我們對自己所做的事，並非完全處於有自覺的狀態。精神科醫師說我們的腦袋裡都住著一個「看不見的工人」，非常好心又勤奮。

《中產階級拘謹的魅力》 THE DISCREET CHARM OF THE BOURGEOISIE, 1972

（圖2-3）「就《中產階級拘謹的魅力》這部電影來說，布紐爾跟我寫了五個版本，花了兩年時間。」卡黑耶說。但是在這段辛苦的過程中，電影的核心概念從不曾改變。

「那就是：一個行動不斷在重複，卻沒辦法得到任何結果。這部電影中的角色只想一起吃頓美好的晚餐，卻怎麼都辦不到。」本片榮獲奧斯卡最佳外語片獎，卡黑耶與布紐爾同獲最佳原創劇本提名。但在製作過程中，卡黑耶想確定他跟導演對這部片有一致的看法，於是想出一個有趣的方法來確認。

「每天快收工的時候，我會把今天寫的場景畫成草圖。」卡黑耶解釋。「隔天早上，我沒讓布紐爾看我的草圖，只是問他：『傘兵那場戲，房間的主要入口在哪裡？』如果他說『左邊』，而我也是畫在草圖的左邊，那我們的理解就算同步。如果他是說『右邊』，就表示我們還有些工作得做，因為我們看到的電影是不一樣的。當然，我永遠不會變成他，他也不會變成我，但我們必須盡量緊密配合，才能得到最好的結果，也就是電影完成後的樣子。」

《大鼻子情聖》
CYRANO DE BERGERAC, 1990

（圖1－2）「寫劇本的時候，如果心裡有實際的演員人選，這樣再好不過。」卡黑耶說。「因為演員會是我們主要的合作夥伴。」這一點在製作《大鼻子情聖》時證實尤其適用。這部片總共獲得五項奧斯卡獎提名，包括傑哈・德巴狄厄的最佳男主角提名。

「在開始跟導演尚－保羅・哈波諾（Jean-Paul Rappeneau）一起寫劇本之前，我們請傑哈把整齣舞台劇錄音下來——由他演出所有的角色，包括女性角色在內，然後做成一張CD。」一邊聽著德巴狄厄演出的聲音，一邊寫作，對劇本產生了特殊的效果。

「觀察他會怎麼演這場或那場戲，實在是非常有趣的事。」卡黑耶說。「有一點馬上跳了出來，那就是傑哈・德巴狄厄身上有個奇妙的強烈對比：他長得高頭大馬，聲音卻非常柔弱細膩。不論以前或現在，他的聲音都給人一種脆弱、容易受傷的感覺。這正是我們需要的：寫劇本的時候，有主角席哈諾這樣的聲音相伴。」

你不必付他薪水，不用餵他食物。他就在那裡，連你睡覺的時候他都在工作。就算你在做其他的事，他也還在持續思考那個劇本。所以，布紐爾跟我會先分開一段時間，兩、三個月後再碰頭，然後，某些我們本來很喜歡的場景，突然間變無趣了。

另一種情況則是，劇本裡本來有些一直無解的問題，突然間，答案竟然自己浮現了。這全都要歸功於那個「「看不見的工人」。我經常見證這個奇異的過程發生——不單是跟布紐爾，跟其他導演也是這樣。我們必須給「看不見的工人」時間與空間。

當然，就算我的意識與無意識之心同時運作不歇，有時也還是會遇到死胡同。現在我身後就有一堆未完成的劇本，而它們非常可能會永遠待在那裡。偶爾我會聽到那些角色的聲音，對我哭喊著：「喔，別忘記我們！想想我們！我們在這裡！給我們機會！」但有時候我就是找不到解決的方法。

《靈異緣未了》BIRTH, 2004

（圖3－4）卡黑耶與導演強納森‧葛雷澤（Jonathan Glazer）開始合作寫黑暗浪漫的《靈異緣未了》劇本時，葛雷澤還只有個故事的大致概念而已。「他想到轉世投胎的點子，」卡黑耶說。「而我心想：『何樂而不為？他是很有魅力的人，非常聰明，非常有才華。』」

葛雷澤從倫敦搬到卡黑耶在巴黎的家，兩人一起發展出這個故事概念：一名年輕寡婦（妮可‧基嫚 Nicole Kidman 飾演），遇到一個男孩（卡麥隆‧布萊特 Cameron Bright 飾演），他聲稱自己是她已經死去的丈夫。但在實際的劇本寫作上，卡黑耶提出了一個不尋常的策略。

「我們倆花了很多時間討論。我會提出許多不同的解法、場景和角色，但我一個句子都沒寫。等到要落筆寫劇本的時候，我把筆交給強納森，跟他說：『你來寫。』因為這部片會是英語發音。這是很有趣的事，因為他從來沒寫過任何東西。雖然我陪在他旁邊，但他對由自己來寫這件事表現得很焦慮。」

儘管有些人可能認為《靈異緣未了》是妮可‧基嫚、男孩與她未婚夫（丹尼‧休斯頓 Danny Huston 飾演）之間的三角關係，卡黑耶卻對這個故事有不同看法。

「這是這個女人、這個男孩與時間之間的愛情故事。」他說。「她深知沒有人會像那個男孩那樣愛她。但是另一方面，他才十歲，而她已經三十五歲。時間是他們兩人之間非常難跨越的障礙——它是這部電影中的一個角色。在《靈異緣未了》中，我處理時間的方式，幾乎是把它當成一個演員。」

我會給所有電影編劇的建議是：不要執著在一個劇本上，永遠同時發展三、四或五個點子。誠如我們法國俗語所言，「窯爐裡同時燒紅其他鐵條備用」——身為編劇，你可以同時進行好幾個計畫。因為，考慮到找資金或演員的困難，你永遠不知道哪部電影會真的進入攝製階段。所以，無論何時，你最好同時有幾個點子在進行。

當你準備著手改編一本小說，問題不在於如何改編，而是如何寫出一部好電影。你必須闔上小說，走自己的路。當然，我有些改編作品也不是寫得很好，比方說，我寫的《附魔者》（Les Possédés，1988）就是改編自杜斯妥也夫斯基的小說《群鬼》（The Demons）。我很喜歡這本書，但打從一開始，我就知道這是不可能的任務，只是因為我非常喜歡波蘭導演安傑‧華依達（Andrzej Wajda），所以決定想辦法幫助他。

結果不如大家所預期。而我在想，或許當時我們應該放棄拍這部電影才對。你知道的，這本書是

> **"我會給所有電影編劇的建議是：不要執著在一個劇本上，永遠同時發展三、四或五個點子。誠如我們法國的俗語所言，「窯爐裡同時燒紅其他鐵條備用」──身為編劇，你可以同時進行好幾個計畫。"**

如此特殊，要拿它來拍電影根本是不可能的事。

有時候，改編知名作品會有壓力。比如我很喜歡麥爾坎 • 勞瑞（Malcolm Lowry）的小說《火山下》（Under the Volcano），曾經兩度獲邀改編它，但我實在想像不出這部電影。

這一點非常重要，因為電影是由場景所組成，一場接著一場，然後再交給演員演出這些場景。而如果小說或舞台劇裡沒有這些元素，就別想把它改編成電影。這種電影不會成立。

到了我這年紀，不免會出現一種狀況。當我回頭看自己三十、四十、五十年前寫的電影，永遠不出下面兩種反應。一種是，我會說：「喔，天啊，這場戲不好。我當年不應該這樣寫。」另一種則是：「喔，天啊，這場戲寫得真好！我現在還能寫出這樣的東西嗎？」

會這麼想，也許是因為我正在老去？因為我老了，這一路上不夠緊盯住電影的演化？因為我看的電影不夠多？

要亦步亦趨跟著這條大河，是很困難的工作。而如果你留在岸邊，就別癡人說夢了。河水會逕自向前奔流，船隻與魚兒也一併遠走。

圖1：《白色緞帶》，2009

懂得捨棄，去蕪存菁

（圖2-4）成功改寫劇本的祕密，有時候是在於知道你要拿掉什麼，而非加些什麼。《白色緞帶》就是這樣的案例。

這部激起人內心不安情緒的戲劇，背景是第一次世界大戰前的德國小村莊。在那裡，不祥且神祕的暴力正在發生。「導演麥可・漢內克（Michael Haneke）有一部電視迷你劇集的劇本，」卡黑耶解釋道。「劇本有四個半小時長，而他找不到資金讓他拍出來。」於是他來找我：『讀讀這個劇本，告訴我你覺得有不有趣。』卡黑耶讀了，然後兩人開始著手將劇本去蕪存菁，刪剪到劇情電影的長度。

卡黑耶最主要的建議是：拿掉那些只有村莊兒童的戲。這麼做之後，觀眾就不會立即懷疑銀幕上那些隨機暴力事件的幕後黑手其實那些兒童。「在他的劇本裡，開場二十分鐘後，已經可以明顯看出是那群孩子幹下村裡所有的壞事。」卡黑耶說。「我提議把這件事延到最後再揭露，甚至可以考慮不明說壞人是誰。」

漢內克同意了，而這部電影的成品，對人類無法解釋的可怕行為進行了令人不安的解析。「原始劇本的一大部分都被捨棄。」卡黑耶說。「我不必創造這個故事，不必創造這些角色。他們本來就已經存在了。我要做的幾乎就像是剪接師的工作：把三場戲剪成一場。」

李滄東 Lee Chang-dong

"身為小說家，我學到一件事：對人生、對我們身處的世界提出問題。小說不只是說故事而已。它跟其他藝術形式一樣，是在對生命提問。我拍電影時，這個態度也沒有改變。我透過電影問觀眾問題，希望觀眾能自己找到答案。"

《密陽》，2007

知名編劇暨導演李滄東，一九五四年出生於南韓。他一開始是小說家，一九九〇年代初期進入電影圈，為朴光洙（Park Kwang-su）導演寫了兩部電影劇本：**《星光島》**（*To the Starry Island,* 1993，合寫）與 **《美麗青年全泰一》**（*A Single Spark,* 1995）。

一九九七年，他推出導演處女作 **《青魚》**（*Green Fish*），這部帶著黑色電影色彩的驚悚片，榮獲溫哥華國際電影節（Vancouver International Film Festival）與鹿特丹國際電影節（International Film Festival Rotterdam）的獎項。他的第二部電影 **《薄荷糖》**（*Peppermint Candy,* 1999），以特殊手法回顧一個自殺的男人最後二十年人生。接著李滄東推出 **《綠洲》**（*Oasis,* 2002），講述一名智能障礙的男人與一名腦性麻痺的女性之間不可思議的愛情故事，贏得威尼斯影展費比西影評人獎（FIPRESCI award）。

二〇〇三年，李滄東放下電影事業，出任南韓文化觀光部部長，之後以 **《密陽》**（*Secret Sunshine,* 2007）一片回歸影壇，故事是關於一名喪夫喪子的少婦，讓全度妍因此劇奪得坎城影展最佳女主角獎。他最近的一部電影 **《生命之詩》**（*Poetry,* 2010）也拿下坎城影展最佳劇本獎。

在這近二十年的電影生涯間，李滄東總是擁抱普通人的角色；他們經常處於存在的邊緣，也反映了當代南韓的真實樣貌。二〇一一年，他曾對一名記者透露下一部電影可能會處理的題材：「一個是關於世界末日，另一個是由武士當主角的電影。」

李滄東 Lee Chang-dong

我會開始寫作，都是因為我的母親。

那時我們家從鄉下老家搬到都市，日子過得很拮据。母親逼我坐下來寫信給老家的祖母。小學一、二年級的我，字都還寫不好，就這樣開始寫信。當時我只需要照我母親說的寫下來就好，卻因此被大人稱讚，說我很會寫信。我母親很清楚小孩子怎麼寫可以討大人開心；在這方面，我母親是個很有創意的人。

這件事讓我明白：寫作可以打動人，讓他們高興。雖然技術上來說那些信是我寫的，但文字的背後並不是我的想法，所以後來我決定完全靠自己來寫一封。幸好，事實證明，不用我母親幫忙，我自己也可以把信寫好。

寫作是如此孤獨的工作。開始習慣這種孤獨，可以說是從我十幾歲努力想成為作家那時起。

當我獨自醒來後在夜半時分寫小說，都會感覺寂寞，彷彿世界上只有我一個人醒著。然而，我總是一邊寫一邊想著：對於我這時寫下的這一字、這一句，或許會有人跟我有同樣的感覺，並且感同身受。

這樣看來，寫小說就跟寫情書一樣，只是我書寫的對象與我素昧平生。讀者與我有所牽繫——這連結雖然微弱，但感覺自己與讀者之間存在一對一的連繫，是我創作小說的動力。

相較之下，我不能只為一個人拍電影。我必須拍可以讓一群人在電影院一起觀賞的電影。

從這個角度來看，寫劇本就像寫情書給一群看不見的人，而這讓我感覺更加寂寞了，彷彿與世隔絕。它有時候相當難以忍受。我怎麼克服的？除了接受寂寞，別無他法。我只是需要去習慣而已。

成為電影導演之前，我是個小說家。老實說，在寫第一部劇本前，我從沒想過自己會成為一個電影導演，更別提「想當」一個電影導演了。

> **"我總是一邊寫一邊想著：對於我這時寫下的這一字、這一句，或許會有人跟我有同樣的感覺，並且感同身受。"**

寫第一部劇本的契機是，它的導演與原著小說的作者都是我的朋友，而我在某次聚會上跟他們說了一些我的想法。結果，寫這部劇本的過程，讓我有機會研究並理解電影，而這是一次最珍貴的經驗。

有時候，我的意見跟導演的差異很大。當導演依他自己的喜好修改我的劇本時，不免讓我身為作家的尊嚴受到傷害。然而，不可否認的是，它讓我得以從不同的觀點去理解電影，同時透過這些經驗以我自己的方式來學習電影。這些經驗後來成為我當導演的基礎。

身為小說家，我學到一件事：對人生、對我們身處的世界提出問題。小說不只是說故事而已。它跟其他藝術形式一樣，是在對生命提問。

我拍電影時，這個態度也沒有改變。我透過電影問觀眾問題，希望觀眾能自己找到答案。

這是我拍電影的基本態度。事實上，我不同意「電影不該傳達太多訊息」這種想法。我認為藝術或創作是在問問題，而非提供答案，然後大家必須去尋找這些問題的答案。給予確切的答案，或相信有答案，不是我的方法。

你可以說電影——主要目的為娛樂大眾——也有明確的訊息想傳達，例如「邪不勝正」。然而，電影結束後，觀眾有記住這個訊息嗎？

當然，不給答案、只問問題的電影，會讓觀眾覺得不太舒服，但我還是覺得我們不應該停止問問題。

《生命之詩》POETRY, 2010

（圖1）《生命之詩》是受到真實事件啟發而來的。「幾年前在南韓的一個小城，一群青少年強暴了幾名中學女生。」李滄東回憶道。

「不知道為什麼，我一直記得這個事件，但我想不到用電影處理它的手法。我當然可以把它拍成一個電影裡常見的俗濫故事，這樣做也會比較商業性，但這不是我拍電影的方法。在一趟日本之旅期間，我在旅館房間裡看書，同時讓電視開著，突然想到一個字：『詩』。那個頻道的節目應該是專門做給睡不著的旅客看的：非常典型的風景，一條平靜的河，鳥兒遠走高飛，漁夫撒網捕魚，背景音是冥想音樂。那一瞬間，我想到怎麼在電影裡處理這個可怕的事件了：它需要透過詩。換句話說，我不要用暴力來處理暴力，而是要透過『美』。主要角色會是一個六十多歲的的女人，生平頭一次開始學寫詩，而她的孫子犯下了殘暴罪行。這些角色、基本劇情，以及片名《生命之詩》，同一時間內湧上心頭。」

美的追尋

（圖2）美子是《生命之詩》的主角，一個罹患阿茲海默症的女人。為了對抗病魔，並面對她孫子參與強暴同學殘酷罪行的事實，她對詩產生了興趣。

「當她開始踏入詩的世界，它看起來跟一般人的世界很相像。」李滄東說。「她全力尋找與表達無形的美，然後她慢慢意識到，美與汙穢、醜陋、憂傷、痛苦無可切割。她也發現真正的美是眼睛看不見的，美不只『屬於我』，也跟自己與他人的關係有連結。在發掘這一切的同時，她一再進入一種神祕的領域，也對之越來越熟悉。在此同時，她逐漸失去記憶與話語——她正在接近死亡。遺忘是死亡的一種形式。我想，遺忘可以讓她人生首次嘗試寫詩這件事更具悲劇性，也揭露人生的殘酷弔詭與反諷。」

《密陽》的主題：悲愴

（圖1）《密陽》這個尖銳激烈的故事，檢視了信仰在我們生命中扮演的角色，主角是一個名叫申愛（全度妍飾演）的年輕寡婦，在她兒子被殺死之後，經歷了更大的苦難。

「在我們的人生中，痛苦是無法避免的。」編劇兼導演李滄東解釋。「儘管我們覺得今天的生活快樂又平安、沒有任何問題，但沒人知道自己明天會遭遇什麼樣的意外，又或許是痛苦會以疾病與死亡的形式，慢慢出現在我們面前。這就是為什麼宗教對人有其必要性，因為人類為什麼必須承受痛苦這件事，並沒有合乎邏輯與理性的解釋。藝術與宗教，都可以向我們揭露不可解釋的事物，只是方法不同。當然，我想告訴觀眾的並非痛苦本身，而是在克服痛苦之後找到重生。重生的祕密隱藏在每個生命的循環裡。每一篇史詩基本上都是一段冒險故事，描述人類追求重生的奮鬥歷程。每個人的生命都有限，而藝術要問大家：這有限生命的意義為何。重生的意志，讓我們努力克服生命之有限。」

《密陽》 SECRET SUNSHINE, 2007

（圖2－4）《密陽》於二〇〇七年首映，但其源頭可追溯到幾十年前。「這部片改編自韓國作家李清俊的短篇小說。」李滄東說。

「我在基本的劇情上加了一些新設定，但關於寬恕的主題來自原作。將近二十年前，我第一次看這篇小說時，想都沒想過當電影導演的事，但當時讀這個故事時感受到的衝擊，似乎一直留在我心裡。有一天，我決心把這個故事拍出來，很自然地想到：這部電影的故事背景應該設在密陽市。它是一個小城，距離我出生長大的城鎮約一個小時車程。我猜大概「密陽」這個名字從我還小時就吸引了我。它的漢字意思是「祕密的太陽」。我曾經很好奇，為什麼這個普通的老城，毫無任何值得誇耀的地方，會有這麼有詩意與象徵性的名字。在我看來，它是生命自身的一種隱喻：這個城市雖然平凡無奇，卻仍有它的意義。換句話說，小說原本的故事是關於寬恕，但我想問的是在寬恕之外，生命的意義為何。」

"……我不同意「電影不該傳達太多訊息」這種想法。我認為藝術或創作是在問問題,而非提供答案,然後大家必須去尋找這些問題的答案。"

我認為韓國社會與今天的世界有嚴重的溝通問題。所以在《綠洲》這部片裡,我想談溝通失效的事,並嘗試把這個議題放進一個愛情故事裡。

《綠洲》的男女主角有溝通的問題。他們是被捨棄的社會邊緣人,沒有人認得他們。這兩個角色會讓我們好奇:「他們有辦法像其他人一樣談戀愛嗎?」

關於《綠洲》的男主角,我想到的是第一個畫面,是天寒地凍的冬天場景。一個短髮男人穿著夏天的短袖襯衫,上面還有棕櫚樹圖案 —— 人們通常在夏天度假時才會穿這種服裝 —— 他在城市邊緣的公車站,向旁人要了根香菸。

我不知道為什麼我會想到這個景象,也許我以前看過這樣的人。總之,這就是我想像這個角色的起點。

我之所以將女主角設定為腦性麻痺患者,是因為腦性麻痺不只會限制肢體活動,也造成溝通困難。有腦性麻痺的女性一旦進入青春期,這個所有人都非常敏感的階段,她們變得很在意自我、怯生、躲在家裡不想見到人。《綠洲》的女主角就是這種人。

我非常習慣跟腦性麻痺患者相處,因為我姊姊也是患者。家裡如果有人得到這種殘疾,所有家庭成員或多或少都會感覺到負擔,整個家籠罩在這個殘疾的陰影下。只要他們住在一起,就沒有人可以逃脫。而在《綠洲》裡,女主角透過想像來撫慰自己,比如在她玩鏡子時,將一束光幻想為蝴蝶或鳥。

創造出這兩個角色後,我覺得他們倆的愛情故事最後別無選擇,只能是浪漫冒險的結構,也就是騎士解救困在高塔內遭受詛咒的公主。這是每個愛情故事的原型,但我想更突顯這個結構,因此把女主角取名為公主,給男主角一個綽號叫「將軍」。

我似乎都是在決定結局之後才開始動筆寫劇本。正如亞里斯多德所言:一個故事應該有開頭與結尾。而一個絕佳、含義深遠的故事,應該有絕佳的結局。即便一個故事有精彩的起頭,如果作者不能妥善地結束故事,這個故事就會有問題。

另一方面,如果作者想到一個非常精彩的結局,他等於已經解決了寫這個故事的最大難題。當你有個開頭時,不一定會有結局;但如果你有了結局,就一定會有開頭。

圖5:文素利在《綠洲》(2002)中的演技,為她贏得青龍獎最佳新進女演員獎項。男主角薛景求與李滄東合作過幾次,也曾在李滄東一九九九年的電影《薄荷糖》中扮演男主角。

評論南韓社會

（圖1－3）李滄東的電影獲得許多讚譽，也因其對南韓生活的描繪與評論而備受好評。

「我無意在電影中對韓國社會作什麼評論。但是，要談一個人卻不談他週遭的現實，例如環境、政治與歷史，是不可能的事，因為沒有人可以活著卻不跟社會現實產生關連。我認為，在電影中把人從現實裡分離出來，用彷彿他們跟日常現實沒有關係的方式來描述，是對存在的扭曲。

另一方面，我在刻劃現實時，會小心避免讓人認為這是在對社會進行刻意與誇張的批判。這樣的批判，不是自然、誠實反映現實的方法。」李滄東的《薄荷糖》旨在探索，人生中所做的決定會對當時經歷那些事件的人，造成什麼樣的深遠後果。

圖3：《薄荷糖》電影海報，1999

> **"我似乎都是在決定結局之後才開始動筆寫劇本。正如亞里斯多德所言：一個故事應該有開頭與結尾。而一個絕佳、含義深遠的故事，應該有絕佳的結局。"**

我寫小說時，有時會依照故事的走向來修改結局，但寫電影劇本時從來沒改過結局。我可以在決定結局後開始寫劇本，而故事會自然地走向那個結局。

在《密陽》裡，主角申愛失去了兒子。因為難以承受的痛苦，她開始對基督教的神著迷。一天，當她意識到在自己原諒殺子兇手之前，神已經原諒了兇手，一種遭到背叛的絕望緊緊攫住她。她開始跟神展開對抗，就像希臘悲劇中的主角一樣。

然而，與希臘悲劇英雄不同的地方是，她只是個年輕的婦人，在韓國一個鄉下城市裡經營鋼琴教室——這樣的她要如何對抗神？她甚至不能接收

來自神的任何信息。於是她決定以違反神的十誡來與祂鬥爭，透過偷竊、甚至與人通姦的手段。

我相信，她這麼極端的精神狀態對觀眾來說可能很難接受，但至少可以被理解，因為她的行為是在探索關於神、宗教與人類處境的深層問題，她的處境是大家都能夠以同理心去理解的。重要的是，雖然她不斷嘗試與神對抗，但她並未否認神的存在。與神對抗，也意謂著她承認神的存在。

世人說，相信並追隨神是「信仰」，而對抗神是「瘋狂」。換句話說，信仰是人類的事，不是神的事。因此，這部電影不是關於神或宗教，而是關於人。在寫這個劇本與創造申愛這個角色時，我真正關

《吉姆爺》的啟發

（圖4）「我從小就喜歡電影，」李滄東說。「但我沒有太多看電影的機會，也從沒夢想要當電影導演。小時候我看過記憶最深刻的電影是《吉姆爺》（又譯《一代豪傑》（*Lord Jim*, 1965）。

「大概在我十歲左右時，南韓的電影院首次上映動畫片，大受孩子們歡迎，非常轟動。我的表哥發現我想看這部電影，給我錢去買票，但等我到了戲院，突然莫名奇妙地覺得那部動畫不值得我花錢，反而想看一部大人的電影……那部電影就是《吉姆爺》，剛好在隔壁戲院上映。也許那時候的我想脫離一下兒童的世界吧。

「《吉姆爺》對我來說太難理解，但它的故事就像夢魘一樣強烈。那個世界裡有暴風雨的海洋、叢林與陌生的種族。幾年後，我讀了康拉德（Joseph Conrad）的原著小說，又過了好些年，我重看這部電影，確認了一個事實：我小時候的記憶與實際的電影有很大出入。然而，年少時接收到的《吉姆爺》強烈怪誕影像與印象，依然留在我心底。從那之後，對我來說，電影變成了前往神祕與未知黑暗世界的旅程，而那個黑暗世界就是人生。」

心的，是我怎麼讓這些事對觀眾具有說服力。

寫劇本時，我不是每次都能在心中以某個特定演員為藍本，因為我不確定能不能請到他或她出演。對我來說，心中沒特定演員也可以寫劇本，而我也曾經暗自為特定演員打造劇本，結果他或她拒絕演出我的電影，於是我得另覓其他演員。

還有一種運氣很好的情況是，在我開始寫劇本前，就已經得到特定演員的首肯。《綠洲》與《生命之詩》就是這種情況，卡司在寫劇本的期間就已經確定了。

在《生命之詩》中飾演主角的女演員尹靜姬，是韓國的傳奇演員。她在一九六〇與一九七〇年代，演出超過三百部電影。我小時候，她就像天上閃耀的星星一樣。但有一天她突然從大銀幕消失，嫁給一名鋼琴家後搬到巴黎。我當上導演後，曾經在影展上短暫碰過她兩次，跟她並不熟。但當我在初步構思《生命之詩》的概念時，她的名字幾乎是自動地躍入我腦海。

奇怪的是，我從沒想過她有可能不想演這個角色。雖然我個人不太認識她，卻直覺認為她會喜歡美子。美子有一種永恆的美，像乾燥花那樣。她的個性帶有一點不切實際，因此儘管她年紀大了，感覺與談吐卻仍像個不成熟的女生。這一點跟尹靜姬很類似。

我為這個角色取名美子，是因為我想不出其他名字。美子是個老氣的名字，意思是「美麗的女孩」。然後我發現尹靜姬的本名就是美子——我認為這不是巧合，而是宿命。

在我開始寫劇本之前的某一天，我跟她共進晚餐，告訴她這部電影的劇情。我完全不需要說服她，因為她自己就很想演這個角色。如果她沒接下這個角色的話會怎樣？那我就完全沒有其他選擇了⋯⋯當然，最後還是會有其他女演員來演出，只是這部電影就會有不同的結果了。

拍完《密陽》與《生命之詩》後，我經常被問到：「為什麼你會選擇女性當主角？你如何能理解女性的心理？」而我的回答是：聽說男人變老的時候，身體會開始製造女性荷爾蒙，大概是這個原因吧。

這回答當然是在開玩笑，但坦白說，當中也有一點真實的成分。年輕的時候，我總是覺得女性跟我大不相同。但年紀漸長之後，我常常不是把女人當成女人，而是當成「人」。在我的內心裡，區分性別的能力愈來愈弱。

現在回想起來，年輕時代寫小說時，描寫主要女性角色對我來說有點困難。但現在我刻劃角色時，女人或男人都沒有差別了，我甚至覺得描寫女主角細膩的情感比較自在。

當我想到某個點子時，都會先讓它在我腦袋裡放一段時間，然後才開始寫劇本。也就是說，我會

圖1：李滄東的《密陽》劇本第一頁

圖 2：尹靜姬在《生命之詩》
（2010）飾演的角色，為她贏得
好幾座最佳女主角獎，包括洛杉
磯影評協會獎項與南韓大鐘獎。

給點子時間慢慢「熟成」。至於是放在腦袋裡多久，則視狀況而定。有可能是好幾年時間。我不會刻意去記某些點子，而是等它們來敲我的門說：「該放我們出去囉！我們已經長大了，請把門打開。」不過，聽到它們的聲音時，我也不會立刻動筆寫。我會不斷地思考、寫筆記，直到故事有更清晰的骨架、更多的細節。

對我來說，在這個階段最必要的事，是把故事概要說其他人聽。這是獲得反饋的方法。大家的反應都不同，大多數時候我可以從他們的反應來判斷故事好壞。另一件必須做的事，是去研究並找出我永遠想像不到的細節。等這些都準備好之後，我才會下手寫劇本。而一旦我開始動筆，不用花太多時間就能完成。

《生命之詩》的主角美子問教詩的老師說：「我怎麼才能找到真正的美呢？」她的問題，在某種程度上也代表我的提問，以及我拍電影的態度。攝影機的鏡頭讓我們面前的拍攝主體看起來不太一樣，而且經常讓現實看起來「漂亮又美好」。但我想要我的電影忠實呈現我們的現實、生命與生活空間。我想要我的電影表現出它們本來的面貌，讓觀眾感受並接受「看不見的」美。如果說我有自己的風格與感性，那一定是來自我對電影的態度。

在我的作品裡，我想描寫人類如何擁有自己的尊嚴。儘管我作品裡的主角看起來弱小，但他們會為了自尊而戰。他們不向政治或社會的暴力讓步，也不對有問題的體制或甚至對神投降，或對生命的侷限屈服。他們努力不在生命的虛無面前低頭，奮力掙扎。

不論寫小說，寫電影劇本，或是拍電影，我也都抱著同樣的信念。

英格瑪・伯格曼 Ingmar Bergman

儘管英格瑪・伯格曼被譽為國際影壇最偉大的導演之一，但他身為電影編劇的重要性可能也因此被低估了。伯格曼大多是從他個人執著不休的主題，諸如神、家庭、人際關係，構思出原創故事，並花了超過六十年的時間，將人生注入他的藝術中。自傳性電影的力量與可能性就這樣透過這些作品，傳承予好幾世代的電影人。

伯格曼於一九一八年在瑞典出生，在斯德哥爾摩大學就讀期間，對劇場與電影產生興趣。事實上，他這一生對劇場的貢獻、對劇場藝術的深遠影響，絕對也值得以另一篇專文介紹與表彰。

一九四○年代初期，伯格曼已經在寫電影劇本，較知名的作品有**《折磨》**（*Torment*, 1944），導演是阿爾夫・史約柏格（Alf Sjöberg）。沒多久後，他開始導演自己的電影，但要到一九五○年代中葉，才讓自己躋身一流電影人之列。他自編自導的早期作品有兩部成功之作：喜劇**《夏夜的微笑》**（*Smiles of a Summer Night*, 1955），以及**《第七封印》**（*The Seventh*

Seal, 1957），後者是由他的舞台劇改編而成。

伯格曼早期的電影裡，多所探索不貞的主題，**《夏夜的微笑》**可説是一齣可愛、機智的笑鬧劇。許多人只知道伯格曼後來身為省思存在之苦的大師，本片的輕鬆調性應該會讓他們相當詫異。至於**《第七封印》**，電影史已將它化約為兩幅難忘的影像：一是死神（班・埃克路特 Bengt Ekerot 飾演）與一名騎士（麥斯・馮西度 Max von Sydow 飾演）在下西洋棋，騎士面臨被圍困的絕境；二是死神引領一列靈魂進入來世。但若我們仔細審視此片，可以發現：在十字軍東征的艱險時代背景與死亡的不祥氣息下，透露著一種戲謔、頑皮的喜劇調性。

此後，伯格曼繼續展現他多方的才能。在**《野草莓》**（*Wild Strawberries*, 1957）中，他打造出一系列典雅的幻想與倒敘場景，生動描繪了一位年邁教授的種種懊悔。在**《魔術師》**（*The Magician*, 1958）裡，他揉合了喜劇與恐怖。然後他創作出所謂的「神之沉默」三部曲：**《穿過黑暗的玻璃》**（*Through a*

01

圖 1：伯格曼與麗芙・烏嫚（Liv Ullmann）於**《秋光奏鳴曲》**片場。

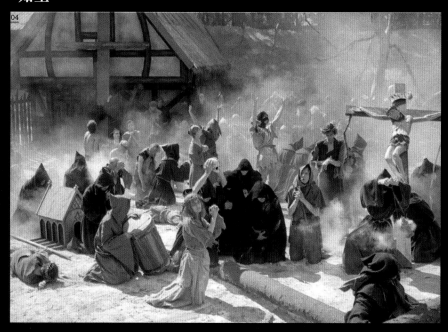

Glass Darkly, 1961）、**《冬日之光》**（*Winter Light*, 1963）、**《沉默》**（*The Silence*, 1963）。截至此時，伯格曼已經以**《野草莓》**與**《穿過黑暗的玻璃》**的劇本兩度獲奧斯卡獎提名。而在他電影生涯結束時，他總共獲奧斯卡提名九次：五次最佳劇本獎提名，三次最佳導演獎提名，以及一次最佳影片獎提名。一九七一年，伯格曼榮獲奧斯卡榮譽獎項「歐文‧撒爾伯格紀念獎」（Irving G. Thalberg Memorial Award）。但獎項並非我們衡量其影響力的尺度，而是他整體作品的分量之重令世人為之折服。無論是在**《芬妮與亞歷山大》**（*Fanny and Alexander*, 1982）中檢視自己的童年，或是在**《哭泣與耳語》**（*Cries and Whispers*, 1972）、**《秋光奏鳴曲》**（*Autumn Sonata*, 1978）、**《婚姻場景》**（*Scenes From a Marriage*, 1973）與其續集**《夕陽舞曲》**（*Saraband*, 2003）裡探討家庭危機，他最好的作品似乎都是由其個人痛苦與不知不覺的意識中誕生。

這有部分說明了為什麼他的作品能夠跨越語言或文化的藩籬、令這麼多觀眾產生共鳴，同時也解釋了為何他的故事可以啟發這麼多電影工作者：如果沒有伯格曼的**《假面》**（*Persona*, 1966），我們難以想像美國導演勞勃‧阿特曼（Robert Altman）

會拍出**《三女性》**（*3 Women*, 1977）；伍迪‧艾倫因為崇拜伯格曼而反覆抄襲這位偶像，最有名的例子包括：**《解構哈利》**（*Deconstructing Harry*, 1997）參考了**《野草莓》**，而**《仲夏夜性喜劇》**（*A Midsummer Night's Sex Comedy*, 1982）則參考了**《夏夜的微笑》**。從其作品整體來看，伯格曼的電影可謂他處理種種內心憂懷之紀錄。「我寫劇本的時候，必定會嘗試以文字捕捉某種事物——那些就具體效益來看，大家可能會說無法用文字表達的東西。」一九六八年，伯格曼曾這麼說。「之後，我又必須再一次轉譯這些文字，好讓它們在另一個脈絡裡栩栩如生。」

對伯格曼來說，寫劇本與導演是綁在一起的；他的電影，是其藝術視野與演員對劇本的詮釋同心協力下的成果。「儘管原始的概念構成必須一直存在背景中，但我不能讓它過於獨裁。」他解釋道。「整個製作過程，基本上是創造性的，就像你寫下一段旋律，然後與交響樂團一起研究如何配置樂器。」伯格曼於二〇〇七年七月逝世，享年八十九歲，一生掛名編劇的電影超過四十五部。

圖 2：**《夏夜的微笑》**，1955
圖 3：**《野草莓》**，1957
圖 4：**《第七封印》**，1957

史蒂芬·葛漢 Stephen Gaghan

"我不想寫人家已經做過的東西。我希望這些場景出自連我都不知道從哪裡冒出來的靈感，不想要因為「那場戲在《不可能的任務》裡的效果很好」，就依樣畫葫蘆。我沒辦法這樣工作。"

《諜對諜》，2005

史蒂芬 · 葛漢的寫作生涯一開始就顯得潛力無窮，不滿二十六歲就已經在《愛荷華評論》（The Iowa Review）文學雜誌上發表短篇小說，自己試寫的《辛普森家庭》卡通劇本〈家庭厄運轉輪〉（Family Wheel of Jeopardy）令該影集編劇團隊印象深刻，而他寫的《週六夜現場》（Saturday Night Live）一些喜劇橋段，也讓製作人兼經紀人伯尼 · 布雷斯坦（Bernie Brillstein）很欣賞。一九九〇年代，他在電視圈正式展開編劇生涯，寫過的影集包括《紐約臥底》（New York Undercover）、《律師本色》（The Practice）、《靈異之城》（American Gothic）與《紐約重案組》（NYPD Blue，與編劇組同獲艾美獎傑出戲劇影集編劇獎），之後便轉換跑道到電影界。

他第一部被拍出來的電影編劇作品是《火線衝突》（Rules of Engagement, 2000），由山繆 · 傑克森（Samuel L. Jackson）與湯米 · 李 · 瓊斯主演，但要到下一部作品《天人交戰》（Traffic, 2000）才讓他聲名鵲起。它改編自一九八九年英國迷你劇集《毒品走私線》（Traffik），當年贏得四項奧斯卡獎，包括葛漢拿下的最佳改編劇本獎。大約在《天人交戰》上映期間，葛漢透露自己曾有長期的毒癮，直到一九九七年才戒毒成功。

接下來他推出導演處女作《失魂落魄》（Abandon, 2002），之後參與了歷史電影《圍城13天：阿拉莫戰役》（The Alamo, 2004），是掛名編劇頭銜的三人之一。他的下一部重大成功作品，是二〇〇五年上映的《諜對諜》（Syriana）。這是他自編自導的作品，省思世界對石油上癮的危險。它讓葛漢二度獲得奧斯卡提名，提名獎項是最佳原創劇本獎，而喬治 · 克隆尼（George Clooney）以此片拿到奧斯卡最佳男配角獎。近幾年間，他是二〇一三年科幻大片《地球過後》（After Earth）的編劇群之一，但未掛名，領銜主演的是威爾 · 史密斯（Will Smith）與兒子傑登（Jaden）。

「我的世界在成人級貧民窟。」葛漢談到他在好萊塢的利基。「那是我的鴿子洞[22]。我打造它，往下挖，爬進洞裡。那裡又黑暗又悶，但我就是喜歡，你懂吧？而且我也沒有別的洞。」

22 pigeonhole：也有類別、分類之意。

史蒂芬・葛漢 Stephen Gaghan

我的祖父曾經幫費城的一家報紙寫東西。他立志當劇作家，寫過幾個沒機會發表的莫名奇妙劇本，後來有段時間內堆在我們家裡。在我這輩子修過的唯一一門創意寫作課期間，我沒寫過任何東西，決定拿我祖父恐怖的劇本交差以免被當掉，結果下場不太好。後來當我拿到奧斯卡獎時，有個聯邦法官跟聯絡我說：「我跟你祖父念同一間學校，他是個聰明的傢伙，拿過希臘文學經典的優勝，而大家投票通過他是所有人當中最有可能成功的人……等等這一類的話。」

我祖父以為自己可以征服世界，但他沒有──我覺得他喝掉了五十年的人生。他是專門寫夜總會介紹的專欄作家兼舞台劇劇評，非常有魅力，你知道的，那種酒喝很凶、菸抽個不停的老一派報人。他娶了我當畫家的祖母，而他父親當過鋼琴演奏家……所以說，我父親的家族那邊有酗酒、不得志藝術家的血統。

在《諜對諜》裡，有一場戲是傑佛利・萊特（Jeffrey Wright）父親的皮夾裡有一張卡片寫著：「如果你發現我，打電話給我兒子。」這是我祖父的真人真事，他身上就帶著這樣的卡片。我試著想像這對我爸來說會是怎樣的狀況──上班上到一半，突然接到電話說：「我這邊找到一個男人，你可以來接他嗎？」……因為這樣，七歲的時候，當我告訴我媽：「我想當作家。」她回答我：「喔，不好吧！你會窮途潦倒，最後去教書誤人子弟過一輩子。」我父母希望我過安穩的人生，可惜他們這個願望沒有成真。

我在二十歲前沒再提過寫作的事。這是我藏在心底的祕密。我不認識有誰在當作家，連當作家是怎麼回事都不清楚。我就是很愛看書，但也沒任何跡象顯示以後我會當作家。我沒有下功夫，也沒在寫作，甚至連怎麼打字都不會。但我就是有一種神祕且怪異的感覺，覺得自己以後一定會惹上麻煩，然後我的腦袋裡會有個聲音說：「寫作可以幫你擺脫困境喔。」我不知道這是怎麼回事。

到了青少年時代，我開始讀一些比較有意義的書，先是讀「垮掉的一代」，然後是嬉皮作家的作品，例如北加州的華萊士・斯泰格納（Wallace Stegner），還有那些新新聞主義（New Journalism）的政治性報導文學、寫《競選巴士上的媒體弟兄》（The Boys on the Bus）[23] 這類東西的人，以及肯・克西（Ken Kesey）[24]。我很愛這票人，也愛他們那種「多嗑些毒品，你也寫得出《飛躍杜鵑窩》」的生活方式……我想我有點把肯・克西的生涯成就本末倒置了，但那時候我實在太愛福克納、海明威、費茲傑羅這個「美國偉大作家酒鬼三人組」了──倒不是全因為他們的作品，而是我真的很喜歡喝酒、抽菸這些事。

搬到洛杉磯後，我以寫提案電影劇本維生。那時我真的很窮，只想寫一陣子存點錢，好讓我可以寫小說。當時我覺得電影是二流的藝術形式，所以用一種委屈自己的心態在寫電影劇本。歷練不足的我，後來才知道這工作有多困難。

等我遇到麥可・托金（Michael Tolkin）後，情況有了變化。他是《超級大玩家》（The Player, 1992）的編劇。這部電影上映時，我還住在紐約，看完後心想：「不知道我能不能寫出這樣的東西？」兩年後，我跟一個影視公司主管變成朋友，她那時正在跟托金合作幫 HBO 頻道做一齣關於微軟的戲，介紹我跟他認識。

第一次跟他碰面時，我們先聊了法國作家普魯斯特（Proust），發現彼此都很喜愛托爾斯泰，而且受到許多類似的文化影響。我們聊到最後，變成大聊特聊托爾斯泰的小說《伊凡・伊里奇之死》（The Death of Ivan Ilyich）與《克勒采奏鳴曲》（The Kreutzer Sonata）。我真的好開心。我一點都不在乎接下來會發生什麼事。那是最棒的一個午後。我心想：「我愛這傢伙。他好風趣又好酷。有這種想法和見解的人，絕對是第一流的藝術家。」

我們合作寫 HBO 這個關於比爾・蓋茲（Bill Gates）與微軟的諷刺作品，片名是《兩百億》（20

23 這本書記錄了一九七二年美國總統大選隨車媒體採訪團的故事，也是揭露新聞媒體一窩蜂式報導（pack journalism）現象的先河。

24 美國小說家，代表作為《飛躍杜鵑窩》（One Flew Over the Cuckoo's Nest）。

審判帝國主義

（圖1－2）葛漢的編劇生涯早期，曾經被找去幫忙改寫法庭驚悚片《火線衝突》。他全心投入這個案子。「我讀了所有偉大的越戰小說。」他回憶道。「例如提姆・歐布萊恩（Tim O'Brien）寫的《他們背負的擔子》（*The Things They Carried*）與《走在獵者之後》（*Going After Cacciato*）。我也把《光榮之路》（*Paths of Glory*, 1957）看了有八百遍。這就是我做的準備功課，然後躲起來寫了一百五十四頁的稿子。」

製片人李察・札努克（Richard Zanuck）對葛漢的劇本非常折服，相信拍攝工作很快就會動起來，但導演威廉・佛烈金（William Friedkin）有其他的想法。「這是我這輩子最不可思議的一場會議。」葛漢說。「直到今天，我都沒再碰過像這樣的事。他遲到了幾分鐘，然後他坐下來，說：『札努克覺得我們已經快達陣了──』他停頓一下。『我卻認為我們連球場的邊都還沒沾到。』然後他開始大聲起來。『讓戰爭接受審判？廢話！戰爭永遠在被審判！你這個叫故事嗎？判戰爭？就這樣？你有寫等於沒寫！你想在好萊塢拍一部六千萬美元的電影，你最好有個他媽的反派主角！然後在第三幕，這個他媽的反派角色被打敗，然後他媽的那些觀眾像猴子一樣從椅上站起來拍手！你對這樣的動能結構是有哪裡不懂？！』他用這樣的音量整整飆了兩個鐘頭。」

葛漢最後修改了劇本，也認同佛烈金對他處理素材的方法說的那番話。「對我來說，這就是讓戰爭接受審判：把美國出兵越南這件事拿來公審，審判濫殺無辜和帝國主義的概念。我真的很想讓帝國主義接受審判，而且在那之後，也一再反覆嘗試這麼做。」

Billion），有點像《奇愛博士》（*Dr. Strangelove*）的現代科技版。我們做好分場，分頭寫各自的場次，然後一起討論，而他負責的場次硬是寫得比我好很多，讓我難以置信。可以看到他的功力高出我這麼多，其實是很幸運的事。我的意思是，這是我編劇生涯中第一個重大里程碑：明白自己其實有多差，看穿在西好萊塢比佛利大道、拉辛尼加（La Cienega）大道之間這一帶的人每每拿來敷衍你的廢話煙幕。幸好我看到了，看到他很厲害而我很爛，所以我心服口服，坐在他身後，看著他怎麼寫他負責的場次。

我們花了很長時間，一而再、再而三調整故事。然後有一天，我寫了一段兩個角色的次要劇情

> **"當時我覺得電影是二流的藝術形式，所以用一種委屈自己的心態在寫電影劇本。歷練不足的我，後來才知道這工作有多困難。"**

（subplot），他們的關係有點像當時的我與同居女友。幾個小時內，我寫了幾場戲，可能有十五頁，然後拿給麥可看。我看到他臉上寫著「嘿，不賴嘛，可以放到電影裡」的神情，然後真心為我高興。等我們討論完，我那時的感覺就像：「哇，我在寫應該放進電影裡的場景耶。」那時候，我做這行已經有三年時間。在這之前，我經常告訴自己：「我就多拚幾集《辛普森家庭》的劇本，

充實你的靈感之泉

（圖1－5）「電影編劇法蘭克・皮爾遜（Frank Pierson）曾經對我說：『史蒂芬，我知道對白怎麼寫最好——有人講了幾句好台詞，而我很識貨地把它記下來。』這番話雖不中亦不遠矣。我有時間、有毅力去到處找這些人談話，聽他們說那些讓人甘拜下風的話。那是他們在某些處境下累積的智慧結晶，讓我獲益良多。我總說自己是個業餘記者；運氣夠好的話，希望可以取得很厲害的研究資料。我所做的，不過是四處找尋經歷過某些事，而且完全理解它，還能清楚傳達給我的那些人。」

為了《諜對諜》這部片，葛漢進行了廣泛的訪談。「我見過間諜、罪犯、軍火商、石油商、國家領袖與皇室成員。」他說他之所以做這些實地訪查，是因為他想掌握那些經驗最真實的聲音。

「我是個在郊區成長的廢物，高中時代就被肯塔基一所私立中學退學。我是那種成績很好、備受期待，結果跌破所有人眼鏡的學生。我曾經入選國家績優高中生獎學金準決選（National Merit Semifinalist），被編入高智商資優組，也曾經是兩項運動的全州代表隊成員……但我在十二年級時被退學，而且沒有任何補救的備案。為什麼會發生這種事？嗯，就說我是這方面的專家吧。我可以告訴你在郊區買大麻是怎樣的狀況，當中的眉角我一清二楚。我也知道在紐約被逮捕是什麼情形。有些事我非常了解，但也很快就把這些經驗用光了。你必須不斷充實這道靈感之泉，或是尋找新的泉源。像我就是永遠都在找新的泉源。從來沒停止過。我喜歡觀察各種系統，看它們其實是怎麼運作的。」

（圖5）葛漢的訪談筆記。為《諜對諜》這部片進行詳盡資料蒐集的一部分。

多賺點錢，然後就回去寫小說。」就這樣，我在那三年間寫了許多不像樣的東西。但親眼看到麥可怎麼工作後，改變了我對這一切的態度。我意識到：這是真正的藝術，而我根本不了解它。如果我想變成好手，必須對它心悅誠服，必須認真鑽研它。

那時候我有一些朋友在寫非常有趣的劇本，例如查理・考夫曼（Charlie Kaufman）、歐文・威爾森（Owen Wilson）與魏斯・安德森（Wes Anderson），大家會互相看彼此的作品。我讀過《變腦》（*Being John Malkovich*, 1999）與《都是愛情惹的禍》（*Rushmore*, 1998）的劇本早期版本。看著這些成熟的電影藝術家同儕，讓我也想做他們正在做的事：

將自己的聲音或對世界的觀點傳播到全世界。至於要怎麼辦到，我毫無頭緒，但我就是突然間真的愛上了這種他媽的藝術形式。它就像在一份文件裡把俳句重複一萬次那樣困難。標準比我所想的實在高多了。

我第一部被拍出來的編劇作品是《火線衝突》。我做了重大改寫，人也在片場，從中發現一件事：電影就像各路人馬組成的大馬戲團一樣。他們創立了一個馬戲團，它四處巡迴，最後解散離開，只留給你一支紀念錶。然後，又是創造另一個馬戲團的時候。我很喜歡這一點。我不會為這種事感傷，而這個過程也毫不感傷。這是生意，而你把劇本丟進這個商業機器裡。它非常強大，可以

DINNER WITH "SON OF SALIM" IN CANNES

Carlton in Cannes. Rich people everywhere. Always rich people everywhere.

"You present a Syrian passport and it's a hundred questions. You give your Canadian passport, it's 'hello, Sir, welcome." "Present your Iranian passport, it's fingerprints."

Bob tells story, "they were trying to set me up with a woman named Dominique in Paris. I ran a check on her. She's known as the Black Widow. She had five Palestinian boyfriends meet violent ends. I find pictures of her from Beirut where she's running across the street, bandoliers over her chest, firing an AK-47. This is my kind of woman. I meet her for dinner in London, then she takes me to an EST meeting."
King Fahd spent 100 million U.S. on his summer trip to Geneva. He was spending 2.5 million a week at the Intercontinental. His son took 280 rooms at the Hilton. They leased 600 Mercedes limos to drive everyone around. And when they left they leased 350 trucks to take their purchases to Marbella.

DINNER WITH XXX IN GENEVA

The moment the lawsuit was filed against the Saudis, they took 210 billion in investment in the U.S. out and put it into the Euro and gold.
XXX talking about how his father hired ex CIA chiefs back in the eighties, "one hundred, one twenty, I think that was the going rate. Ah, we had them by the dozen, Crutchfield, Stolz, Turner, Helms, Waller, Fees. Jim Fees went into business for himself, helped trigger Kuwaiti property investment in Spain. Billions of dollars."

Abdul Azis, King Fahd's son, is surrounded by sharks, guys who have something on him, have him locked up tight. He's Richie Rich, surrounded by leeches, wondering who are his friends?
There is "easy come, easy go," and "hard come, easy go," and then there are the survivors.

輕鬆毀掉你的作品；為了讓劇本以你想要的方式被呈現，你得不停地戰鬥。即使到了最後，你還是不能放棄，還是得繼續戰鬥。但是這部機器有個優點：它也是個加速器，可以把你的作品用力推向世界，連在幾乎沒有電力的外國小村莊都能看到。能夠參與這個過程，是非常棒的一件事。

開始著手準備《天人交戰》的劇本時，我還不知道有《毒品走私線》這部迷你劇集，只是很想寫關於美國反毒戰爭（War on Drugs）的故事。我辭掉電視圈的工作，因為我真的很想做這部電影。我的意思是，就某種程度上來說，我這輩子都在為寫這部電影而作準備……所以我做了很多研究，讀了一堆書，去見很多人。我進行大量訪談，發

> **"我的作家朋友亞當・高普尼克有一次看了我的一些作品，然後說：「葛漢，你有個故事。你每次說的都是這同一個故事。」當時我覺得自己被羞辱了，但他說：「你應該高興才對，因為大多數人連一個故事都沒有。」"**

現錄音機會讓有力人士非常緊張——幸好我不是真正的記者，只是個電影編劇，只要我不錄音，把訪談重點寫下來就好，他們就會願意對一切開誠布公。於是我開始發展出這種訪談方法，結果證實非常有效。跟這些人碰面時，我會出現斯德哥爾摩症候群。即使我的觀點與他們截然不同，但每一個我訪談的人，我幾乎都滿喜歡的。大概

> **"電影編劇面對的是空白：本來無一物，然後創造出某樣東西來。這是一門無中生有的行業，就像魔術那樣。"**

因為這樣，讓人能夠真正跟我交心，不同於他們平常的說話方式。但做了這一堆研究後，我不知道劇本要從何開始。我知道我要寫一個大毒梟，我要寫哥倫比亞，我要寫墨西哥，我要寫毒品使用者這一邊的故事——我知道我要把這些全都寫下去，但我沒辦法整合這些東西，因為故事想要成立，主角基本上必須要能穿越時間才行。他沒辦法以合理的方式出現在這麼多地方，把我想講的故事都表現出來……所以我就真的精神崩潰了。

有長達半年的時間，什麼事都沒發生。我沒辦法寫作。我讀更多東西，做更多研究功課，寫筆記，但我不知道自己在做什麼。我什麼都寫不出來。我的一個教授朋友對我說過一句很厲害的話：「到了某個階段，研究會變成一種懦弱的逃避。」

然後，毫無前兆的，導演史蒂芬 · 索德柏（Steven Soderbergh）跟我聯絡，因為他也想拍反毒戰爭的電影，於是找我共進午餐，給我看這部英國的迷你劇集，片名叫做**《毒品走私線》**，英文片名將 Traffic（走私）最後一個字母改為 k。

我看了這部影集，故事的通俗劇感很重。我覺得它拍得真的很好，場景都寫得很棒，但骨子裡還是那種我不是很喜歡的電視通俗劇，也是我一直在避免寫的東西。但我發現我的劇本跟**《毒品走私線》**有同類型的故事，注意到它把故事全串連起來的手法很精采，也看到在這麼大格局的故事裡做交叉剪接時，清楚表現故事有其必要。有趣的是，那時的我已經快筆寫了許多電視作品，知道電視劇故事的特色是有 ABCD 四條故事線[25]，但因為某些理由，我之前都沒想到電影也可以這樣處理。構思**《天人交戰》**多線故事如何交織的過程，是一段理解敘事骨幹從「這裡」開始到「那裡」結束的學習歷程。

在寫場景的時候，我會跌入靈感之泉，時間也暫停了。我沒在考慮劇情。幸運的話，情況會像是

25 葛漢的「四條故事線」說法並非定理，只是在說明電視劇多線敘事的本質。很多美國影集在一集裡只有兩條或三條故事線，例如篇幅較短的情境喜劇，而在格局宏大的歷史劇或史詩劇裡，一集可能出現五至七條故事線。

《失魂落魄》ABANDON, 2002

（圖 1）**《失魂落魄》**是葛漢導演的第一部電影，也同時擔綱編劇。「我想要寫心理驚悚電影。」葛漢說。「我想寫**《反撥》**（Repulsion, 1965）這種戲。我去哈佛大學，做了很多資料蒐集，也跟那裡不少大學生談過。我遇到一個非常有趣的女生，她哥哥在十八歲時得了精神分裂症。她是這些人裡最聰明的一個，也非常特別：美麗、有天份、神祕感十足。她很怕自己也會像哥哥一樣發瘋，當時她哥已經被送去精神療養機構。她很有魅力，男人就像飛蛾撲火被她吸引，然後我心想：『我可以拍現代版的**《反撥》**。』在那部電影裡，凱撒琳 · 丹尼芙是那麼美，所以沒人能看穿她的外表，發現她有精神疾病。

「另外，我也想拍出大學給人的真實感受。大學其實是很可怕的地方。在這些真正頂尖的學府裡，壓力大到可以傷人。你去那裡不是為了求知，而是去那裡認識人找工作。超過百分之五十的哈佛應屆畢業生，都應徵同樣的華爾街金融業職位。所以大學是個很詭異的壓力鍋，可以把人逼瘋。」

01

《圍城13天：阿拉莫戰役》THE ALAMO, 2004

（圖2）葛漢是《圍城 13 天：阿拉莫戰役》的共同編劇之一，但他在製作過程相當初期的的時候就參與其中，當時規畫的主演是羅素・克洛（Russell Crowe），導演是朗・霍華（Ron Howard）。

「我讀了所有關於阿拉莫戰役的書，很快就發現：這些角色絕對是你能聽過最精彩的了。」葛漢說。「在阿拉莫戰役中喪生的知名人物，包括戴維・克羅凱（Davy Crockett）、吉姆・包威（Jim Bowie），全都是酒鬼。這些壞人——我的意思是，他們是好人，但也是壞人，所以也許我們應該用『人』來稱呼他們就好——是有雙重面向的角色，不只有酗酒問題，還欺騙女性的感情，搞大女人的肚子卻不承認是自己的種……他們是奴隸販子，也是堅守阿拉莫的人。他們是美國人。這就是美國人的樣貌。這些性格有缺陷的傢伙騎馬到邊疆，建立了這個國家，付出他們的生命。這實在是非常精彩的故事。」

突然發生了什麼事，許多聲音拚命自己冒出來，而我只需要聽打下來而已。我是說真的。寫出來的結果可能跟我本來要寫的東西沒什麼關連，但它會有真正的能量，會感覺很有活力，彷彿它一定要被放進電影裡一樣。這場戲在宣示自己的存在，而它來自最純粹的靈感泉源，跟什麼都沒有連結。我不能說寫出這種東西是我的功勞。任何人都不能為此居功。它就這樣出現了，必須被放到電影裡，但問題是：什麼樣的電影？

和威爾・史密斯合作《地球過後》時，他把狀況分析得很精闢：「你當然可以從角色開始發展，想怎麼寫就怎麼寫，在角色設定上打轉好幾年，寫得真的很棒，但沒人看得出這是電影。又或者，你可以從劇本結構著手，那是你可以簡報給投資方看的工具，你對他們說：『這就是你想要的電影。』但光是這樣，這作品會很爛，所以你還得去發掘角色。也就是說，你可以從角色塑造開始，一整個沒完沒了，直到你終於投降、專注在結構上，你那些人物設定才會變成電影的角色；或是你可以從結構開始，之後卻也還是得花這些時間去努力發掘角色……總之就看你怎麼選擇。」

我每次寫劇本，到後來都會抓狂：「為什麼就是寫不好？」我完全想不通，也不知道怎麼辦。對我來說，這個過程就是讓自己有充足的時間迷失與摸索，不知道自己在寫些什麼。我需要讓自己

完全失去信心，然後痛苦地思考：「為什麼我會這樣寫？這樣太模稜兩可了。這一點都不合理。」我笨拙地一寫再寫，然後整個放棄——三次、四次、五次後，再回到某個版本，然後又整個改寫，又再重新架構，往不同的方向嘗試。最後我會寫出五十頁有用的劇本，然後自問這是關於什麼主題的電影。

另外就是，我腦袋裡總是有個聲音告訴我：「我不想寫人家已經做過的東西。」我希望這些場景

圖 3：《圍城 13 天：阿拉莫戰役》，2004

> **"我們最常面對情況是：電影是高風險的事業，而熟悉的東西感覺比較安全。在編劇過程的每一個階段，你都得去對抗一種衍生性衝動——追求安全感的衝動。"**

出自連我都不知道從哪裡冒出來的靈感，不想要因為「那場戲在《不可能的任務》(*Mission: Impossible,* 1996) 裡的效果很好」，就依樣畫葫蘆。我沒辦法這樣工作。

這是寫劇本的過程中，讓我既愛又怕的一環。電影編劇面對的是空白：本來無一物，然後創造出某樣東西來。這是一門無中生有的行業，就像魔術那樣。但我們最常面對情況是：電影是高風險的事業，而熟悉的東西感覺比較安全。在編劇過程的每一個階段，你都得去對抗一種衍生性衝動——追求安全感的衝動。

《地球過後》製作團隊的野心很大。他們創造了整個世界，像《星際大戰》(*Star Wars,* 1977) 的世界一樣完整、豐富。但它的核心是一對父子的故事，

而那也是我一輩子都在寫的故事。

我十五歲的時候，我爸就過世了。他從痛苦的折磨中解脫，這當中存在著某種高貴情懷，我從他身上學到許多。我寫的很多故事都有父子元素，當中有些是父女關係——我設定成女兒是因為這樣比較簡單——但那是同樣的東西。

在《諜對諜》裡，克隆尼演的角色有個兒子，最後在電影裡沒多少戲份，但他很重要；而麥特·戴蒙（Matt Damon）在悲劇當中，也很努力想弄清楚怎麼當個父親與丈夫。在我寫的《圍城13天：阿拉莫戰役》劇本版本裡，那些角色都是糟糕的父親。《玩命派對》(*Havoc,* 2005) 則是關於一個女孩，她的父母在她的生活中缺席，她急著長大，卻沒有學習的榜樣。葛拉威爾（Malcolm Gladwell）的

《焦點新聞》的影響力

（圖 1 - 3）雖然寫過《天人交戰》、《諜對諜》這種處理社會議題的電影，但葛漢不認為一部電影就能改變世界。「政治宣傳電影或那些有政治意圖的電影，都讓我覺得當中可能有鬼。」他說。「很顯然的，電影在德國女導演蘭妮·萊芬斯坦（Leni Riefenstahl）的手中可以成為有力的工具，許多處理各類議題的紀錄片也都非常有效，但在我眼裡，政治也是惡人最後的避難所。我的意思是，那些政治操縱都是你眼睛看不到的……在我的成長過程中，很愛讀諸如福克納、托爾斯泰、納布可夫與海明威這些小說大師的作品。同樣的題材，有些人寫成紀實文學，而這些大師選擇用小說來傳達。對我來說，這是完全不同的兩回事。非報導性質的再創作，是有新生命的作品。」為了說明他的論點，葛漢提到他個人最愛的電影：柯斯塔－加華斯（Costa-Gavras）一九六九年的驚悚片《焦點新聞》(*Z*)。「那是驚人的藝術之作，」葛漢說。「跟黑人民權牧師馬丁·路德·金的演說沒兩樣。這部片我看了五十次，每次看到最後，都讓我都想衝到街上放火燒房子，改變這個世界。怎麼做？我不知道。為什麼？我不知道。我對一九六〇年代希臘的法西斯主義有什麼認識嗎？也許。這跟我的生活有什麼關連嗎？息息相關！《焦點新聞》就是《焦點新聞》。它不是小說，不是美國公共電視《前線》(*Frontline*) 節目播出的紀錄片，不是電視新聞雜誌《六十分鐘》，不是紀錄片。它就是電影《焦點新聞》。」

04

玩命派對 HAVOC, 2005[26]

（圖4－6）《玩命派對》的故事，是關於洛杉磯幾個被寵壞的青少年。電影故事大綱（treatment）是由洛杉磯本地人潔西卡・卡普蘭（Jessica Kaplan）撰寫，但她在本片開拍前過世。葛漢加入製作團隊進行劇本改寫，而他對這個題材有很深的情感。

「《玩命派對》是洛杉磯西城區（Westside）一些富家小孩鬼混的故事。」葛漢說。「我在肯塔基州的郊區長大，我理解這些孩子。說實在的，我等於寫了一個原創劇本——整個重頭開始，以我自己的人生為藍本，把故事移植到我從沒去過的帕利薩迪斯（Palisades），寫出一部全新的電影。那時候我住在好萊塢，從沒去過那一區，只是想像那裡會是什麼樣貌。」

《玩命派對》由安・海瑟薇（Anne Hathaway）與碧珠・菲利浦（Bijou Phillips）主演，並未獲得好評，但這部劇本意外為葛漢開了一扇門。「劇本裡我引用了《性・謊言・錄影帶》（sex, lies, and videotape, 1989）這部片——在一場戲裡注明『燈光要像《性・謊言・錄影帶》那樣』——然後史蒂芬・索德柏拿到這個劇本，打電話給我說：『要不要一起吃頓午飯？』」而當他們兩人共進午餐時，索德柏問他是否有興趣幫他寫劇本。這就是後來的《天人交戰》。

26 因導演與電影公司之間的爭執，本片攝製完成多年後，才於二〇〇五年在美國以外地區公開上映，在美國則從未於戲院播映，直接發行 DVD。

06

《天人交戰》與毒癮

（圖 1 − 3）雖然葛漢高明地平衡了《天人交戰》裡多條故事線，但他承認自己確實比較偏好其中幾條故事線。

「例如麥可・道格拉斯（Michael Douglas）的故事。他的妻子告訴他：『為什麼你不試試，看女兒肯不肯給你一點面對面相處的時間？』──那是我媽在我年少輕狂時努力做的事。我很在乎這條故事線：儘管大家都沒有惡意，但一個郊區家庭還是有可能崩壞。我試著想像，如果我是我母親，看著我那些脫軌的行為讓她有什麼感受，然後把它放進故事裡。」

當被問到他身為力行戒毒的人，寫毒癮的題材對他有多少治療效果時，葛漢回答：「在寫嗑藥過量那場戲時，我開始抽搐，從書桌前的椅子摔下來。我全身都短路了，像癲癇患者一樣躺在地上扭來扭去。那個時期，我才剛開始重新振作沒多久。有些人管這個叫「成長」──各種說法都有，隨你怎麼稱呼──但我差不多在那時候開始進入這個階段，一直到今天。相信我，我不是有一天醒來就突然說：『喔，幸運女神，我已經完全清醒了。現在我很快樂、喜悅、永遠自由了。』」

《天人交戰》的結局

（圖4－5）《天人交戰》中卡洛琳・魏克菲爾這個角色（艾瑞卡・克麗絲唐森 Erika Christensen 飾演）的故事線，葛漢本來寫了一個比較黑暗的結局。

「我就是覺得，電影的結尾，她應該會溜出屋子又去買毒品。」葛漢說。「她太年輕，毒品又來得太容易，而在這個階段，她也還不會去尋求宗教力量的協助。關於這件事，我跟史蒂芬・索德柏有過激烈爭執，而且持續了好一陣子。我在劇本裡寫得很清楚，在她父母的家裡，她的房間就位在車庫上方，看得到有一扇窗。窗戶被往上拉開，她的腳跨出去，然後她悄悄溜走，消失在夜色裡。這就是結局：她消失在森林裡。四下一片黑暗，氣氛不祥又恐怖……他們的小女兒不見了。劇終，演職員表字幕開始往上滾動。

「但是從索德柏的觀點來看，我猜他大概覺得：『哇，我們的電影預算是四千五百萬，這不是我們做這部電影最後想說的事，讓人覺得人生無望。大家需要看到一絲希望。』對這一點，我們爭了又吵、吵了又爭，最後他說：『聽著，你說她不會有宗教信仰，這可能沒錯，但到了某一天，她或許也會想嘗試改變她的人生——你能說這是完全不可能的事嗎？』我就說：『當然有可能。她會嘗試這麼做。你可以這樣做結尾。』我想通了，我意識到他說得沒錯。你可以戒毒。每天都有人戒毒。通常不是立即成功，有時候會故態復萌，但戒毒就是這樣，慢慢地、確實地向前，最後還是辦得到。所以，那樣的結局是有可能的，於是我釋懷了。」

非文學類原著《決斷兩秒間》（Blink），也被我改編成企業惡意購併專家之子的成長故事。

看《天人交戰》的時候，你覺得它的意義是什麼？我覺得它是在說，愛、耐心與父母良好的教養，可以幫助人解決惡性、而且通常致命的問題。《諜對諜》的意義則是，受貪婪驅策的外交政策將會以災難收場，但同時也在傳達：家庭、愛與寬容，讓人在近乎狂亂、失控的世界裡，還是有機會成功。

同樣的故事不斷反覆。我沒有別的故事，這就是我唯一的故事。我的作家朋友亞當・高普尼克（Adam Gopnik）有一次看了我的一些作品，然後說：「葛漢，你有個故事。你每次說的都是這同一個故事。」當時我覺得自己被羞辱了，但他說：「你應該高興才對，因為大多數人連一個故事都沒有。」

有個案子我已經寫了三年，每天寫出來的東西都很糟，只除了某一次。在那三小時當中，我感覺到：「嘿，等等，這個可以拍成電影！」每天都不知道自己在幹嘛，卻連那三小時會不會到來都沒把握，這是非常荒謬的。像這樣的工作狀況，所有人都會馬上不幹。

我已經寫電影劇本好些年了，大概只有過幾次真的非常美妙的時刻。其中一次，是我在華納兄弟電影公司的小放映室裡看《天人交戰》初剪的時候。導演索德柏坐在後面，而我坐在最前面。片子播完時，我起身走向他。我可以看到他臉上的表情好像在說：「慘了慘了，他要來揍我了！」結果我給了他一個擁抱——他不是喜歡擁抱的那種人——然後我只是說：「你會拿到奧斯卡最佳導演獎。今天是我這輩子最快樂的一天。」那天確實是我這輩子最快樂的日子之一。這種體驗讓你可以繼續在這條路上堅持很久、很久。

克里斯多夫・漢普頓
Christopher Hampton

《贖罪》・2007

克里斯多夫・漢普頓的舞台劇與電影劇本同樣備受推崇。他出生於葡萄牙西方海域的亞速群島（Archipalego of the Azores），孩提時期曾經住過埃及與坦尚尼亞的桑吉巴島（Zanzibar），因為他父親在英國電信公司 Cable & Wireless 任職。

漢普頓在英格蘭念大學，主修法文與德文，從小就知道自己想當作家，但自從嘗試寫小說不成後，就將注意力移轉到舞台劇劇本上。才十八歲，他就已經寫出劇本《你最後一次看到我母親是什麼時候？》（_When Did You Last See My Mother?_），這個劇本兩年後在皇家宮廷劇場（The Royal Court Theater）演出，大獲好評。從此漢普頓的劇場生涯愈發蓬勃發展，寫出《全蝕狂愛》（_Total Eclipse_）與《慈善家》（_The Philanthropist_）等作品。

他成功的電影編劇生涯始於**《玻璃情人》**（_Carrington, 1995_）。一九七〇年代中期，漢普頓被麥可・荷洛伊（Michael Holroyd）撰寫的利頓・史塔齊（Lytton Strachey）傳記所感動，動筆寫下劇本，直到二十年後才終於登上大銀幕。他的電影劇本**《危險關係》**（_Dangerous Liaisons, 1988_）就沒花這麼久的時間了。它改編自他大受歡迎的舞台劇劇本，而舞台劇是改編自十八世紀德拉克洛（Pierre Choderlos de Laclos）的小說。一九八七年秋天，他花了三個星期寫出舞台劇，一年多後電影版就在戲院上映，並為漢普頓贏得奧斯卡最佳改編劇本獎。

漢普頓的寫作生涯也包括翻譯劇作《文明的野蠻人》（_God of Carnage_）與《海妲・蓋伯樂》（_Hedda Gabler_）。另外，一九九〇年代從比利・懷德的電影**《日落大道》**（_Sunset Boulevard, 1950_）改編而來的音樂劇，其故事與唱詞是由他與人合寫而成。

漢普頓將自己的舞台劇改編成電影**《全蝕狂愛》**（_Total Eclipse, 1995_），而他的電影劇本**《贖罪》**（_Atonement, 2007_）也讓他第二度獲得奧斯卡獎提名。二〇一一年，他為導演大衛・柯能堡（David Cronenberg）將自己的舞台劇《與榮格密談》（_The Talking Cure_）改編成電影**《危險療程》**（_A Dangerous Method_）。漢普頓的其他知名改編電影劇本尚有：**《致命化身》**（_Mary Reilly, 1996_）、**《沉靜的美國人》**（_The Quiet American, 2002_）與**《真愛初體驗》**（_Chéri, 2009_）。他也導演了自己的三部劇本：**《玻璃情人》**、**《祕密間諜》**（_The Secret Agent, 1996_）與**《救援風暴》**（_Imagining Argentina, 2003_）。

克里斯多夫・漢普頓 Christopher Hampton

在我的成長過程中，家裡幾乎沒什麼書。事實上，我出身熱愛運動的家庭。我的父母經常打網球，父親還曾經代表埃及打過橄欖球。我哥哥也對運動非常熱衷，我則是戴著厚重眼鏡待在角落看書的怪人。他們對此非常寬容，但我的書蟲性格在我家確實很不尋常。

年輕時我打過拳擊，因為我念的寄宿學校要求學生一定要參與運動。我打得還不錯，但不是真的喜歡。有一次我跟一個男生對打，他四十五秒就把我擊倒，讓我不省人事，後來他還成為青少年業餘拳擊協會冠軍。在那之後，我就對打拳擊這事敬謝不敏了。

我父親的哥哥過世後，我們發現他用假名為女性雜誌寫過短篇小說。我和伯父滿親的，他總是對我多所鼓勵。我九歲那年，他給了我一本《莎士比亞全集》，但他從沒讓我知道他對寫作有興趣。那時候，我正在寫小短篇劇本，我猜他大概認為我有一點天份吧。那本全集被裝訂成一冊，印刷字體很小，但還是讓我非常沉迷。對小孩子來說，這實在很難讀懂──不只很難理解，也很難整本讀完，但我很愛那本書，也很確定：我無法理解是我的錯，不是劇作家的錯。

我的編劇生涯中寫了許多改編作品，而我會踏入這一行，是從翻譯工作開始的。皇家宮廷劇場演出了我的第一部劇本《你最後一次看到我母親是什麼時候？》，那時候我還在念大學。因為這層關係，皇家宮廷劇場請我翻譯一部蘇聯劇作：艾扎克・巴別爾（Isaac Babel）寫的《瑪莉亞》（Maria）。工作內容只是修潤對白而已，讓它不那麼拗口。

這工作讓我樂在其中，然後在我一九六八年畢業後，正式到皇家宮廷劇場工作，被指派與保羅・史考菲（Paul Scofield）合作《凡尼亞舅舅》（Uncle Vanya）的新譯本。我真的很喜歡這些翻譯工作。我發現，花兩、三個月時間翻譯大師的作品，可以幫助你自己的創作並給予它養分。

> **"大衛・連有幾個原則，他對我說過不只一次。第一課就是：所有電影劇本裡最重要的事，是一場戲的最後一個畫面，與下一場戲的第一個畫面，以及這兩個畫面如何串連。"**

賣出我的第一部舞台劇的電影版權後，我被找去負責寫它的電影劇本。寫得不是很好，我知道──雖然大家對它不忍苛責，但我在寫的時候就覺得它不是很好。說實在的，不知道為什麼，寫舞台劇對我來說輕而易舉，卻花了十年左右才弄清楚怎麼掌握電影劇本。我父親很喜歡電影，所以我們每星期會去看兩到三部片。我想，一九五〇年代的美國電影我可能每一部都看過了。相反的，我幾乎沒進過劇場看戲。

我的意思是，我這輩子看的第一齣戲，是在皇家宮廷劇場看我自己寫的劇。在學校，我們很喜歡去看舞台劇，但都是遇到特殊場合才去看，而不是像看電影那樣的日常習慣。我想，那時的我對電影沒什麼分析能力，以為電影很容易做。真是大錯特錯。

我在皇家宮廷劇場打滾了十年，寫了五齣戲，翻譯了一些劇本。這些都是在那裡完成的。一九七六年，他們問我：「你下一齣戲要寫什麼？」我說：「我一直認為皇家宮廷劇場是給新劇作家發揮的園地，而我已經不是新人了，所以我要去外面嘗試不一樣的東西。」這裡所謂「不一樣的東西」，就是想辦法用更有效的寫作方法寫電影劇本。

就這樣，經過一年的時間，我寫了**《玻璃情人》**。它後來花了將近二十年才登上大銀幕，不過當時我還不知道會是這樣的發展。這個電影劇本對我來說，開啟了一場非常龐大的學習過程。我寫了非常長的草稿，大概可以拍成四小時，然後開始嘗試刪節。華納兄弟電影公司之前已經委託我寫這個電影劇本，而我花了九個月才給他們初稿，結果當時聘用我的那個主管早就不知去哪裡了。

框架激發創造力

（圖 1 - 3）除了悲劇的愛情故事之外，電影《贖罪》最知名的部分或許是它在敦克爾克（Dunkirk）海灘上用攝影穩定肩架鏡頭（Steadicam）拍攝的那段戲。「那是需要為發明之母的最佳範例。」漢普頓說。

「這部片的預算，我想大約是三千五百萬美元左右。到了某個時間點，他們開始緊張了，說不想在這個電影花超過三千萬。」

電影開拍前，導演喬 · 萊特（Joe Wright）選擇拿掉幾場講述這場戰役前因的戲，融進海灘那一場裡。「於是大家在這裡看到士兵開槍殺馬、無人領導、違法亂紀等混亂暴力的場景。如果我們有那額外的五百萬，就會照原來的劇本走，也就不會拍出比它還精彩的場景了。」

（圖 2 - 3）漢普頓的加長版海灘場景其中兩頁。

Harnessed but riderless horses gallop across the sand. A whaler with ragged black sails lies fifty yards from the sea. A football game is in progress. A small group of men throw off their clothes and splash into the sea for a swim. Another larger group huddles in a bandstand, singing a hymn.

A chaplain and his clerk are throwing prayer books and bibles into a bonfire; the thin pages catch and float into the air like black snowflakes. A YOUNG SOLDIER of no more than 17 sits quietly looking out to sea with tears streaming down his face.

ROBBIE approaches a group of NAVAL OFFICERS, as they stride down the beach with a clipboard, trying to do a head-count. They keep moving briskly throughout the conversation.

                    ROBBIE
          We've just arrived, Sir. Can you tell
          us what we're supposed to do?

                    NAVAL OFFICER
          Nothing. Just wait.

                    ROBBIE
          Where are the ships?

                    NAVAL OFFICER
          A few made it in yesterday but the
          Luftwaffe blew them to buggery. We
          lost five hundred men when they sank
          the Endurance. And high command in its
          infinite wisdom is denying us air
          cover. It's a disgrace, it's a fucking
          disaster.

                    ROBBIE
          The thing is, I'm expected back, you
          see.

                    NAVAL OFFICER
          There's over three hundred thousand
          men on this beach, private. So you'll
          have to wait your turn. Just be
          grateful that you're not wounded,
          we've had orders to leave the wounded
          behind.

NETTLE pulls ROBBIE away, as the NAVAL OFFICER continues up the beach.

                    NETTLE
          Come on, guv, never trust a sailor on
          dry land. Best off out of it.

ROBBIE moves on, dazed, through crowds streaming across the beach in opposite directions, past gutted and blazing vehicles.

From up ahead, the SOUND of a gunshot.

                    MACE
          That's not right.

To one side is a detachment of French cavalry, each man dismounted and standing to attention beside his horse. A FRENCH OFFICER with a pistol moves slowly, almost ceremoniously, down the line, shooting each horse in the head.

ROBBIE moves on, as another horse goes down in the background. He rounds the back of the beached whaler where a deranged SOLDIER is perched up on the mast, furiously waving and shouting at the top of his voice.

                    SOLDIER
          Can you hear me, laddies? I'm coming
          home.

The seafront, or what's left of it was once a cheerful resort with cafes and little shops. ROBBIE, MACE and NETTLE pass a bandstand and merry-go-round decorated in red, white and blue. Soldiers have opened up the cafes and a good portion of them are raucously drunk. Some lark about on bikes. A solitary sunbather in his underpants lies on a towel. A brawling couple rolls down the bank on to the beach.

MACE climbs up on to the gazebo-shaped bandstand where a tight knot of SOLDIERS is singing "Dear Lord and Father of Mankind". Then he catches up with ROBBIE and NETTLE as they plunge on ahead.

                    ROBBIE
          Come on. I have to get something to
          drink.

                    NETTLE
          You need one. You're grey.

He turns to MACE.

                    NETTLE
          He's gone all grey, look.

They move on past another group of SOLDIERS, disabling vehicles with their rifle-butts. Then ROBBIE points ahead to where a cinema sits, perched unexpectedly at the top of the beach.

劇本翻譯是一門藝術

（圖1－2）「每個人著手翻譯的理由都不同。」漢普頓說。「我是因為希望能永遠盡可能以信實、精確、清晰的方式，來重現原作者的意圖。但即便你做到這一點，在這些框架裡還是有許多的變數。」

為了說明他的論點，漢普頓舉自己翻譯的法國名劇作家雅絲米娜‧黑莎（Yasmina Reza）的作品為例：《藝術》（*Art*）與《文明的野蠻人》。

「我為英國演員翻譯《文明的野蠻人》，然後又跟美國卡司坐下來一起討論，翻譯了美國版劇本，它跟英國版在幾個地方有顯著的不同。然後當他們要拍電影版時——理由你要問他們，但是跟導演羅曼‧波蘭斯基（Roman Polanski）的喜好或某個原因有關——他們做了個完全不一樣的翻譯版本。我滿懷興味地去看了這個電影版《今晚誰當家》（*Carnage*, 2011），注意到一點：它一點都不有趣。我不是在說它沒有笑點，而是指它的對白沒有半點發揮巧思的機智。這是一種創作上的選擇；他們選擇了平實自然。換句話說，創作者的意思是：『我要這些人用他們本來講話的方式說台詞，不玩文字、不加修飾。』但我在翻譯這些劇本時，非常注意如何讓劇本打動觀眾，並且讓他們發笑。我覺得這樣可以讓這些劇本更精彩，也覺得這樣能讓劇本更嚴謹，或達成其他效果。無論如何，我繞了一大圈是要說：像翻譯劇作這種看起來非常受限的工作，其實仍然給我們很大的空間發揮。你還是可以在很多決定上發揮創意。」

接下來，我被雇去幫佛萊德‧辛尼曼[27]（Fred Zinnemann）寫電影劇本。我跟他共事了一年，電影最後也沒有拍成，但我看到他對敘事與如何講故事非常執著，對其他東西則一點興趣也沒有，念茲在茲都是敘事的主宰力。這次的合作讓我學到非常有用的經驗。

然後大衛‧連找我去改編康拉德（Joseph Conrad）的小說《諾思多謀》（*Nostromo*），最後這部電影也沒能推出[28]。雖然這是經典作品，卻非常難改編。我用了整整一年時間跟大衛‧連合作，寫了好幾稿劇本。他教我的東西讓我獲益良多。我

的下一部電影劇本是**《危險關係》**電影版，而這並非巧合。如果你看過我一九七〇代寫的電影劇本，然後拿來跟**《危險關係》**比較，你會看出來這個編劇有進步。

大衛‧連有幾個原則，他對我說過不只一次。第一課就是：所有電影劇本裡最重要的事，是一場戲的最後一個畫面，與下一場戲的第一個畫面，以及這兩個畫面如何串連。如果你把這件事做好，就不會寫出各走各的兩百五十場戲，而是寫出大約六到十個章節，讓故事在每個章節裡有如行雲流水般流通在每一場戲之間。你可以讓觀眾震

27 奧地利裔美籍導演，代表作包括《日正當中》（*High Noon*, 1952）、《良相佐國》（*A Man For All Seasons*, 1966）等。

28 這是大衛‧連生涯籌備的最後一部鉅作，但因為他在電影開拍前因病過世，整個計畫因此永遠擱淺。

《玻璃情人》CARRINGTON, 1995

（圖3-5）當被問到他為什麼想寫《玻璃情人》，漢普頓回答：「這是機緣。世間的事經常是機緣成就的。」漢普頓讀了麥可‧荷洛伊寫的利頓‧史塔齊傳記。史塔齊是作家，也是英國二十世紀文藝菁英團體 Bloomsbury Group 的成員。

「那是一本像磚頭一樣的傳記。我的意思是，它大概有兩千頁，以上下冊的形式出版，中間相隔兩年。這是第一批公正忠實的傳記之一，你可以看到關於史塔齊人生的一切。荷洛伊成功從中精鍊出一個有趣的故事。開始讀的時候，我對史塔齊幾乎沒什麼了解，但等到我讀完下冊，他與朵拉‧卡靈頓（Dora Carrington）之間的關係讓我很感興趣，而這部分直到下冊的中間才被寫到。傳記結束在史塔齊突然病死，卡靈頓自殺……我有好些年沒讀到這麼令我感動的故事了，沒辦法把它拋到腦後。」

漢普頓在一九七〇年代中葉寫了這個電影劇本初稿，後來由他自己執導，強納森‧普萊斯（Jonathan Pryce，飾演史塔齊）與艾瑪‧湯普遜（Emma Thompson，飾演卡靈頓）主演。一九九五年，它在坎城影展首映，為普萊斯贏得最佳演員獎，也榮獲評審團特別獎。

撼──你愛做什麼都可以──但不管你怎麼處理，都必須維持作品敘事的整體感。

《諾思多謀》的中段有一個蒙太奇段落。這是個關鍵時刻，精疲力盡的反抗軍終於征服了他們圍攻的城鎮。當他們行軍進城時，教堂司事敲起教堂鐘聲，通知城民反抗軍已經到來，然後在城裡幾個不同地點共有六、七位角色，在各自的故事裡都處於不同的階段，全都將受這個事件所影響。

問題來了：「我們要用什麼樣的次序安排這段蒙太奇？我們要讓觀眾先看到哪些角色的反應？」寫了三天，我們終於排出正確的順序。如果這發生在我的編劇生涯早期，我應該會快筆帶過，隨機任意地安排角色出現的順序。但事實上，這些小決定會對作品產生影響。

劇場與電影是非常不同的媒體。我們經常看到由舞台劇改編的電影似乎不太成功，這是因為它感覺還是像舞台劇，因為它沒有為了拍電影而重新打造。

> **"每一次當我心想：「為什麼結果沒有我想像中那麼好？」原因通常是跟劇本結構沒有妥善架構好有關。基礎與架構應該是隱形的，但它們絕對必須存在。"**

我當然不反對將舞台劇改編成電影，只是你必須用電影的角度來重新思考。在寫電影版**《危險關係》**之前，我已經改編過幾齣我自己的舞台劇作品，結果讓我不是很滿意，因為它們還是太像舞台劇，所以我決心要將**《危險關係》**舞台劇重新以電影的方式來構思。

奇妙的是，這是一部愈寫就愈接近舞台劇的電影，但它在前面半個小時內展現了很大的開放性──電影版裡有些東西是劇場版沒有的。它用不同的方式來講這個故事。

一九七〇年代中期，我開始動念改編**《危險關係》**原著小說時，找國家劇院的劇本經理（literary manager）談過，他說：「我們覺得這不是個好

> **"我不確定自己曾經寫過傳統結構的電影。事實上，我不相信任
> 何劇本寫作規則。它只能給你一個公式，結果不可避免地寫成
> 公式化的劇本。"**

點子……這兩個主角從頭到尾都沒碰到面，只是一直在寫信而已[29]。」我說：「好吧，那我讓他們面對面。」

等我坐下來寫劇本時，馬上碰到地理關係上的問題：這些角色總是身在不好處理的地點，當一個人在巴黎，另一個就在鄉間。於是我寫劇本時的第一要務，就是真的畫出一張大圖表，開始移動角色的所在地。「如果凡爾蒙不是在那兒、而是在這兒會怎樣？如果梅黛在那裡會怎樣？」到最後，劇本裡的事件雖然是照著原著打造，但角色改為與彼此同在，讓對話是他們現場面對面的交談，而不是透過書信進行。

但到了拍電影版時，導演史蒂芬・佛瑞爾斯（Stephen Frears）直覺反應它是可行的：書信的概念雖然在舞台上派不上用場，但是在電影裡很

有用。所以我們又回頭改劇本，讓電影裡的角色寫信給彼此——這是劇場版裡完全看不到的。在電影裡，你可以看到某人寫了信，然後剪接蜜雪兒・菲佛（Michelle Pfeiffer）一邊讀信一邊啜泣的畫面。

我不確定自己曾經寫過傳統結構的電影。事實上，我不相信任何劇本寫作規則。它只能給你一個公式，結果會讓人不可避免地寫成公式化的劇本。我一向拒絕寫詳細故事大綱[30]，但我願意寫劇本大綱[31]，說明「這場戲發生這件事，然後那件事發生了，然後這發生了，然後那發生了。」[32]像這樣，你交代了劇情發展過程中種種重大事件，但在各場景裡仍有空間自由發揮。

如果你寫得好，觀眾不會感覺到結構的存在。也就是說，如果你處理得夠細膩，結構不會被強加

29 原著為書信體小說。

30 詳細故事大綱（treatment）：基本上是詳盡地呈現電影的劇情發展與表現方式，其功能為：1. 向相關人士具體說明電影會是何樣貌，2. 作為撰寫電影劇本初稿前的準備工作。篇幅從幾頁到幾十頁都有可能。

31 劇本大綱（outline）：以簡單扼要的篇幅交代劇情始末。在台灣的實務上，詳細故事大綱的字數約數千字，劇本大綱約數百字。

32 漢普頓在此描述的其實是分場大綱（step outline），它將劇情大致組織成數十個電影劇本場景，並簡述每一場的場旨或事件。

《危險關係》DANGEROUS LIAISONS, 1988

（圖 1）漢普頓開始改編他的舞台劇《危險關係》為電影版時，因為有同樣的電影改編計畫在進行，導致時間問題變得非常關鍵。「我們得知導演米洛斯・福曼（Milos Forman）已經在著手製作《凡爾蒙》（*Valmont*, 1989）。」他回憶道。

「大多數電影公司這時候應該都會退出我們這邊的計畫，但羅立瑪公司（Lorimar）說：『如果你們保證可以搶先推出，我們就願意做下去。』於是我拚了命在三星期內把劇本寫出來，趕稿趕到耳朵出血，心裡只想著一件事：『我一定要趕出來。』因為米洛斯那邊已經發布聲明，劇本也好了，即將進入攝製期，而他前兩部作品《阿瑪迪斯》（*Amadeus*, 1984）與《飛躍杜鵑窩》（*One Flew Over the Cuckoo's Nest*, 1975）都贏得奧斯卡最佳影片的獎項……所以我只能死命趕工。我很怕，怕羅立瑪公司會突然恢復理智，或是有人跟他們說：「你們瘋了嗎？」讓他們打退堂鼓。幸運的是，我寫完初稿後，不需要做太多修改。」《危險關係》當年獲得奧斯卡最佳影片等七項提名，最後贏得三座獎項，其中包括漢普頓的最佳改編劇本獎。得奧斯卡獎對漢普頓的人生有什麼影響？「嗯，你的價碼會漲很多。」他輕笑出聲。「讓人非常滿意。」

01

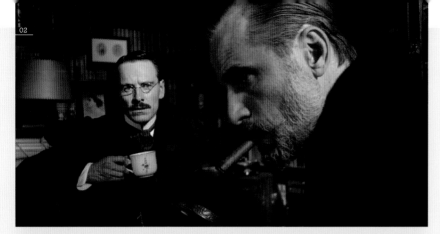

《危險療程》A DANGEROUS METHOD, 2011

（圖2－3）電影《危險療程》改編自漢普頓自己的舞台劇《與榮格密談》，導演是大衛·柯能堡。

「大衛不喜歡拍很長的電影。」漢普頓說。「我們第一次開會時，他說他希望劇本只要有八十七頁就好，結果我給他的初稿大概有一〇一頁吧。」

這部電影的重點在於佛洛依德（維果·莫天森飾演）、榮格（麥克·法斯賓達飾演）與榮格的病人薩賓娜（綺拉·奈特莉 Keira Knightley 飾演）之間的緊張關係，漢普頓的舞台劇版本有兩個半小時那麼長，該怎麼濃縮成電影的一般長度？

「我覺得可以刪掉一些長篇大論與爭執。畢竟，劇場的觀眾可以乖乖坐在那裡聽完，但電影版不能這麼做。《危險療程》確實是對白很多的電影，已經逼近電影觀眾可以忍受的極限，所以我就先從哪些地方需要減少對白的篇幅下手。」

當漢普頓把一百來頁的初稿交給柯能堡，他直接帶走劇本，進行更進一步的刪節。「等他寄給其他編輯過的劇本完稿，我發現它又被砍掉十頁。我正要發作時，才發現他刪改得如此細膩，劇本的重點幾乎都還在……跟優秀的人共事，你可以學到東西，而大衛就讓我學到：怎麼思考電影劇本裡什麼才是真正重要的。」

在觀眾身上。但如果你的劇本裡沒有某個結構，大家會覺得電影少了點什麼——我是說，身為觀眾，我就會有這種感覺。

每一次當我心想：「為什麼結果沒有我想像中那麼好？」原因通常是跟劇本結構沒有妥善架構好有關。基礎與架構應該是隱形的，但它們絕對必須存在。

我一直都很喜歡伊恩·麥克尤恩（Ian McEwan）的小說，而當我讀到《贖罪》時，我很確定它可以改編成一部很好看的電影。這部片讓我想到《一段情》（The Go-Between, 1970），這是我非常欣賞的電影。但令人意外的，我也同時聯想到《越戰獵鹿人》（The Deer Hunter, 1978），因為《贖罪》走到全片三分之一後，電影突然跳到第二次世界大戰：敦克爾克大撤退的現場。我認為它的敘事結構非常

有原創性，因為它不是「三幕劇」，這個一般所謂電影劇本必須具備的結構。這部片只有兩幕，第二幕被斷成兩段，在結局還自相矛盾。

我很喜歡跟導演在片場共事的過程，但也很開心能跟喬·萊特這樣的導演合作。他會自己把電影搞定，然後打電話找你去看他拍好的成品。為了《贖罪》這個案子，我被介紹給喬認識。第一次碰面時，他就說：「我很喜歡這個劇本，但如果你不介意的話，我想從頭開始發展劇本。」他這句話會把所有編劇嚇個半死，但是喬很清楚自己要什麼，而在我們努力發展劇本時，我也發覺：跟原來的版本相比，他的點子似乎更清楚也更好。

我寫的《贖罪》劇本初稿裡有一個敘事框架。開場是老婦碧昂妮（Briony）回到宅邸（現在已經變成旅館）參加她的生日派對。她不時打斷電影故

> **"如果你寫得好，觀眾不會感覺到結構的存在。也就是說，如果你處理得夠細膩，結構不會被強加在觀眾身上。"**

事的進行——你會看到老婦悄悄觀察著一切。喬點出了這一點：「你知道，小說最棒的地方是，當最後的真相被揭露時，讀者大吃了一驚。這難道不需要保留嗎？我們不是應該給觀眾驚喜嗎？」他說的當然再正確不過。

我們拍了小說的最後一場戲。它也是我劇本的最後一場：碧昂妮看著他們在電影開場時演出的話劇，她站起來說：「謝謝。」然後她看到羅比（Robbie）、希西莉亞（Cecilia）坐在稍遠的後方。

喬拍了這場戲，非常強而有力，但他對自己的作品很嚴苛（這是大多數優異導演具備的特質），儘管我們都說這場戲非常好，他卻說：「不，有什麼東西不對勁。」最後他修改了結局，讓電影結束在兩人一起在海灘上的場景。

我寫過許多同僚之間與藝術家之間的題材，那種他們雖然親密卻同時也是對手的關係，例如《**全蝕狂愛**》與《**危險療程**》。當你檢視我幾部舞台劇與電影裡的分歧局面，你會發現他們之間其實是自由派與激進派的爭執。這是二十世紀的主要辯證之一，亦即自由派左翼與激進派左翼之間的對話。

有時候我批判激進派，有時候我批判自由派。在《**全蝕狂愛**》裡，我批判詩人魏崙（Verlaine）那一方；他是軟弱的自由派，對手是意志堅定的激進派。在《**危險療程**》裡，佛洛依德比榮格激進多了，而很多時候我覺得自己是站在佛洛依德那一邊。

我必須抗拒這些選邊站的誘惑，努力將每個角色的論點以最有力的方式呈現出來。但榮格讓我真的很頭痛：他的著作晦澀含糊，也很難消化，而佛洛依德的書非常清楚、論辯嚴謹，令人著迷。而且，我大致上也跟佛洛依德一樣有反宗教的偏見……然而，因為榮格才是主角，所以我必須讓自己深入並沉浸在榮格的世界裡。雖然最後我終於能夠認同他，但跟佛洛依德比起來，我花了更大的力氣。

我只寫我真正感興趣或讓我無法忘懷的東西，但是當我動筆時，通常還不知道結局會怎麼寫，也不知道這些作品會走向什麼方向……

我不是在故作玄虛，而是因為當我寫到某個階段，作品自己會開始告訴你要做什麼，向你展露它的真諦。你以為是自己把想寫的東西寫到紙上，但事實真的很神祕，是作品要你把它寫下來才對。

圖1：《**贖罪**》的最後一場戲

《致命化身》MARY REILLY, 1996

（圖2）《致命化身》是從女僕瑪麗・萊利的觀點（英文片名即是她的名字），來講述《化身博士》（*Strange Case of Dr Jekyll and Mr Hyde*）的故事。本片當時在評論與票房上都令人失望，但漢普頓還是很喜歡這部電影。

「他們把原著寄給我。」漢普頓回憶道。「我很喜歡這本書。它的創意很棒，作者瓦樂麗・馬丁（Valerie Martin）也寫得非常好。我一個星期就把劇本寫好。這是我這輩子唯一僅有的一次經驗。我心想：『我知道這個本子要怎麼寫。』然後我坐下來，一星期寫完。我交出劇本，引起一陣騷動。這也是我生平頭一遭在交出劇本後，大獲每個讀過的人和電影公司一致好評。好幾個導演搶著要導這個劇本，不少女星也打電話表示：『我想要演。』在眾人的一陣狂喜中，我們開始製作這部電影。」

這部片是由史蒂芬・佛瑞爾斯執導，但後製階段陷入一片混亂，時間拖得很長，換了好幾個剪接師。根據漢普頓的說法，佛瑞爾斯與參星影業[33]對電影最後的定剪意見不合，結果影響到電影上映。「整件事最後變成，史蒂芬想讓《致命化身》上映，但電影公司這時已經非常火大，有點放棄這部電影的樣子，還告訴影評相關機構說他們很不喜歡這部片。」但漢普頓對自己的作品還是很自豪。「我寫傑柯醫生（約翰・馬克維奇 John Malkovich 飾演）的靈感來源是波特萊爾，他是我最喜歡的詩人之一。事實上，傑柯有很多台詞來自波特萊爾。後來我對史蒂芬說：『也許電影並不成功，但你有看過大電影公司的哪部片裡講過七、八句波特萊爾的詩嗎？』」

33 TriStar：現為索尼影業旗下公司。

選擇史蒂芬・佛瑞爾斯

（圖3）漢普頓與導演史蒂芬・佛瑞爾斯合作過幾次。第一次是一九七七年的英國廣播電視公司（BBC）電視電影《艾柏的遺囑》（*Able's Will*）。

「那是我在電視圈寫的第一部原創劇本。」漢普頓回憶道。「這個劇本被交給佛瑞爾斯執導。我欣賞他的工作方法，尤其是他很樂意徵詢他人意見這一點。所以，他總是要求編劇在片場待命。事實上，我們之間唯一一次不和的經驗，是我在導《玻璃情人》的時期，他也同時在拍《致命化身》（圖3），而我不能到他的片場，讓他非常反感。他喜歡編劇待在片場，以便當劇本需要一些改動時，編劇本人可以當場進行。」

在製片遴選《危險關係》的導演時，漢普頓大力推薦了佛瑞爾斯。

「那些製片說：『他只是做電視的，從來沒碰過這種東西！我們需要習慣這種大規模製作的人，而且還要能拍古裝電影。』我說：『錯了，錯了，你們不懂。正是因為這樣，所以他是正確的人選。他可以拍出一種反古裝電影，這才是我心裡對這部片的想像。』」

大衛・黑爾 David Hare

"身為電影編劇，你應該努力去做的，是激發出其他人最厲害的才能。你的目的是提供導演與演員們一個機會，讓他們做好自己的工作。"

《時時刻刻》，2002

大衛 · 黑爾爵士，是知名的舞台劇作家、電影編劇與導演，其創作生涯已經超過四十年。他的劇場作品曾多次獲得成功，包括《充足》（Plenty）、《藍色房間》（The Blue Room）與《事情發生》（Stuff Happens）。二〇一一年，他因職業生涯中發人深省與政治傾向強烈的創作，獲頒英國筆會品特獎（the PEN Pinter Prize）。

黑爾真正進入電影圈是在一九八〇年代，自編自導的電影包括獲得柏林影展金熊獎的**《不速之客》**（Wetherby, 1985），以及**《夜巴黎》**（Paris by Night, 1988）、**《無肩帶》**（Strapless, 1989）。但因為他對自己的電影愈來愈不滿意，令他轉而重新專注在劇場上，於一九九〇年代寫出著名的「英國生活三部曲」：《競速惡魔》（Racing Demon）、《喃喃自語的法官們》（Murmuring Judges），以及《無戰》（The Absence of War）。

幸好黑爾後來還是重回電影圈創作劇本，寫出路易 · 馬盧（Louis Malle）執導的**《烈火情人》**（Damage, 1992）。它改編自喬瑟芬 · 哈特（Josephine Hart）的小說，描述有如著魔一般、注定悲劇收場的愛情。之後他改編的電影劇本**《時時刻刻》**（The Hours, 2002）與**《為愛朗讀》**（The Reader, 2008）都讓他獲得奧斯卡獎提名，而這兩部電影也分別為妮可 · 基嫚與凱特 · 溫絲蕾贏得奧斯卡最佳女主角獎。

他亦曾將強納森 · 法蘭岑（Jonathan Franzen）二〇〇一年出版的小說《修正》（The Corrections）改編為電影劇本，他自己的劇作《充足》與《私密狂喜》（The Secret Rapture）也都已被改編為電影。二〇一一年，他自編自導了陰謀驚悚電影**《第八頁》**（Page Eight），由比爾 · 奈伊（Bill Nighy）、瑞秋 · 懷茲（Rachel Weisz）與邁可 · 坎邦（Michael Gambon）領銜主演。

大衛・黑爾 David Hare

我踏入劇場界的唯一理由，是因為我進不了電影圈。一九六〇年代的電影，尤其是在歐洲，是最令人亢奮的藝術形式，而英國電影正經歷它又一次的崩壞期。於是我創立了一個巡迴劇團，擔任團長兼導演。有一天，某人沒把劇本交出來，當天已經是星期三，我們沒有劇本排演下星期一的演出，我只好坐下來寫了一齣獨幕劇《**布洛菲如何成功**》（How Brophy Made Good），然後大夥兒開始排演。我並未把自己當成劇作家。有很長一段時間，我都認為自己是會寫劇本的導演。

我的第一齣舞台劇不是很好。當年我二十二歲，寫出來的劇本很糟。但那時候倫敦西區（the West End）劇場集中地最有名的製作人麥克・克德隆（Michael Codron）——製作過喬・歐頓（Joe Orton）、彼得・尼可斯（Peter Nichols）、哈洛・品特（Harold Pinter）等知名劇作家的作品——委託我寫一齣完整的舞台劇。就這樣，我誤打誤撞地發現了自己不自知的能力。

這純粹是機運使然。我都會這樣跟年輕人說：「凡事永遠值得一試。」因為我認為生命中最令人興奮的事，莫過於發現自己未知的天賦。它若沒被發掘，就很可能被埋沒。也許你的天賦是照顧花園，或者是縫製精緻的窗簾，總之，你沒試過就不會知道。嘗試永遠是值得的。

雖然我的第一部劇作很拙劣，但當我把它交給演員時，我看得出來他們心裡在想：「喔，不錯呢，這台詞我講得出口。」我當過劇本經理，所以我讀過很多劇本。這工作就像餐廳主廚一樣，當一盤菜被端到你面前，你會知道它能不能吃。我寫對白時的感覺就是像這樣：它看起來很像對白。

這其實比看起來要難得多。演員會立刻說：「太

《烈火情人》DAMAGE, 1992

（圖1）雖然黑爾認為《烈火情人》非常成功，話是這麼說沒錯，但他也知道該片並不賣座，製作過程也不太愉快。「這部電影的攝製階段是出了名的痛苦。」他一邊回想一邊笑。「茱麗葉・畢諾許（Juliette Binoche）跟傑瑞米・艾朗（Jeremy Irons）兩人互看不太順眼。我想這有部分原因在於，劇本只告訴他們一個既定事實：『你們倆的愛就像天雷勾動地火一樣，最後一個會遠走，另一個則被毀滅。對你們倆來說，這就是事實，沒有第二句話。』儘管演員們努力想找到自己角色的動機來解釋曖昧不清的行動，黑爾卻相信他們之間神祕無解的吸引力才是重點。

「《烈火情人》就是關於激情的獨斷性。」他說。「大家都知道，在我們人生中的某些階段，為了跟所愛的對象在一起，我們可能不惜殺人放火，例如把人從橋上推下去。當這個強大吸引力爆發時，除了燃燒你的激情之外，你的整個人生似乎毫無意義，而你很難說出對方是哪一點引發你這種感覺。沒有什麼明顯的理由，激情就這樣找上你。」

01

> **"在好萊塢的經典電影裡，角色沿著敘事決定的軌道移動並落實故事，因為這就是他們的工作。但法國電影要角色當人類，他們要自我矛盾、曖昧的角色。"**

好了！當我說這句對白時，我可以做那個動作。」這激發了他們的想像力。當然啦，那時候我對寫劇本一竅不通，但這其實就像藝術家可以畫手畫腳一樣：你得懂基本功，否則就沒辦法作畫。

我在一九八〇年代自編自導了幾部劇情片，一部比一部差。就像很多導演一樣，我的導演生涯走的是 U 形曲線。這是很常見的模式：你的處女作很棒，第二部片很糟，然後你在谷底掙扎一陣子。有些人從此沒再重振雄風、爬到 U 形的另一端——我是最近拍了《第八頁》之後才爬起來。

一九八〇年代拍了幾部電影後，我發現自己面對一個抉擇：撐下去，繼續當電影導演，投注我的生命拍電影；或是當一個舞台劇作家。我沒有時間兩者兼顧，而國家劇院這時也來找我寫三部曲的劇本，於是我將命運交給英國劇場界，把我所有的精力傾注其上。

但後來，路易‧馬盧改變了我的人生。他找我去寫《烈火情人》，而我真的、真的很不想做。我說：「你知道，我已經不碰電影了。我愈拍愈糟。」然後路易說：「你不用拍這一部，我來拍。你只需要寫劇本就好。」我說不要。後來我去度假，悠閒躺在法國南方的沙灘上。電話響了，是路易打來的。他說：「我去找你。」我叫他別來，但是他還來跑找我說：「我知道你不想寫這個劇本，所以我們換個方式來想——想像如果你接下這份工作的話，你會怎麼寫？我們來聊聊吧。」

他這一招很厲害，教會我寫電影劇本的所有技巧。路易每天早上八點半找我吃早餐；他喝咖啡，我吃可頌麵包。然後他會說：「告訴我這部電影的故事。」而我說：「好吧，有個保守派政客……」

法國電影新浪潮

（圖 2）當黑爾與導演路易‧馬盧一起發展《烈火情人》的故事，並研究它有缺陷但符合人性的角色時，他們從法國電影新浪潮的經典汲取靈感，例如《斷了氣》（*Breathless*, 1960）。「新浪潮其實就是關於人類行為。」黑爾說。

「一九五〇年代末期到一九六〇年代初期，為什麼大家都重視法國電影？因為它的角色的行為突然間像起人類了，他們的行動不再像被故事線牽引的傀儡。在好萊塢的經典電影裡，角色沿著敘事決定的軌道移動並落實故事，因為這就是他們的工作。但法國電影要角色當人類，他們要自我矛盾、曖昧的角色：有時討人喜歡，有時讓人討厭，有時溫暖，有時冷酷，對一個角色呈現自己某個面向，對另一個角色又呈現另一個面向。就像你和我一樣：不像被作者控制的人。新浪潮的整體效果是讓楊波‧貝蒙（Jean-Paul Belmondo）（圖 2）或珍‧西寶（Jean Seberg）彷彿是自己想出台詞一般。但他們當然不是即興演出，只是看起來很像這樣而已。」

"演員只要說出腦子裡當下想到的台詞，就能夠傳達角色的真實感——這種想法根本完全誤解了藝術的本質。"

我大概說了兩句，他會接著說：「他是什麼樣的人？他為什麼那樣做？」他就只是問問題而已。就這樣，到了午餐時間，我們可能已經討論了六場戲，而且都滿扎實的。

隔天，他起床後會說：「告訴我這部電影的故事。」然後我試著從昨天打住的地方接下去，但他會說：「不、不，你得從頭開始。」我們就這樣聊了十天左右。等到這個過程結束，我已經可以在二十分鐘內把《烈火情人》的故事講完。「現在你已經完成最辛苦的工作——電影寫好了。你就去把一些對白加上去吧。」他說。

這是一種不可思議的寫作方式。寫對白只花了我幾星期，因為故事都已經準備好了。這是我處理結構時用過的最嚴格方法，但它也是寫電影劇本最好的方法。它確實會把你逼瘋，讓你心想：「天啊，我快要發瘋了。」但我也是從那時候開始理解為什麼我自己的電影會這麼爛：我從來沒讓它們接受敘事測試，從而創造出非常緊湊的故事線，讓你只能掛上珍珠般精采的內容。

如果我的電影生涯有任何意義的話，那就是將主流電影通常看不到的題材拍出來。在製作《時時刻刻》時，導演史帝芬・戴爾卓（Stephen Daldry）與我很努力不去使用「女同性戀」或「自殺」的字眼，但那部電影終究是關於這兩個主題。如果你回想一下大型影城上映過什麼女同性戀或自殺主題的電影，你會發現真的非常少。我寫過的舞台劇題材有諸如援助第三世界、中國革命、鐵路私有化、引發伊拉克戰爭的外交過程。這些都不屬於常見的主流題材，而我想做的是把這類題材放進主流電影。這是吸引我去做電影的首要原因。

不喜歡我電影的人經常抱怨我在「說教」——言下之意是，他們比較喜歡他們所謂的「純」娛樂。我完全支持好的娛樂，也很希望主流電影裡能有些好娛樂。但我們看到的大多數主流電影，都沒讓我覺得很有娛樂性。我是否希望我的電影言之有物？是的，我希望可以。

不過，說我的電影在「說教」？對我來說，這是

《為愛朗讀》THE READER, 2008

（圖 1 - 3）由於《為愛朗讀》讓凱特・溫絲蕾贏得奧斯卡最佳女主角獎，讓大家很容易以為她是這部電影的主角，但黑爾知道，麥克・柏格（青少年時期由大衛・克羅斯 David Kross 飾演，成年時期由雷夫・范恩斯 Ralph Fiennes 飾演）才是故事的中心角色。

「電影拍完後，大家都看到凱特・溫絲蕾的演出精彩絕倫，肯定會搶走所有風頭。」黑爾回憶道。「雷夫過來跟我說：『你和我都知道這是關於麥克的電影，對吧？』漢娜是個很棒的角色，非常搶眼，而凱特是全世界能將漢娜詮釋得最好的演員，但事實上，這個角色並非電影的核心——麥克的故事才是，但因為它是由角色反應處境的故事，基本上處於被動；他不是那種主動推動故事的主角，所以沒那麼吸睛。當然，大家都會被比較搶眼的部份——也就是漢娜的故事——所吸引，這也是很合理的事。只是，雷夫和我都知道那部電影是怎麼撐起來的。」

風格化的對白

（圖4－5）「對話是風格的一種形式。」大衛 · 黑爾說。「問題是，觀眾願不願會接受這種風格？（圖4）**《成功的滋味》**（*Sweet Smell of Success, 1957*）裡，對話採用了英國詹姆士一世或伊利莎白一世時代悲劇的風格。編劇克里福 · 歐德茲（Clifford Odets，與厄尼斯 · 雷曼 Ernest Lehman 合寫）刻意以詹姆士一世時期的舞台劇為範本。但在真實生活裡，有誰會說：『席尼，與我一決雌雄吧！』──誰會這樣講話？可是這種風格效果絕佳。」

黑爾也提及**《教父》**的對白（圖5）。「如果你實際分析**《教父》**的台詞，」他說。「在黑手黨的世界，你絕對聽不到那種教育層次的談吐。但是你接受了，為什麼？因為它具有極佳的風格一致性。就像繪畫與照片看起來不一樣，『逼真』並非寫對白的絕對重點。」

05

03

很荒謬的論點。你知道的，這些溫室裡的花朵是些什麼人——這些被保護過度的人，只要有人給他們看點有內容的電影，他們就會枯萎。他們這種講法讓我很困惑。這麼多偉大的美國電影都充滿了內容，只是現在大家變得如此嬌貴，彷彿脆弱到無法承受想傳達重大訊息的劇情。

妮可・基嫚以《時時刻刻》拿到奧斯卡獎，凱特・溫絲蕾也以《為愛朗讀》拿到奧斯卡獎。在這之後，我接到很多女演員打電話給我說：「我知道你寫的劇本可以得到奧斯卡女主角獎。」我得對她們解釋：「憑《時時刻刻》拿到奧斯卡獎的是

妮可・基嫚。」如果不是她來演，取代她的女星或許不會得獎。凱特・溫絲蕾的情況也一樣。關鍵不是角色，而是演員。認為只要演我寫的角色就能直接拿到奧斯卡獎，根本不合邏輯。我只是剛好跟兩位非常棒的女演員合作而已。

對於怎麼寫出「能拿奧斯卡獎的角色」這件事，我沒有任何了不起的想法，只知道如何寫出好角色，而這完全是另外一回事，是我長年發展出來的技能。我在倫敦西區上演的第一齣舞台劇是《關節》（*Knuckle*），裡頭有個酒保的角色，他得說：「要來一杯嗎？」這類的台詞。那個演員在梳妝室裡

隱形的鋪陳

（圖1）「身為電影編劇，你應該努力去做的，」黑爾說。「是激發出其他人最厲害的才能。你的目的是提供導演與演員們一個機會，讓他們做好自己的工作。」為了說明他的觀點，他拿《魔球》（*Moneyball*，2011）當例子，這部劇本是由史蒂芬・柴立恩（Steven Zaillian）與艾倫・索金合編的，故事發想是史丹・雪溫（Stan Chervin）。

「他們創造了絕妙的結構，如此結實安穩又適得其分，讓布萊德・彼特可以當布萊德・彼特。」黑爾說。

「在這部片裡，布萊德・彼特可以那麼輕鬆、那麼有魅力、那麼自在，是因為他很清楚：『這個劇本可以撐住我。這個工作環境讓我很安心，可以從容扮演電影中的這個核心角色。』這是布萊德・彼特最棒的表演之一，他在片中的表現無與倫比，而這絕非巧合。他不費力氣，不必使勁，演技看不出斧鑿的痕跡。他看起來不需要去演繹角色，但其實他演繹得很精彩。你看不到他做任何事，因為劇本都幫他做好了。他只需要跟著劇本走，再做一些他額外能做的事就好，完全不用擔心：『喔，我得講一大段台詞，這得花多少力氣才能作好背景的鋪陳？』他不必作鋪陳，因為編劇已經把鋪陳都埋好了。如果你看著原著（作者是麥可・路易士 Michael Lewis），你會發現：天啊，柴立恩與索金隱藏鋪陳的手法實在太漂亮了。這劇本簡直已經進入禪的境界：你看不到他們做了什麼，但事實上他們什麼都做好了。我甘拜下風。」

01

> **"蓋瑞・歐德曼演過我的一部電影，他說：「我來演這部戲，**
> **因為我就是想說裡面的一句台詞。」所以，編劇努力要做的，**
> **就是給演員一部好劇本……"**

坐一整晚，就只為了說這句台詞。

這件事讓我心想：「我絕不能再做出這種事，讓演員來演一個不值得演出的角色。」所以現在我會反過來，從演員的角度來思考每個角色：「這值得演出嗎？這裡頭會有什麼讓我發揮的空間嗎？」

我的意思是，《第八頁》的每個人都告訴我，這部片的卡司有多麼堅強。這些演員會來演出，是因為角色值得他們投入。事實上，這得歸因於我好好思考過他們角色的結構，即便是戲份只有三場的角色。

蓋瑞・歐德曼（Gary Oldman）演過我的一部電影，他說：「我來演這部戲，因為我就是想說裡面的一句台詞。」所以，編劇努力要做的，就是給演員一部好劇本，讓他們發出「這就對了，我真的很想演這個角色，感覺很有發揮的空間！」這樣的感觸。

我最近看到一些非常糟糕的電影，片中的演員顯然被允許臨場即興發揮對白。但你知道嗎，英國導演麥克・李（Mike Leigh）做即興排演用了三個月，美國導演約翰・卡薩維蒂（John Cassavetes）做即興排演更用了六個月。

可是，現在我去戲院看電影，經常看到演員直接就在拍片現場即興演出。當這種狀況發生時，你可以感覺到整部電影都走味了。

上個月我看的一部電影，在戲劇最高潮的重大真相揭露時刻，演員的反應台詞竟然是：「哇，嘿，這真的讓我很沒面子吔。」世界上沒有編劇會寫出這種台詞，你看得出來這是演員的即興演出，而那部片的導演，竟然蠢到因為這是那個演員拍攝當天想到的第一句台詞，就相信這樣比較有真實感。

對此你只能有一種反應：「還是讓專業的人來吧。」因為一個編劇可以花一星期去磨那句台詞該怎麼

寫。他們懂怎麼寫劇本，就像演員懂怎麼表演一樣。演員只要說出腦子裡當下想到的台詞，就能夠傳達角色的真實感——這種想法根本完全誤解了藝術的本質。

歌舞劇《獅子王》（Lion King）在測試演出（preview）階段，曾經邀請我去改寫劇本。他們跟我說：「這部片的對白很糟，而你很擅長寫對白，對吧？」我說：「沒有人會聽這部歌舞劇的對白在講些什麼。這不是它的重點。」

我看了這部歌舞劇，非常精采，但對白真的不重要，它只需要交代發生了什麼事。如果小獅子想回去找爸爸，那麼「我必須回到父親身邊」就是完全合理的台詞。我想不出比這更好的台詞。我不能從這些對白當中無中生有。那句對白可以完全滿足觀眾。它雖然不是歷史上最偉大的台詞，但已經達到你賦予它的任務。

無端強加在敘事之上的，不可能是好對白。好的對白是好想法與複雜情感的表現。它是從想法中衍生，不是最後一分鐘才追加的裝飾品。

我對《第八頁》很滿意，唯一的遺憾只有：它是類型電影。我這輩子都在避免拍類型電影。我認為那是電影藝術之死。近來，幾乎每一部有意思的作品，都是由排斥類型的人拍出來的。

我盡量避免做類型電影，是因為觀眾對它的遊戲規則太熟悉了。他們對喬瑟夫・坎伯（Joseph Campbell）[34] 的作品懂得比電影編劇還多，熟讀那些角色轉變弧線、英雄旅程什麼的一堆神話學廢話，所以他們知道主角[35] 出發就是要去尋找他媽的聖戒、聖杯或羊蹄之類的東西。他們知道類型電影的敘事策略是什麼，知道到了電影膠片第十捲[36]，主角將會面對無法克服的難關，而到了第十一捲他將會解決難題……這樣我們還寫什麼劇本？！

34 美國神話學家，其研究對好萊塢編劇理論影響頗深。《星際大戰》導演喬治・盧卡斯在一九七七年就公開陳述坎伯的《千面英雄》（The Hero with A Thousand Faces）一書對該片故事的影響。

35 hero：同時意指「主角」與「英雄」

36 放映用的電影膠片每一捲的放映時間約是 10-12 分鐘，所以一般長度的劇情電影放映會用到 8-12 捲。

《時時刻刻》THE HOURS, 2002

（圖 1－3）麥可・康寧漢的《時時刻刻》原著小說有複雜的多重故事線，因此這本書被視為很難改編為電影的作品，但黑爾並不擔心。

「很多人說：『你到底要怎麼改編這本不可能改編的小說？』這樣跟我說的人，多到讓我緊張起來。我只是回答他們：『我不知道它到底是哪裡不可能改編——我覺得很容易。』然後心裡開始恐慌：『糟糕，我一定是有哪個重點沒看到，因為大家一直說它有多難改編。』對我來說，交織這三條故事線……哇，真的很有電影感。」

但它不表示這個改編工作很輕鬆。「當時遇到的一個問題是，我們很清楚結局比中段要強上很多。」黑爾說。「我們一直糾結在：『前四十分鐘絕對會很有趣，因為沒有人看過這樣的電影。然後它也一定會走向精彩的高潮，讓人非常滿意。』但是中間那四十分鐘，是不折不扣的地獄。除非你寫對了，不然觀眾就會心想：『喔，現在我們回到那個故事了，可是我不喜歡那個故事……我想繼續看另一個故事，它有趣多了。』該怎麼讓三個故事一樣有趣？那是真正的挑戰。」

最難的一條故事線是蘿拉・布朗（Laura Brown），黑爾稱它是「最深刻的故事」。這個角色是由茱莉安・摩爾（Julianne Moore）飾演（圖 1－3）。「那是終極的禁忌，不是嗎？拋下孩子的母親，簡直不可原諒，妳不能做出這種事。所以，好吧，我們要拍一個拋棄孩子的女人的故事，我們必須讓你理解她為什麼這麼做。即便你永遠不能同情她，你還是會這樣想：『這可能是她必須做出的抉擇。』那就是我們得完成的任務。

維吉尼亞‧吳爾芙

（圖4－6）《時時刻刻》以戲劇呈現維吉尼亞‧吳爾芙（Virginia Woolf）的過程，黑爾稱之為「沒有編劇搶著接的任務」。他解釋道。

「你知道會有一千個學者來挑你毛病，還有許多熱愛她作品的人也不會放過你。但是電影上映後，我最驕傲的時刻是她的小說《戴洛維夫人》（*Mrs. Dalloway*）登上《洛杉磯時報》小說排行榜第一名時。你知道，麥可‧康寧漢的原著小說登上小說榜，這沒什麼稀奇，但誰能相信：在洛杉磯，吳爾芙一九二〇年代寫的小說，在那一個月期間，銷量竟然超過其他所有的書？這是了不起的成就。當我聽到高高在上的學者與傳記作者抱怨這部電影的時候，我心裡想：『受我們電影影響而去讀她作品的人數之多，你們根本比不上。』這真的是我這一生最大的成就之一。」

與梅莉‧史翠普合作

（圖7）黑爾與梅莉‧史翠普（Meryl Streep）合作過《時時刻刻》，以及一九八五年的電影《誰為我伴》（改編自他的舞台劇《充足》）。

「我一定會去看梅莉排演。」他說。「除非你瘋了，才會錯過這種事。勉強自己早上九點趕去排練室看排演是很痛苦的事沒錯，但你是去看梅莉‧史翠普排演！看她排演可以讓你明白這場戲的很多東西。因為我跟她有點私交，所以我可以說：『妳不需要那句台詞，拿掉吧。』對我來說，這是拍電影的樂趣所在：看過第一次排演後，把東西都改掉。當你看到某個演員的詮釋方式，你會心想：『原來你需要另一種觀點的意見，好吧，我會給你。』或是『你不需要這個了，如果你那樣做會更有趣。』而梅莉總是能給你許多想法，你不可能不從她身上得到啟發。」

> **"無端強加在敘事之上的，不可能是好對白。好的對白是好想法與複雜情感的表現。它是從想法中衍生，不是最後一分鐘才追加的裝飾品。"**

我改編的《修正》沒能拍成電影，讓我心都碎了。劇本我已經寫到第二十三版了。我想，問題應該是在於導演拿到這個劇本後，除了把它拍出來之外，沒有其他發揮的空間。

因為作者強納森・法蘭岑的主導性很強，我的性格也挺硬的，結果，等到我們寫出理想中的劇本後，不論誰當導演，都沒有其他的發言餘地。導演需要做的，只有到片場拍片而已，就這麼多。

結果當然沒有導演願意接這部片。這種工作方式已經不流行了。現在的導演都想問：「我對這部電影可以有什麼創意上的特殊貢獻？」關於這個問題，我的答案是：「這張床上，我已經占了很多空間，強納森・法蘭岑又占了床的另一半，而一張床沒辦法睡三個人。你就他媽的把劇本拍出來就好。」導演史蒂芬・佛瑞爾斯有個眾所周知

的特點：他覺得自己的工作只是把劇本拍出來。但現在大部分的好萊塢導演可不是這樣想的，所以我覺得這是這部片弄到最後還是拍不成的原因。當全部的心血付諸東流，一部分的我也死去了。

我對寫作的興趣，我想是源自童年經歷，但不是什麼寂寞的童年，應該說是荒涼的童年吧。我出生在海濱小鎮貝克思希爾（Bexhill），距離倫敦將近一百公里遠，鎮民平均年齡是全國最高的。這裡住的都是退休老人，真的是全地球上最無聊的地方。所以我過的是很典型的鄉下童年生活，但正是那份荒涼點燃了我的想像力。謝天謝地我已經離開貝克思希爾。因為，自從離開那裡之後，人生對我來說只有無比的享受與樂趣。

但毫無疑問的，正是因為有這樣的背景，讓我擁有強大的做夢能力。我的意思是，拜託，郊區環

《第八頁》 PAGE EIGHT, 2011

（圖 1 － 2）《第八頁》是關於英國情報機關 MI5 退休官員（比爾・奈伊飾演）調查政府掩蓋醜聞的驚悚電影。在這部片裡，編劇兼導演大衛・黑爾不想遵守間諜類型電影的所有規則。

「我的電影裡沒有槍。」黑爾自豪地說。「因為我就是不相信 MI5 會殺人，也完全不相信他們會殺自己人。所以我想拍的是所謂的懸疑電影，也就是希區考克的那種電影。你知道的，希區考克的懸疑片不靠讓人帶槍破房而入的戲來製造效果。跟《驚魂記》（*Pyscho*, 1960）比起來，我比較喜歡《迷魂記》（*Vertigo*, 1958），而且永遠不會改變。所以我故意這樣說：『這部片不會有暴力威脅，不會有拳腳相向，也沒有子彈滿天飛。』這是我對這個類型的小小抗議，透過故事而非暴力來創造懸疑效果。要是奈伊的角色輸了，那他會怎麼樣？坐牢！這可不是一般驚悚片主角面對的風險。我就是想讓角色冒的風險非常非常低，但他們還是會陷入懸疑的情境，像在希區考克電影裡那樣。」

境、併連洋房——這些可都是典型的作家成長背景呢。

對我來說，劇場與電影充滿無限的魅力，到今天都還是一樣。每當我走過電影院、看到自己的名字，仍會心生一種不可思議的快感。我一直覺得自己很榮幸，也非常好運，可以做我正在做的工作。現在我六十四歲，看到戲院看板還是很興奮，因為無法相信這種好運竟會發生在我身上。

圖 3：黑爾的辦公室

帕迪·查耶夫斯基 Paddy Chayefsky

帕迪·查耶夫斯基的電影編劇生涯啟發了許多人，其優異的作品曾經贏得三座奧斯卡獎。但在他銳利的筆鋒之外，查耶夫斯基更是一個潛心鑽研自身技藝的作家，對創作過程不抱持任何浪漫情操。

比利·雷（《欲蓋彌彰》的編劇，《雙面特勤》的共同編劇）說：「關於寫作，我聽過最棒的建議，是在查耶夫斯基的一篇訪問中讀到的。我從小就視他為英雄，他說：不要把它當成藝術，要把它當成寫作的工作。當一個編劇因為陷入瓶頸而打電話給另一個編劇時，後者不會問他：「你的藝術遇到什麼瓶頸？」而是：「你哪裡寫得不順？」然後他們深入討論，解決問題。如果你是用這種方式在寫作，每一天結束時，你都可以告訴自己：「我做了自己該做的工作了。」而如果你是藝術家，寫出來的東西就還是藝術。這段話我一直放在心上，也一直努力用這種方法來面對寫作。

一九二三年一月，查耶夫斯基出生於紐約布朗克斯區，父母為他取名席尼（Sidney）。帕迪是他在二戰從軍時的綽號，而他服役時的表現讓他拿到紫心勳章的表揚。戰後他回到美國，專心投入舞台劇的寫作。一九四〇年代末，他轉進電視圈。到了一九五〇年代現場播出電視節目的高峰期，查耶夫斯基已經是知名編劇，寫過《費爾柯－固特異電視劇展》（The Philco-Goodyear Television Playhouse）與《固特異電視劇展》（Goodyear Playhouse），為知名演員包括何塞·費勒（José Ferrer）、艾迪·亞伯特（Eddie Albert）與 E.G. 馬歇爾（E.G. Marshall）等人打造劇本，當中一部叫做《馬蒂》（Marty），後來由他改編為同名電影，是一九五五年的賣座電影，並拿到坎城影展金棕櫚獎與四座奧斯卡獎，包括最佳影片與最佳劇本。

查耶夫斯基的下一部成功作品，調性完全不一樣。如果《馬蒂》是令人感傷的寫實人生戲劇，

圖 1：《螢光幕

> **"在這個產業裡，我們的義務是要娛樂大眾……如果你有辦法給他們更多，有辦法提供他們任何一點見解，那你就寫出所謂的藝術了——這是額外的紅利。"**

《入錯醫院死錯人》（*The Hospital*, 1971）則是對醫療產業的尖銳諷刺，讓查耶夫斯基拿到第二座奧斯卡獎。他的第三部成功作品，調性並未跳脫太遠，這部探討電視與企業文化的《螢光幕後》（*Network*, 1976），讓他拿到他的第三座、同時也是最後一座奧斯卡獎。該片還拿到另外三座奧斯卡獎，都是演員獎項，證明了查耶夫斯基的劇本有多高明。

多年後，《螢光幕後》的攝影指導歐文‧羅茲曼（Owen Roizman）說：「《螢光幕後》是我看過最棒的劇本，毫無疑問，無庸置疑，無與倫比！我打電話給製片霍華‧高佛瑞（Howard Gottfried）說：『這劇本實在太棒了！我一定要拍這部片！』如果我沒辦法拍這部電影，一定會心碎！我就是有這麼愛它。」

羅茲曼不是唯一熱愛這個劇本的人，電影上映後的幾十年間，《螢光幕後》已經變成文化里程碑，主播霍華‧畢爾那句經典的「我氣死了，我不要再忍下去了！」（I'm as mad as hell, and I'm not going to take this anymore.）獨白，完美濃縮了本片對媒體與當權人士的攻擊。但是對查耶夫斯基來說，這部片的重點從來不是要批判電視。電影上映後，他在一篇訪問中表示：「我覺得我要說的是，『身在一個連人命不再有什麼意義的世界，你要怎麼把持住自己？』這才是我想說的話——不過，關鍵當然是得把這些話說成一部好電影。」

一九八一年夏天，查耶夫斯基死於癌症，享年五十八歲。儘管我們會永遠記得他對社會的關懷，但他始終堅持：編劇不該為了想向這個世界傳達什麼訊息而動筆寫劇本。

「在這個產業裡，我們的義務是要娛樂大眾。」他說。「那是我們的工作。我們就像美式足球員——提供觀眾消遣，讓他們開心、發笑。如果你有辦法給他們更多，有辦法提供他們任何一點見解，那你就寫出所謂的藝術了——這是額外的紅利。」

圖2：查耶夫斯基（左）與製片哈洛‧賀克特（Harold Hecht）在《馬蒂》片場

圖3：《入錯醫院死錯人》，1971

圖4：《馬蒂》，1955

安德斯・湯瑪士・詹森
Anders Thomas Jensen

"編劇面對的一項重大的挑戰，是怎麼讓故事保持新鮮……這就是為什麼關於人際關係的故事寫起來會比較讓人有成就感：雖然比較難寫，但我覺得它永遠都有新角度可以切入。"

《婚禮之後》，2006

安德斯 · 湯瑪士 · 詹森是丹麥最傑出、最知名的電影編劇。他從拍攝短片起家，開啟其電影生涯，在一九九〇年代末期三度獲得奧斯卡獎短片獎項提名，一九九九年以《選舉之夜》（*Election Night*）第三次被提名時獲獎。此片由尤李基 · 湯姆森（Ulrich Thomsen）主演，後來他也繼續在詹森所寫的電影裡演出，例如《亞當的蘋果》（*Adam's Apples, 2005*）與《更好的世界》（*In a Better World, 2010*）。

詹森後來終於進入劇情長片的領域，自編自導了三部黑色喜劇《閃爍的光》（*Flickering Lights, 2000*）、《只賣有機肉》（*The Green Butchers, 2003*）與《亞當的蘋果》，三部片的主演都是丹麥演員邁茲 · 米克森（Mads Mikkelsen）。但或許詹森最為全球觀眾所知的一點，是他與導演蘇珊娜 · 畢葉爾（Susanne Bier）長久的合作關係。她導演了他的編劇作品《窗外有情天》（*Open Hearts, 2002*）、《變奏曲》（*Brothers, 2004*）、《婚禮之後》（*After the Wedding, 2006*）、《更好的世界》與《愛情摩天輪》（*Love Is All You Need, 2012*）。

跟詹森自己執導的作品相較之下，他與畢葉爾合作的電影，特色是其情感強烈、高度戲劇化的情節，經常處理的主題是暴力、和解與巧合。當中，《變奏曲》榮獲日舞影展（Sundance Film Festival）觀眾票選獎，《更好的世界》更同時拿下奧斯卡最佳外語片獎與金球獎（Golden Globe）。

詹森住在哥本哈根，是「95 逗馬宣言」（Dogme 95）[37] 運動的早期參與者，撰寫了索倫 · 克拉－雅布克森（Soren Kragh-Jacobsen）導演的《敏郎悲歌》（*Mifune, 1999*）與《窗外有情天》劇本。其他作品尚有浪漫劇情喜劇片《二手書之戀》（*Wilbur Wants to Kill Himself, 2002*）與歷史古裝劇《浮華一世情》（*The Duchess, 2008*）。近年來，他的生涯繞了一圈又回到短片，黑色喜劇《新房客》（*The New Tenants*）由文森 · 唐諾佛利歐（Vincent D'Onofrio）與凱文 · 考利甘（Kevin Corrigan）主演，榮獲奧斯卡最佳真人演出短片獎[38]。

[37] 一九九五年，拉斯 · 馮提爾（Lars Von Trier）與幾位丹麥電影導演發起的電影運動。他們簽署了激進的「電影製作十條守則」，例如不得搭景、不得使用專業燈具打光、導演不是電影的作者等。

[38] Best Live Action Short：在台灣常被誤譯為「最佳實景短片」，但 live action 此術語，乃是動畫產業指稱非動畫製作的真人演出鏡頭，而真人卻不一定在實景演出。

安德斯・湯瑪士・詹森 Anders Thomas Jensen

我沒有從父母那裡遺傳任何創造力。我的家族裡，沒出過藝術家。我在一個工人階級家庭中成長，但一直很想當導演。我從小就熱愛電影，有時間就往電影院跑，一開始是看美國電影，非常喜歡史匹柏與史柯西斯的作品，以及美國一九七〇年代那些電影。我在非常小的小鎮長大，所以看不到藝術電影，直到十六歲才看到第一部法國片。

但是上高中後，我開始研究電影，發現了夏布侯（Claude Chabrol）與楚浮等法國導演。世界上實在有太多電影——我不斷在發掘新電影，所以這是一個持續的現在進行式。等到我可以找工作的時候，我真的去了錄影帶出租店上班。這一點跟昆汀・塔倫提諾很像。我申請過電影學院的導演班，最後還是去念普通大學，主修修辭學。我開始拍短片，發現寫劇本比導演更令我滿足，而且到現在都還是這樣想。

我開始寫劇本時，什麼都不懂。劇本寫作的過程中有一種積極的能量；當你寫得愈多，就會愈來愈意識到自己在做什麼，但這當中暗藏一個危險：當你寫了很多東西後，可能會失去一些渾然天成的東西。我們會看到有些劇本真的寫得很好，卻少了某種「天真」——它的結構幾乎可説太工整了。這就是困難的地方：你很清楚自己在做什麼，卻想寫得像隨意揮灑一般。

寫作就是發明、創造，而導演的工作是找出不可能做到的事，因為真實世界或資金面有種種的限制。我導過一些短片、三部長片，結果永遠跟你預想的不一樣。電影製作確實是集體合作的過程，但在編劇時你是自己的主人，真的讓人感覺很痛快。在紙上的世界，一切都有可能，只是剛出道的時候，你會把劇本當成書籍或藝術品。事實並非如此，劇本只是一個工具。

我覺得每個編劇都應該嘗試導演，因為你可以在這過程中學到很多。在我當過導演之前，我把劇本交給導演去拍，後來看初剪時都會心想：「他們在搞什麼鬼？」等你自己當導演時，你覺得自

對白的魅力

（圖1－3）詹森在丹麥土生土長，年輕時就愛上美國比利・懷德導演的喜劇。「《公寓春光》（*The Apartment*, 1960）（圖1－2）我看了好多、好多次。」他說。

這或許並不令人意外，詹森就像懷德一樣，在對白上一向很有一套。

「寫對白對我來說一向輕而易舉。」他說。「我喜歡語言和文字，一直都很喜歡，小時候就會說好笑的話來吸引注意力，剛開始當編劇時也得到一些不錯的評價，都說我的對白好。在丹麥這裡，大家現在仍當我是寫好笑對白的高手。」為了解釋語言的力量，詹森提到播出長達七年的電視影集《白宮風雲》（圖3）。「每一集都是某人說了段聰明的台詞，然後另一人的回應更聰明。」他說。「看到有人講出聰明或好笑的台詞，讓人可以連看好幾個小時。誰不會被這個吸引？誰會不想看？那是戲劇很重要的一大部分。」

> **"在紙上的世界，一切都有可能，但是剛出道的時候，你會把劇本當成書籍或藝術品。事實並非如此，劇本只是一個工具。"**

己應該可以掌控一切，把電影拍得更好，然後你發現你得作所有的決定，但你只有很短的時間來下判斷，而且你每天有一千個決定要作。你會知道，即使你當自己作品的導演，結果也不會如你編劇時想像的樣子。這對編劇來說是很好的學習經驗，因為你可以更加理解你的導演。

在我的成長過程中，根本不知道電影編劇在做什麼。有趣的是，當我回顧過去，卻發現我最早寫的那些劇本都符合所有的「法則」，包括「三幕劇」等等。這些法則是從「講故事」本身衍生出來，而講故事是人的天性，所以看到自己在學習編劇或掌握個中訣竅之前就能寫出好劇本，是非常有意思的事。我也在我的孩子身上發現這一點。如果他們跑來告訴我一個故事，一開始就把最關鍵的地方講出來的話，他們就得不到注意力。他們得學會怎麼架構自己的故事。

講故事的最大重點是：怎麼贏得大家的注意？你需要遵守一些法則，而你可以玩弄這些法則或測試它們的極限。但我真心相信，每個人都具有講故事的基本能力。你可以研究它們，進而開發它們，但這也是你潛意識裡就具備的天份，讓你可以在不知不覺中運用與發揮。

編劇面對的一項重大的挑戰，是怎麼讓故事保持新鮮。過去在寫許多場景時，我經常發現自己在想：「這場戲以前我寫過了。」這就是為什麼關於人際關係的故事寫起來會比較讓人有成就感：雖然比較難寫，但我覺得它永遠都有新角度可以切入。

儘管如此，我在我的劇本裡大概還是用車禍殺了二十個人左右。另外還有典型場景的問題，例如角色告訴另一個人某人快死了或生病了——你需要找到新方法來處理。跟導演一起合作找新方法是件好事，因為拍攝這場戲的所在環境或視覺呈現，可以開啟許多新的可能。這就是為什麼我總是從角色出發——這是我的靈感來源。讓故事從角色身上流洩而出，給我很大的能量。

喜劇裡運用深刻的戲劇刻劃

（圖4）雖然詹森跟蘇珊娜・畢葉爾合作的劇本，是以重口味的劇情聞名，但詹森堅稱這並非他們合作的本意。

「有趣的是，我們的每一個合作案，一開始都是想做成喜劇。」他說。但不知道怎麼回事，他們最後完成的都是挖掘人性的戲劇（drama）。「以《婚禮之後》為例，我坐下來開始寫一齣喜劇。」詹森回想。「我的意思是，整個設定都是喜劇：女兒要結婚了，爸爸要回家了——這是喜劇設定。然後蘇珊娜說：『如果爸爸得了癌症會怎樣？』我心想：『可以試試看。』每次都會變成這樣，屢試不爽——她在喜劇裡看到挖掘人性的可能，在仔細研究角色後，丟給他們一些嚴重的問題。」

《南方四賤客》打破禁忌

（圖1）「在導演喜劇的時候，我必須承認，有一部分的我想看看自己可以玩多大。」已經導過三部劇情片的詹森說。

「一個小孩坐在輪椅上，嘴角還流著口水，你可以拿他來當笑料嗎？《南方四賤客》（South Park）這類的作品出現後，已經沒有所謂的禁忌存在了。現在其實你要做什麼都可以。我的黑色喜劇裡有很多暴力，很直接的暴力，因為這種電影有它們自己的世界，所以可以這樣處理。但在寫實電影裡，你必須更謹慎地使用暴力這個元素。在黑色喜劇裡，你的發揮空間自由多了。」

我並不認為我筆下的角色是我的一部分，但他們絕對是我認識的人。就這方面來說，我是真正的混蛋，把我認識的每個人都寫進來。

有趣的是，當你把人寫得很誇張或無法令人同情，我認識的人通常都認不出角色的原型是他們。以**《閃爍的光》**為例，裡面有個打小孩的酒鬼叫卡爾。我父親也叫卡爾，也一樣喝很多酒，但他看到電影時，只說了一句：「喔，那個人滿好笑的。」他沒想到這個角色可能跟他有點關係。但如果你寫的是好人角色，大家都會覺得這角色是以他們為範本。

不過，這不表示只有我認識的人才能啟發我創造角色，我在超市遇到的某個人也可以。我很喜歡那些欺騙自己的人。這世界上最好笑的事，我覺得就是那些顯然對自己不誠實的人。

你每天都可以看到這樣的人。我看到生氣的人，比如當我開車時在路上或在其他地方看到的，我就會開始想：「他有什麼問題呢？」我每遇到一個人，幾乎都會好奇：「為什麼他們會有這樣的行為？」當然，他們得先做出什麼異常行徑才行。我不是光坐在咖啡館裡觀察人，那是詩人才做的事，不是嗎？但是當人做出他們不該做的事，就會給我很多靈感。

《更好的世界》就是這樣起頭的。我在一個兒童遊戲場，看到一個爸爸打他的小孩。我的孩子跟我在一起，現場氣氛變得很糟糕，然後我開始想：

「如果我當時說了些什麼，那個爸爸可能會打我，如果他動手打我，接下來會怎樣呢？」那我就得向我的孩子解釋這一切了。這個故事就這樣開始滾動。

等到了跟蘇珊娜・畢葉爾討論的時候，我們會碰面，然後說：「好，如果我們這樣改呢？」然後我會寫幾場給她看。接著，我們會把劇本全部拆解，而她會說：「要是發生這件事會怎麼樣？」或是「如果不是主角做這件事，而是這個小角色來做呢？」

我們會做很多改寫，但不寫詳細的故事大綱。我喜歡這種工作方法，寧可寫很多很多場戲，然後把它們丟出來討論。這是為了保持故事的新鮮感。

圖2：《更好的世界》，2010

喜劇中運用黑暗元素

（圖3－5）「打造深刻戲劇性的時候，」詹森說。「我會特別留意不要投入個人感情，希望自己當個局外人。如果我真的把戲劇跟我的個人生活混在一起，寫出來的東西就會變垃圾，因為投入太多自己的真實情緒。但話說回來，你當然還是需要有這些情感。」

相較之下，他自編自導的電影，例如《亞當的蘋果》，就是一齣徹頭徹尾的黑色喜劇。「我寫喜劇的時候，就像去遊樂場。」他解釋道。「你知道，我就是跟著感覺走，邊寫邊笑，自以為很幽默。基本上《亞當的蘋果》這部片的點子，來自我那十年來跟一些人物發生過的糾葛，包括坐輪椅的人、得癌症或腦腫瘤的人、納粹份子，然後我設計了一個角色，讓這些事都發生在他身上。這是黑暗到不行的喜劇，探討的議題跟我過去幫人寫的其他劇本經常處理的議題相同。但是輪到我自己當導演的時候，同樣的素材卻變成了喜劇。」

蘇珊娜不會實際下去寫任何一場戲，但她很會逼我寫那種我稱之為「芭芭拉・卡德蘭[39]風格」的場景。在我們一起發展劇本的階段，她會提議讓主角陷入昏迷，讓我忍不住發笑，然後說：「這樣太狗血啦。」但她可以若無其事地說：「不會、不會，你寫寫看這場戲。」有時候，寫這麼濃烈的情感很有挑戰性，因為這是走在灑狗血的危險邊緣。我自己是絕對想不到要這樣寫，所以她很會強迫我。寫這種戲的挑戰在於，你得讓這樣的戲行得通，不會讓觀眾看了想走出電影院。

因為我們一起寫過太多版本的劇本，有時候到了某個階段，我們會你看我、我看你，然後我問她：「這部電影到底在講什麼？」我們之間有個笑話，就是我經常會對她說：「等我看到媒體訪問妳，

＂我很喜歡那些欺騙自己的人。這世界上最好笑的事，我覺得就是那些顯然對自己不誠實的人。你每天都可以看到這樣的人……我每遇到一個人，幾乎都會好奇：「為什麼他們會有這樣的行為？」＂

就會知道這部電影在講什麼了。」其實，我們的作品總是環繞著某個主題，所以我不需要時時提醒自己不要跑掉，只要在我寫劇本時，能讓角色與故事好好開展並且持續吸引住我就行了。比如《窗外有情天》，我們想寫一部沒有壞人的電影，而是一些意外的交會創造了整部片的戲劇性。

但是就《變奏曲》來說，我們真的寫了太多的版

39 Barbara Cartland：英國羅曼
　史小說家。

版本與演進

（圖1-5）為了《變奏曲》這部關於兄弟關係的戲劇[40]，詹森的的丹麥文劇本至少寫了三種不同版本，說明了電影劇本可以隨著時間而發生多大幅度的演進。「在第一版，我們一開始用了監獄的幾場戲來介紹詹尼克（尼古拉・雷・卡斯 Nikolaj Lie Kaas 飾演），這時的他即將出獄。這一版的對白，調性比較偏喜劇而非刻劃人性的戲劇；詹尼克對監獄警衛講話的方式，有點挑釁與諷刺意味（圖2-3）。在第三版，我們第一場戲就看到詹尼克離開監獄，直接去了銀行，在那裡他試著向一個銀行職員解釋自己先前其實無意恐嚇她（圖4-5）。我們一開始就知道他為什麼坐牢，然後看到他試圖為自己的暴力行為致歉。在這個版本裡，我嘗試讓詹尼克這個角色從一開始就比較令人同情，整體的調性變得比較偏刻劃人性的戲劇而非喜劇。而在最後定稿的版本裡，麥克（尤李基・湯姆森 Ulrich Thomsen 飾演）變成最重要的主角，一開始的幾場戲都專注在他的故事上，我們知道他正準備前往阿富汗出軍事任務。在一個短場次裡，我們看到他去監獄接他常惹麻煩的弟弟詹尼克。現在的詹尼克，原本那種帶刺的態度只剩下問麥克可不可以在他車裡抽菸的表現，而麥克回答：『想抽就抽吧。』」

這個劇本經歷幾次包括調性在內的改變，說明了為什麼片名也改了好幾次。「原本的片名是《兄弟》[41]。」詹森說。「然後改成《返家》（The Return）、《回家與莎拉重逢》（Home to Sarah），然後又改回《兄弟》。」

40 好萊塢改編了這個劇本，於二○○九年推出電影《窒愛》（Brothers）。

41 原片名直譯。

---

02   -1-

0   INT. FÆNGSEL. CELLE — MORGEN   0

      JANNIK, 38 står inde i en fængselscelle og fylder alle sine
      ting ned i en stor taske. Hans tøj er lagt nydeligt frem i
      små bunker, de pakker han også minutiøst ned i tasken. Så
      kigger han sig omkring, for at tjekke at han ikke har glemt
      noget. Det har han ikke. Han fanger sig selv i et lille
      spejl, betragter sig selv et øjeblik. En LÅS lyder og døren
      går op. En FÆNGSELSBETJENT står der.

                    FÆNGSELSBETJENT
              Er du klar?

                    JANNIK
              Ja.

                    FÆNGSELSBETJENT
              Skal du ikke ha' plakaten med der?

      Jannik vender sig og ser op på en plakat på væggen. Det er en
      filmplakat, AMADEUS.

                    JANNIK
              Nej, det er ikke min, den hang her da
              jeg kom. Så den lader vi hænge til den
              næste.

      Betjenten nikker, giver ham et lille smil. De går, lukker
      døren.

0   INT. BUS — DAG   0

      Jannik sidder i en halvfyldt bus. Han betragter byen gennem
      vinduerne, menneskene, der glider forbi uden for. Han ser
      over på en FAR, der sidder og taler med sine to små BØRN. Så
      tager han sin mobil frem. Ringer et nummer op.

0   INT. MILITÆRBASE. SKABSRUM — DAG   0

      MICHAEL, Janniks 5 år ældre storebror, står og er ved at
      rense og samle sit tjenestevåben. Han har uniform på, er
      officer. Hans mobiltelefon ringer, han tager den, lyser op i
      et smil.

---

03   -1-

0   INT. PRISON. CELL — MORNING   0

      Jannik, 38 is standing inside a prison cell. He's putting all
      his belongings into a large bag. His clothes are placed
      neatly in small piles, which he proceeds to place carefully
      in the bag. He looks around, to make sure he hasn't forgotten
      anything. He hasn't. He catches himself in a small mirror,
      and looks at himself for a moment. The sound of a LOCK is
      heard, and the door opens. A PRISON GUARD appears.

                    PRISON GUARD
              Are you ready?

                    JANNIK
              Yes.

                    PRISON GUARD
              Don't you want to take the poster?

      Jannik turns around and looks up at a poster hanging on the
      wall. It's a movie poster, AMADEUS.

                    JANNIK
              No. That one's not mine – it was
              already here when I got got here. So
              we'll leave it for the next guy.

      The officer nods and gives him a little smile. They leave,
      closing the door behind them.

0   INT. BUS — DAY   0

      Jannik is sitting in a bus that's half full. He looks at the
      city through the windows, the people passing on the outside.
      He looks at a FATHER sitting talking to his two small
      CHILDREN. Then, he takes out his mobile phone. He dials a
      number.

0   INT. MILITARY BASE. LOCKER ROOM — DAY   0

      MICHAEL, Janniks 5 year older brother, is standing up,
      cleaning and assembling his service weapon. He's wearing a
      uniform. He's an officer. His cell phone rings, he answers
      the call, his face lights up, he's smiling.

《變奏曲》BROTHERS, 2004

（圖6）《變奏曲》的故事，是關於兩個差異極大的兄弟。詹森覺得自己經常在做這種類型的戲劇。「我有個兄弟，而且，我覺得我已經寫過二十個跟兄弟有關的故事了。」他說。

「兄弟當然是很好用的戲劇性工具，但這也絕對跟我和我兄弟的問題有關。我從來不跟他碰面，也不親近。我可能該去看心理醫生談談這個問題，因為它經常不知不覺影響我寫的所有東西。很多時候，我已經想好故事了，角色只是設定成朋友，但在劇本發展的某個階段，會有人說：『嘿，如果他們是兄弟的話，會怎麼樣？』然後我會心想：『當然也可以這樣寫。』這對我來說，真的是一個有意義的主題。」當被問到他是否覺得寫作有療癒效果，詹森回答：「我覺得有，而且我愈來愈覺得，它其實從以前就有這樣的效果。如果你五年前問我，我可能會說沒有，但現在我覺得有，對我來說。」

06

> **"不論是挖掘人性的戲劇或喜劇，讓我決定要不要寫某部劇本的原因永遠都是：這個故事有沒有好角色或有趣的角色。一個新角色可以讓你前往你從未經歷的領域，而這真的很有趣。"**

04

```
1   INT. FÆNGSEL. CELLE — MORGEN                1

    JANNIK, 38 står inde i en fængselscelle og fylder alle sine
    ting ned i en stor taske. Han kigger sig omkring, for at
    tjekke at han ikke har glemt noget. Det har han ikke. Han
    fanger sig selv i et lille spejl, betragter sig selv et
    øjeblik. En LÅS lyder og døren går op. En FÆNGSELSBETJENT
    står der.

                    FÆNGSELSBETJENT
              Er du klar?

                    JANNIK
              Ja.

    Betjenten nikker, giver ham et lille smil. De går, lukker
    døren.

2   INT. BUS — DAG                              2

    Jannik sidder i en halvfyldt bus. Han betragter byen gennem
    vinduerne, menneskene, der glider forbi uden for. Så tager
    han sin mobil frem. Ringer et nummer op.

3   INT. BANK — DAG                             3

    Jannik træder ind i en bank, der står et par KUNDER oppe ved
    skrankerne. Han ser sig omkring, får så øje på en DAME på
    omkring 50 år. Hun sidder nede i et kontorlandskab, bag en
    computerskærm. Jannik betragter hende, hun ser op og da hun
    får øje på ham, rejser hun sig nervøst. Hun begynder at græde
    og trække væk, over til en af MAND. Jannik begynder at gå
    imod hende, signalerer, at han ikke vil noget. Damen græder
    nu meget, folk begynder at kigge på hende og Jannik. Flere
    andre, rejser sig. Damen peger på Jannik, han når næsten over
    til hende, da to unge FULDMÆGTIGE træder ind foran ham.

                    JANNIK
              Jeg vil bare tale med hende.

    Manden træder nu over til Jannik.

                    MAND
              Jeg tror ikke, du har noget at gøre
              her.
```

05

```
1   INT. PRISON. CELL — MORNING                 1

    Jannik, 38 is standing inside a prison cell. He's putting all
    his belongings into a large bag. He looks around, to make
    sure he hasn't forgotten anything. He hasn't. He catches
    himself in a small mirror, and looks at himself for a moment.
    The sound of a LOCK is heard, and the door opens. A PRISON
    GUARD appears.

                    PRISON GUARD
              Are you ready?

                    JANNIK
              Yes.

    The guard nods and gives him a little smile. They leave,
    closing the door behind them.

2   INT. BUS — DAY                              2

    Jannik is sitting in a bus that's half full. He looks at the
    city through the windows, the people passing on the outside.
    Then, he takes out his mobile phone. He dials a number.

3   INT. BANK — DAY                             3

    Jannik walks into a bank. There are some CUSTOMERS by the
    counters. He looks around, and catches sight of a WOMAN of
    about fifty. She is sitting in an office environment, behind
    a computer screen. Jannik looks at her, she looks up and she
    sees him. She starts to cry and
    pulls away, over to a MAN. Jannik begins to walk towards her,
    signaling that he doesn't want anything. The woman is now
    crying uncontrollably, and people are beginning to stare at
    her and Jannik. Several others stand up. The woman points to
    Jannik, he is almost right by her side now, when two young
    OFFICERS step in front of him.

                    JANNIK
              I just want to speak with her.

    The man now walks over to Jannik.

                    MAN
              I don't think you have any business
              here.
```

圖2：《變奏曲》丹麥文劇本〔版本一〕的開場

圖3：〔版本一〕開場的英譯

圖4：丹麥文劇本〔版本三〕的開場

圖5：〔版本三〕開場的英譯

《窗外有情天》OPEN HEARTS, 2002

（圖1）《窗外有情天》是詹森與蘇珊娜 · 畢葉爾合作的第一部電影，講述一對已經訂婚的情人在一場毀滅性的車禍後，愛情發生了什麼樣的變化。

「說實在的，」詹森說。「每次跟蘇珊娜合作，我都會說：『這次我們真的會被人唾棄……這故事真的太過分了。』但她還是繼續逼我：『你辦得到的。』然後我只能使出渾身解數，讓故事具有可信度。但其實不光是編劇，演員的表演與導演，也是這樣的故事能夠成功的主因。沒有這些演員的參與，這部電影絕對不可能有這樣的成果。看演員排演時，你會去注意有些東西是不是太超過了，然後回頭改寫劇本解決問題。」

本。我一開始的點子是兩個兄弟互換角色：壞孩子學會負責任，完美優秀的小孩最後卻變了樣。但最後電影裡多了許多其他元素，原始的發想只是故事的一部分。

這是因為劇本經過了多次改寫——我寫了又寫，以為本來設定的主題一直在那裡，直到寫到第六或第七稿，才意識到劇本已經改變這麼多。

我曾經用「地理上毫無戲劇性可言的國家」來描述丹麥。當然我是說得比較誇張，但它其實也有幾分真實性。我們十部電影裡有九部關於家庭，因為在這個國家，戲劇就在家庭裡。在丹麥，你可以死於車禍，但我們沒有任何天然災害，也沒有危險動物。這是所有人都被照顧到的福利國家，所以我們沒有真的貧窮、挨餓或其他可以讓人寫成戲的事。這就是為什麼我們拍關於家庭的電影。

寫初稿時，我會離開家，找一間度假小屋或旅館，把自己關起來寫稿。這麼做有個好處是，當大家知道你出遠門時，他們不會打電話給你。我有三個小孩，而我們家有一個規定：除非有緊急事件，否則不能打擾我。但是當你有三個小孩，家裡每天差不多都會有十次緊急事件。所以，能夠離開家、去某個非常無聊的度假村，在那裡完全無事可做，實在是很棒的事。你會在泳池旁待上兩天，

然後你開始覺得無聊，乖乖回房間窩兩個星期把工作完成。能夠到一個完全沒有事情發生，也沒有事情可做的地方，真的讓人心情很好。

我有時候會一邊寫劇本，一邊演起自己寫的對白，只是我盡量不這麼做，因為我真的很不會演戲。不過，這反而變成一個不錯的測試方法：假如連從我嘴裡講出來的台詞都有效果，那就表示台詞很不賴。

圖2：《窗外有情天》裡，兩個女人碰面的場景：一個（左，帕普莉卡 · 絲婷 Paprika Steen 飾演）開車時意外將一個已經訂婚的男人撞成癱瘓，而他的未婚妻（右，桑雅 · 麗希特 Sonja Richter 飾演）愛上了對方的丈夫。

情緒性反應最難寫

（圖3）《浮華一世情》改編自艾曼達·佛曼（Amanda Foreman）的傳記作品《浮華一世情：德文郡公爵夫人喬吉安娜的傳奇一生》，由綺拉·奈特莉與雷夫·范恩斯領銜主演。

這部片曾經預定由蘇珊娜·畢葉爾執導，詹森被找去改寫本來的劇本，只是最後導演換成索爾·迪比（Saul Dibb）。「非常有趣。」詹森如此形容這次的改寫工作。「因為那劇本已經很像我跟畢葉爾做劇本時的第六或第七稿狀態——基礎已經打得很好，只是需要嘗試其他選項或調整一些東西——所以整個過程是一次很棒的經驗。當被問到身為編劇，他仍覺得什麼地方很有挑戰性時，他答道：「我到現在還是覺得，人們在某個情緒性處境下的各式各樣反應，是最難寫的部分——這真的很難捕捉。真正的好電影，片中人物可以讓你吃驚，例如當某人說出一件事，逆轉了整個場景。」

我很快就發現，在美國的電影體系裡，大家都很不會讀劇本，更不會讀電影故事大綱。每次我交出大綱，他們會說：「我看不出角色特質在哪裡。」——你現在當然看不到「角色特質」，因為那要等到寫對白的時候才會出現。所以我不常寫電影故事大綱。我的意思是，你知道嗎，有很多電影的故事大綱讀起來會很智障。《窗外有情天》在日本有出書，當我讀到書背的故事概要時，我心想：「這種大綱，誰會想看這本書？！爛透了！」

我通常都會寫好整個故事的梗概，但我喜歡從角色出發，看看還有什麼發展方向。我跟畢葉爾合作時一直都是像這樣：永遠不知道劇本的走向會如何，而故事的結局有五十種。我覺得沒辦法把劇本寫完是件好事，因為這通常是個好預兆，表示你寫的這些角色都在發揮作用，而他們的兩難困境也很強大。

我喜歡主動或被找去參與電影製作的完整過程。我知道在美國這種情況很罕見。他們的每一部電影都用了好幾個編劇，那裡玩的是完全不同的遊戲。在歐洲，跟著你的劇本走完全程就容易多了。但我已經做過一些歐美合拍電影——那過程非常漫長——所以我大致體驗過美國的狀況：一大堆劇本改寫版本，一大堆主管做決定，因為每個人都想要發言權。我不知道這種生態有沒有嚇到我，但是它讓我明白：留在丹麥會比較有成就感。雖然做的電影規模比較小，但控制權在你的手上。

我有些朋友是很棒的編劇，但他們會執著在自己寫的東西上。我認為，跟人合作的過程是電影編劇工作的一部分，你必須願意妥協，並且在劇本發展初期就讓導演參與。我看過一些編劇不太願意改他們的劇本，但與其讓導演跳過你自己改劇本，還不如你親自修改。有時候，稍微放下自尊心會比較好，同時也要相信導演能做到他們承諾要做的事。

我喜歡讓角色活靈活現。不論是挖掘人性的戲劇還是喜劇，讓我決定要不要寫某部劇本的原因永遠都是：這個故事有沒有好角色或有趣的角色。一個新角色可以讓你前往你從未經歷的領域，而這真的很有趣。每個劇本都給了我不一樣的體驗；而因為那些新角色或是跟新導演合作，每一次寫劇本的過程都是新鮮的。你知道嗎？這是一份讓人非常滿足的工作。最糟的狀況是，你坐在那裡，覺得自己只是在重複做過的事。我指的不光是寫續集之類的東西。我總是想做不一樣的事。每一次寫故事，當中一定要有一些新東西等待你去發掘。

比利・雷 Billy Ray

"我的電腦銀幕上緣，用大寫的粗體字寫著「那個單純的情感歷程是什麼？」來時時提醒自己。我會一直盯著這句話，在陷入瓶頸的時候，跳脫出來自問：「好吧，現在這是什麼故事？我想講怎樣的情感歷程？」"

比利・雷（中）於《雙面特勤》拍片現場

比利 · 雷在洛杉磯聖費爾南多谷（San Fernando Valley）地區長大，從小就喜歡電影編劇這門職業，畢竟他父親是個編劇經紀人。但他一開始是去西北大學念新聞系，一年後才決定轉去加州大學洛杉磯分校（UCLA）念電影。升大三的暑假，他賣掉生平第一部作品：卡通**《傑森一家》**（*The Jetsons*）的一集劇本。從此他的編劇生涯日益發展。

他早期的編劇作品**《夜色》**（*Color of Night, 1994*）與**《火山爆發》**（*Volcano, 1997*）都是一種學習經驗，但很快地就從與人合寫的二次世界大戰戲劇**《哈特戰爭》**（*Hart's War, 2002*）獲得更大的成功。

他最成功的兩部作品都是由真實事件改編，並由他自編自導。**《欲蓋彌彰》**（*Shattered Glass, 2003*）以戲劇呈現**《新共和》**（*New Republic*）雜誌知名記者史蒂芬 · 葛拉斯（Stephen Glass）在一九九〇年代捏造幾十篇報導而聲敗名裂的事件。**《雙面特勤》**（*Breach, 2007*）由雷、亞當 · 馬瑟（Adam Mazer）與威廉 · 羅柯（William Rotko）共同編劇，講述聯邦調查局幹員羅伯特 · 漢森（Robert Hanssen）將美國機密賣給俄羅斯超過二十年的醜聞。

比利 · 雷參與過的電影劇本包含**《空中危機》**（*Flightplan, 2005*）、**《絕對陰謀》**（*State of Play, 2009*）、**《飢餓遊戲》**（*The Hunger Games, 2012*）、**《怒海劫》**（*Captain Phillips, 2013*）。這些聰明又深刻的作品為他贏得好萊塢炙手可熱的編劇名聲。「從我還很小的時候起，大家就說我很會寫東西。」他說。「這對我來說很重要。我曾經以為作家是英雄。」

比利 · 雷 Billy Ray

我父親是編劇經紀人，代理許多偉大的電影編劇，包括艾文 · 薩金特（Alvin Sargent）、法蘭克 · 皮爾遜（Frank Pierson）、艾德 · 休姆（Ed Hume）、史蒂夫 · 謝根（Steve Shagan）、卡蘿 · 索別斯基（Carol Sobieski）。但他沒有被電影產業沖昏頭，印象中家裡沒辦過太多好萊塢人士派對。他對飛行與閱讀二次大戰書籍比較有興趣。我父母離異，所以我是週末跟我爸住，記得我有很多時候都是坐在他的臥室裡，一邊吃葵花子，一邊看老電影。那也算是我的教育吧。他相當理解好作品與粗糙之作的差別，而且要我也永遠牢記在心。

我是早熟的小孩，從小就很習慣大人關心的議題，而且會用大人的方式跟人討論事情。小朋友們都在看《芝麻街》的時候，我在看電視上的水門事件聽證會。我就是會被跟小孩子無關、戲劇性的重大事件吸引。這有部分原因來自我的本質，另一部分則來自我被教養的方式。

就某方面來說，我想我可以算是我父母的同儕。

我是我父親的朋友，也是我母親的朋友。從我有記憶以來，他們就是這樣對待我。我在他們生活裡扮演的角色，讓我從很小就能以成人的方式來看待事物。

對我來說，我導演的兩部電影《欲蓋彌彰》與《雙面特勤》，都是關於誠信的電影，都在講道德上的模稜兩可到了某個階段，會轉變為完美清晰的道德性抉擇，這時的主角必須決定他該怎麼處理。這些是對我而言很重要的事，也覺得這是電影很擅長探討的議題——如果他們決定要探討的話——不是非黑即白，而是以非常灰色地帶的方式，而且我覺得這也比較接近現實中我們過自己人生的方式。像這樣的故事一直非常吸引我。

我的好勝心很強，做每件事都想贏。每一次我幫導演工作，目標都是讓他留下一個印象：跟我比起來，其他編劇只是交差了事。每當我去跟電影公司高層開會，我的目標是在我離開那間辦公室後可以讓高層說：「我們得把所有東西都交給這個傢伙來做。沒有人工作比他更努力、比他更專

電影的力量

（圖1）比利 · 雷對電影產生興趣的關鍵時刻發生得很早。

「去看《飛躍杜鵑窩》那天晚上，我突然領悟了電影的力量。」雷回想道，那時他甚至還沒進入青春期。

「我跟母親去一家現在已經不在了的戲院看這部片。它叫樂雷納戲院，現在好像變成 GAP 服飾店了。我媽帶我去看這部電影，散場後我們走向車子。她開一輛淺黃色的奧斯摩比（Oldsmobile）。走回車子的時候，這部電影對我的衝擊之大，讓我一句話都說不出來。生平頭一次，我心想：『原來電影還能這樣呀。』以前我從來沒想過電影可以有娛樂以外的功能。『哇，電影可以帶你到不同的境界，大大影響你的情緒。』那是我第一次意識到這件事。

01

> **"編劇就是解決問題，這是我百分之九十九的工作。我不是坐在電腦前思考藝術創作，我思考的是解決問題。"**

注。沒有人能寫得比這傢伙還好。」

我每次寫東西，交件時間都比他們預期的還早，交出的劇本也比他們想像中更好。順帶一提，我做什麼事都是這樣，例如當我去跟我兒子的老師碰面，我也要當這個老師最喜歡的家長。我就是沒辦法不跟人競爭。這一點，我很確定是極度神經質與心理不健全造成的結果，但這也是我的動力。我想要贏得幾座奧斯卡獎。美國電影學會（American Film Institute，簡稱 AFI）下次列出電影史上最偉大的一百部電影時，我希望至少會有一部我的作品。我想要在這個世界上留下一點什麼。而如果這是你的目標，你就得努力工作。事情就是這樣。

你的名字掛在賣座電影上，絕對比掛在票房淒慘的電影上有趣多了，尤其當賣座差的原因是因為電影本身很爛時。打從出道起，我就想要有名人堂等級的作品記錄，結果我的首部作品《夜色》一開始就出師不利。最後完成的電影裡沒有半句話是我寫的，但這個經驗真的非常不光彩。

然後我寫了《火山爆發》……順便一提，這部片確實該罵，但那至少真的是我寫出來的東西。我可以接受這樣的結果，只不過，在我職業生涯中的那個時間點，我的作品紀錄確實令我非常羞愧。當你知道自己可以寫得更好，但唯一掛過編劇頭銜的電影是《夜色》與《火山爆發》……這實在他媽的太丟臉了。那時候如果有人給我看某個叫比利・雷的作品列表，我一定會說：「真是個爛編劇。」

想到別人會這樣評論我，讓我很痛苦。我知道我寫過更好的東西，卻都沒被拍出來。直到《欲蓋彌彰》之後，我的處境才有了轉變。《欲蓋彌彰》改變了一切。

編劇就是解決問題，這是我百分之九十九的工作。我不是坐在電腦前思考藝術創作，我思考的是解決問題。就《欲蓋彌彰》來說，我知道史蒂芬・葛拉斯是個非常吸睛、驚人的角色，但我心想：「如果拍他的電影，最後會讓觀眾想自殺，那就不妙了。」這需要用一些特殊手法來處理，而我從來

42 一九九一年，非裔美國人羅德尼・金遭到警方暴力毆打。隔年，四名毆打他的白人警察獲判無罪，引發洛城暴動。

《火山爆發》VOLCANO, 1997

（圖 2）《火山爆發》是一九九七年上映的洛杉磯災難電影，比利・雷對這部電影的結果不是很開心，而且覺得自己應該負一點責任。

「我覺得這個劇本出自我內心最矯情的部分。」他說。「那時候，洛城在情感面上仍還沒從羅德尼・金（Rodney King）暴動事件[42]中完全復原，而我想到這個超矯情的點子，用熔漿來比喻這座城市底下準備爆發的社會問題。這是我想寫的主題，所以我在劇本裡融入許多關於種族歧視和種族緊張關係的元素——這個主意可能很蠢，但當時我覺得是個很聰明的點子，似乎可以讓災難類型電影多一點深度。不過，容我在這裡說一件事幫自己稍微辯解一下：本來我寫了一版要花一億兩千萬美元製作的劇本，裡面有很多我覺得不錯的劇情副線。最後他們花九千萬去拍，刪掉許多那些增加質感的戲，結果變成一部關於火山的片。」

沒嘗試過這樣的題材，但這是必須解決的問題：「我要怎麼用史蒂芬‧葛拉斯的故事吸引人進戲院，然後讓觀眾接受這個故事？」

解決辦法就是，讓電影前半是關於葛拉斯，而後半是關於查克‧藍恩（Chuck Lane），那個逮住他假造新聞的人。我需要做的，是在開場給藍恩足夠的戲份，讓他不會後來憑空出現，然後降低葛拉斯的故事比重，最後使他變成壞人。這是很困難的編劇挑戰。在這一切之下，埋著一個邏輯可以類比「當一個最不受歡迎的高中生，必須打敗學校最受歡迎的同學時，會發生什麼事呢？」這種非常單純、情感面的鉤子。《欲蓋彌彰》本來就是頗複雜的電影，內在還有大家都能理解的情感核心，這就是我們最後拍出來的電影。

角色為什麼會做出這些事？——我覺得不需要太在意這個動機問題。就《雙面特勤》來說，我想讓觀眾看到：我們的行動定義了我們是怎樣的人。也就是說，你說什麼都不重要，重點是你有沒有把機密交給敵人。答案一翻兩瞪眼。在這個案例裡，羅伯特‧漢森確實這麼做了。

「為什麼」是有趣的問題，猜答案也很有意思，但我試著從「行為代表我們是哪種人」這個角度來處理本片。如果你殺了人但感覺懊悔，不管你再怎麼後悔，也不能改變那人已經死亡的事實。就電影的主題來說，「為什麼」並不重要，所以不用探討太深。但是，跟《欲蓋彌彰》一樣，我覺得《雙面特勤》也背負一種新聞事件的責任性，所以我不應該自己隨意編造。不過，我沒有跟漢森接觸的管道，因為聯邦調查局不讓我跟他談，而就算他們點頭，我也不認為他肯跟我講這件事。

所以，如果我對他「為什麼做出這種事」做任何斷言或陳述，都只能是我個人的猜想，而我不認

複雜但細膩的結構

（圖1－2）比利‧雷第一次告訴他當編劇經紀人的父親，自己想當編劇的時候，他父親給了他一本《凡夫俗子》（*Ordinary People, 1980*）的劇本。它曾榮獲奧斯卡最佳改編劇本獎，編劇是他的客戶艾文‧薩金特。「我爸把標準訂在那裡。」比利‧雷說。「現在的我來看，覺得它可能是有史以來寫得最完美的怪物電影劇本。如果你用這個角度重看這部片，你會發現：那間屋子裡有一隻怪物，而唐納‧蘇德蘭（Donald Sutherland）花了兩小時的電影時間才把它揪出來。我第一次看這部電影是在一九八〇年，那時我十六、七歲，以為這部電影裡最重要的是提摩西‧赫頓（Timothy Hutton）的角色。但是當你讀了劇本後，你發現：『天啊，最重要的是唐納‧蘇德蘭的角色！這是關於一個父親慢慢揭露一件事的過程——他的妻子竟然痛恨他們自己的兒子。』劇情發展的複雜度與細膩程度，簡直令人歎為觀止。有些電影會讓人覺得像是用代數方程式建構起來的：這裡有個X，你把它放進某個函數後，它變成了Y。在這部片裡，唐納‧蘇德蘭一開始是X，然後電影把他套入函數後，他變成另外一個人。」

01

為我有權利臆測⋯⋯於是我只是向觀眾呈現他的行為，以及我設想出來的狀況，然後觀眾可以自己決定他為什麼做這樣的事。

我對刻劃人類行為很有興趣。就史蒂芬·葛拉斯與羅伯特·漢森這兩個案例來說，如果我把他們寫對了，他們就不會讓觀眾同情，而是成為很有說服力的角色。你會看著他們，說出：「啊，沒錯，有人會做出這種事！這角色很真實。我就認識像這樣的人。」這種寫法讓他們成為突出的角色。我不需要寫一場戲讓他們去救溺水的小狗。

如果你問那些雇用我的人，他們認為我能寫什麼類型的電影，他們不會只說一種。大家會找我去處理不同種類的電影。我剛出道時，看到電影公司已經在幫編劇貼標籤，例如「寫動作片的人」、「寫人性戲劇的人」、「寫誇張喜劇的人」。我不想被人這樣定型，所以從一開始就嘗試寫很多

馬，還是乳牛？

（圖3）情色驚悚片《夜色》由布魯斯·威利領銜主演，這是比利·雷第一部掛編劇頭銜的電影，但他到現在都還沒看過這部片。

「那是我賣出去的提案劇本。」他說。「電影公司要的是一匹馬，可是我給他們一頭乳牛。他們想拍一部情色、性感的驚悚片，因為布魯斯·威利想演這種電影，但我寫的劇本不是這樣。所以我被請出這部電影，他們另外找了某個可以寫情色性感驚悚片的編劇來。可是因為編劇公會的規定，我身為第一個編劇，所以名字得掛在電影上⋯⋯這是那時候的我經歷過最痛苦的一次創作經驗。」

本片雖然飽受批評，但比利·雷的原創構想聽起來很有意思。「電影的主角是個心理醫生，他有個女病人自殺了。他決定不再治療病患，跟他老婆——上映版本裡不存在這個角色——開車到洛杉磯，住到朋友的家裡，嘗試重啟人生。後來他朋友被殺害了，而且顯然是被心理治療團體的某個成員所殺，於是主角為了找出是誰殺害他的摯友，必須去做他最害怕的事：治療病患⋯⋯當時我覺得自己這個點子很棒。」

儘管這整件事讓比利·雷非常不舒服，但它居然也有意外的好處。「這部電影給了我很多重播費。」他笑道。「我想這世界上可能哪裡有個《夜色》頻道吧。」

《欲蓋彌彰》 SHATTERED GLASS, 2003

（圖1－3）比利·雷說，如果他早上醒來時想著某個點子，「我知道它就活在我的體內，而我應該把它寫出來。」就《欲蓋彌彰》來說，靈感來自他對《大陰謀》（*All the President's Men*, 1976）的熱愛，該片描寫水門事件醜聞被揭發的經過，而這個政治醜聞導致美國總統尼克森辭職。

「在我成長的家庭裡，揭發這個案子的記者伍沃德（Woodward）與伯恩斯坦（Bernstein）被視為英雄。」他說。「這部電影的主題是新聞與道德。對我來說，這些是非常真實的東西。所以看到葛拉斯完全違背美國新聞的核心價值，我對這個議題有很多話想說。」

HBO請他來寫這部電影，但等到他交劇本時，「雇用我的HBO管理團隊被開除了。我把劇本交給新團隊，但他們沒有興趣。我相信這就是為什麼現在我寫得很快的原因：這樣才能確定雇用我的人在我交稿時仍然掌權。」

後來《欲蓋彌彰》等了整整兩年才開拍。在開拍日的前一天晚上，為了幫拍片做準備，比利·雷在蒙特婁一間飯店的宴會廳播放《大陰謀》給演職員一起看。「我自己也不認為《大陰謀》與《欲蓋彌彰》是同個等級的電影。」雷說。「《大陰謀》在我心目中是有史以來第三偉大的電影，但把標準訂得很高是我的做事方法。」

找到正確的敘事框架

（圖4－6）當比利・雷完成《欲蓋彌彰》的拍攝，開始進剪接室剪片時，有個地方頗令他關注：故事的敘事框架。「原來的敘事框架是，所有跟葛拉斯共事過的人都到白宮記者協會、坐在會議桌邊，直接對著攝影機講話。」比利・雷說。「我覺得這效果不錯，但我身邊大多數的人都不這麼想，所以必須修改。電影公司想整個拿掉，但我知道這部電影要是沒有某個敘事框架就無法存在。」

過了幾星期，比利・雷腦力激盪出好幾個不同方案，最後想出一個最終的解決方法：葛拉斯在一個高中的課堂上演講，後來觀眾發現這只是他的幻想。（圖5－6）「我不記得自己是在哪裡想到這個點子。」他說。「但我記得自己的第一個反應是：『為什麼我沒早點想到、寫進劇本裡？這方法這麼顯而易見，我怎麼會完全沒想到？真的很白痴。』現在我還是這樣想。如果時光可以倒流、讓我重做這部電影，我一定會先想到這個敘事框架。因為這真的太明顯了！」

```
                                          3.

That felt pretty good too.

                          DISSOLVE TO:

INT. HIGHLAND PARK HIGH - ROOM 12 - MINUTES LATER

This room is FILLED now with MRS. DUKE'S JOURNALISM CLASS: 30
kids, ambitious as hell, the well-heeled children of suburban
money. Megan is in the front row.

We pan along the faces while hearing the voice of:
              MRS. DUKE (V.O.)
        Contributing writer for Harper's
        Magazine. Contributing writer for George
        Magazine. Contributing writer for Rolling
        Stone...

The kids are impressed.

Glass stands at the front of the room. He's trying to be self-
effacing, but it's tough; the adulation is so thick.

              MRS. DUKE
        ...and, of course, Associate Editor at
        the highly prestigious New Republic
        Magazine in Washington, D.C.

Beside Glass is MRS. DUKE, (45, been here forever.) Her pride
in him is boundless.

              MRS. DUKE (cont'd) (CONT'D)
        Sorry if I'm beaming, but I was his
        journalistic muse.

              GLASS
        It's true.

Mrs. Duke just beamed again.

              MRS. DUKE
        As all of you know, Stephen will be
        receiving Highland Park's Alumni of the
        Year Award tonight - the youngest
        recipient in our school's history, by the
        way. This is why I am so exacting with
        you people! Seven years ago he was
        sitting--

              GLASS
        --right there.

He points at Megan's desk. Her eyes go wide. Glass officially
owns her now.

              GLASS (CONT'D)
        And I was doing the same things you guys
        do: grinding out pieces... and then
                    (MORE)
```

```
                                          4.

              GLASS (CONT'D)
        having nightmares every night about Mrs.
        Duke and her red pen.

The kids laugh. Mrs. Duke grabs her RED PEN and brandishes it
like a weapon, in on the joke.

              MRS. DUKE
        And look what happens when greatness is
        demanded of you. Now he's at The New
        Republic!

              GLASS
        Now I'm at The New Republic.

Glass breathes out a smile. The kids lean forward, dying to
hear about life in the real world. And we...

                          CUT TO:

EXT. WASHINGTON, D.C. - VARIOUS

Images of D.C. BEGIN CREDITS

INSERT - A DESK - LOCATION UNKNOWN - DAY

A printed copy of the next New Republic slides across an
unidentified D.C. desk. A HAND grabs the issue, opens it. Feet
go up on a desk. END CREDITS.

                          CUT TO:

INT. TNR SUITE - MAILROOM - DAY

The busy, glamourless nerve-center of TNR. Glass hurries
through in his socks, and re-fills his coffee.

Two other reporters enter. They are ROB GRUEN (26), and AARON
BLUTH, (25.) Both Jewish and a bit high-strung.

              BLUTH
          (mid-story)
        ...so I said, "Network news, network
        news, hmmm. Oh, right, isn't that the
        show that's on every night in between all
        those Fixodent commercials?"
          (Gruen laughs)
        That shut him up.

              GRUEN
        Hey, Steve.

              BLUTH
        Hey, Hub.

              GLASS
        Hi, guys.

They enter the mailroom; Glass continues out.
```

圖5－6：這兩頁劇本寫到比利・雷最後想出的敘事框架：高中課堂演講。

> **"我不會每天在星巴克耗三個小時，也不會向繆思女神乞靈。我就是專心工作，一整天努力解決劇本的問題……而當我想出有效的解法時，會馬上知道「就是這個」，因為我知道差別在哪裡。這種事可不能跟自己開玩笑。"**

不同的東西，好讓人看到我有很多套本事。為了變厲害，我什麼都肯做。

不過，到目前為止，我還沒寫過幾齣喜劇。我雖然很愛《閃亮的馬鞍》（Blazing Saddles, 1974）這部仿西部電影的經典喜劇片，但我覺得自己沒辦法寫出這種東西。說是這麼說，其實我剛寫完一九三四年喜劇偵探片《瘦子》（The Thin Man）重拍版的劇本。本來他們不確定要不要找我來寫，因為他們希望對白非常簡短有力又雅緻，是某種快節奏的機智對話，而我之前沒寫過這種東西。

在一開始的電話討論中，導演羅伯・馬歇爾（Rob Marshall）說：「我讀過你的作品，完全相信你身為電影編劇的能力，但沒人知道你能不能寫好笑的東西。」因為要跟別人說「我很好笑。我向你保證，我真的很好笑」，實在是很困難的事，於是我們開始討論故事裡我覺得可以放進這部電影的橋段，然後他心想：「這就對了，這傢伙在思考同時兼具戲劇功能的喜劇橋段。」老實說，我在電話上就讓他大笑了好幾次。感謝老天，他是個好聽眾。所以他們決定讓我試試看，結果證明我確實可以寫出笑料。由此可知，不論你寫什麼類型，編劇的原則一律適用。

在劇本發展的過程中，只有一個時間點可以讓編劇擁有一點實質權力，那就是當電影公司已經找其他編劇寫了一些版本，但他們仍然沒有劇本可拍的時候。他們打電話給你，你去找他們說：「好，我已經讀過其他版本了。以下是它們不好的地方，

圖1：布魯斯・威利飾演《哈特戰爭》的反英雄角色威廉・麥納瑪拉（William A. McNamara）上校

《哈特戰爭》HART'S WAR, 2002

（圖2）《哈特戰爭》是二○○二年上映的二次世界大戰片。比利・雷喜歡這個案子，因為他自己對這段歷史很有感覺。「二次世界大戰是個奇怪的東西。」他說。「你對它的了解愈多，加上你的年紀愈大，它就變得愈令人敬畏。小時候你看軍人，什麼都不懂，只覺得他們是英雄。但是等你長大，大到可以被徵兵的年紀時，你才發覺：有多少美國男人就這樣從軍去，日常生活就是受苦受難、冒生命危險。他們的犧牲有多大，幾乎無可說明。《哈特戰爭》對我來說，是我向這些男人致敬的機會——這就是我想在電影裡表現的東西。我想為這部片做很多資料蒐集和研究，弄清楚這些人真正的說話方式，弄清楚他們的行動舉止，掌握那座戰俘營的細節。關於這些參與過大戰的人，我知道我有很多話想說。」

《空中危機》 FLIGHTPLAN, 2005

（圖3－4）對於如何選擇該參與哪個電影公司的計畫，比利・雷有簡單的答案：「我願意接的案子有兩種：一心求好的電影，以及我覺得我有話想說的電影。」

驚悚片《空中危機》由茱蒂・福斯特（Jodie Foster）主演，在比利・雷加入之前，至少已經有一個編劇寫過劇本。「我讀之前的劇本時，我的女兒六歲。」他解釋道。「於是我問自己：『如果我搭上飛機，一覺醒來發現我女兒不見了，然後大家都告訴我她根本沒搭這班飛機，我會有什麼感覺？』這樣就足夠讓我花兩年時間參與這個案子。」

以下是我認為我們可以把它們改好的方法，以下是這次修改要花多少時間……在那個當下，你是會議室裡的老大。他們會有點恐慌，因為他們已經試過一些方法，劇本卻還是行不通。這時候你必須說：「不會有問題的。我知道怎麼把它改好。」

在那一刻，你身為編劇，有那麼一點影響力。這感覺很有趣。雖然那一刻瞬間即逝，但在那一秒鐘，你確實有點權力。我是在寫《哈特戰爭》時，頭一次發覺這件事。在我之前，他們已經找了三個編劇來寫。我還記得一個主管打電話給我時，我可以聽出他口氣裡的驚慌。他們已經在那些劇本稿子上投資很多錢，但他們知道自己還沒有能拿去拍的劇本。這是我第一次意識到，「在這個過程中，我要扮演成年人的角色。如果我能在跟他們開會時，表現出絕對的冷靜與高度競爭力，我就能拿到這個案子。」你要讓他們覺得：「我們可以安心了。這裡有個專家知道怎麼幫我們。」

我每天的日常生活如下：早上叫我的孩子們起床，

七點半帶我兒子去等公車，八點我坐到書桌前開始工作。一點鐘，有人幫我準備好午餐，一點半我回到桌前，一直寫到五、六點。夜晚與週末屬於我的家庭。該寫作的時候，我不上網，不看色情網站，不在境外網站上賭博。我不做任何無聊事，就只是工作一整天。

當你這麼做的時候，可以完成很多事情。我不會每天在星巴克耗三個小時，也不會向繆思女神乞靈。我就是專心工作，一整天努力解決劇本的問題。我不知道其他的工作方法。而當我想出有效的解法時，會馬上知道「就是這個」，因為我知道差別在哪裡。這種事可不能跟自己開玩笑。我的電腦銀幕上緣，用大寫的粗體字寫著「那個單純的情感歷程是什麼？」來時時提醒自己。我會一直盯著這句話，在陷入瓶頸的時候，跳脫出來自問：「好吧，現在這是什麼故事？我想講怎樣的情感歷程？」

《雙面特勤》BREACH, 2007

（圖1）即使比利・雷拍的是他自己與人合寫的劇本，他仍發現劇本上講的故事不見得最後會出現在銀幕上。

「《雙面特勤》這部片最後傳達的訊息，跟我之前想的不同。」他說。「我以為我們要拍的電影，是關於我們的英雄即便在辜負我們的時候，仍能教會我們什麼事──我本來以為自己在拍這樣的電影，但等我看到電影第一次剪出來的版本，我發現主題有點不一樣了。它是關於雷恩・菲利浦（Ryan Phillippe）飾演的角色，因為跟克里斯・庫柏（Chris Cooper）飾演的叛國幹員羅伯特・漢森坐同一間辦公室，到了電影尾聲他必須重新評估他對自己的職涯、婚姻與信仰的想法。如果他沒遇上漢森，他對這三件事的想法不會改變，但因為跟漢森坐同一個辦公室，徹底改變了他對這三件事的感覺。這是他的角色轉變歷程。他有轉變，漢森沒變。就編劇理論的定義來說，菲利浦才是這部電影的主角。」

編劇與導演

（圖2－3）「為了保護自己的作品而去幹導演的編劇，我覺得他們注定會失敗。」比利・雷說。他的劇本《欲蓋彌彰》與《雙面特勤》都由他自己擔任導演。

「他們會過度照本宣科，變得不知道變通。這會影響演員的表演，也會影響所有人。我拍電影的時候，是真的拚了命地想超越劇本，努力找出劇本文字之間的創意空間。這麼做的風險是，你可能會拍出進化了的電影。但我覺得電影本來就應該進化──你是去拍電影，不是去幫你漂亮的劇本辦朗讀會。電影在製作的過程中本來就該進化。」

> **"角色為什麼會做出這些事？──我覺得不需要太在意這個動機問題。就《雙面特勤》來說，我想讓觀眾看到：我們的行動定義了我們是怎樣的人。"**

謙遜和自信並不衝突，你可以兼具這兩種美德。從我出道當編劇以來，一直很努力向人展現這兩者，因為我真的感覺到它們的存在，不是我裝出來的。我有信心自己有能力寫，只是編劇生涯的前景困難重重，要讓電影拍出來也是艱鉅的任務，這兩點都令我謙卑。

去開會時，我發現我很難抽離自己，從別人的角度來看我是怎樣的人，但照人家告訴我的話來看，他們似乎覺得我是很認真的人。他們知道我熱愛電影，知道如果雇用了我，我不會在凌晨四點去找妓女或吸毒什麼的。我想他們很清楚我會發揮專業精神把這當成一份工作，而且會非常嚴肅看待它。我想他們信任我。

我覺得這是我辛苦贏得的成果。在我的編劇生涯初期，我搞不懂為什麼他們不多信任我一點，覺得他們應該相信我的初衷才對。但要人家信任你，你得付出許多努力才行。

《飢餓遊戲》THE HUNGER GAMES, 2012

（圖 4 − 5）比利・雷被找去改寫《飢餓遊戲》劇本時，獅門影業（Lionsgate）手上已經有原著作者蘇珊・柯林斯（Suzanne Collins）寫的本子，但他們想在找導演之前，再細修一次劇本。然而，比利・雷認為該片驚人的成功票房他不該居功。

「有幾個導演在搶這個案子。」他說。「蓋瑞・羅斯（Gary Ross）是他們選中的人，於是他來拍了屬於他的電影。他在改寫劇本之後，才把電影拍出來。所以這完全是他的作品，最大的功臣是他。我的名字還掛在上面是個奇蹟。銀幕上出現的東西，幾乎都不是我寫的。」

談到這個劇本吸引他的理由，比利・雷解釋：「這是關於一個女孩對妹妹承諾『我要生還』的故事。這就是本片單純的情感歷程，不過我不是因為這個才想寫它。吸引我參與這部片的原因，是它的敘事脈絡：『讓孩子互相殘殺』的黑暗概念。我想寫一部探討極權主義的電影。我覺得原著的 DNA 裡有這個元素；極權主義與女主角凱妮絲被捲入的那個世界，讓我非常憤慨。」

惠特·史蒂曼 Whit Stillman

"我不想讀一本書只是為了知道情節怎麼發展；我喜歡閱讀每一頁都讓人覺得有收穫的書。我喜歡的作家會把整本書的閱讀歷程、細節都處理得很好，讓人很珍惜這種作品的質地。我不需要強大的敘事推進動能。"

《待解救的少女》，2012

惠特 · 史蒂曼是一九九〇年代美國獨立電影的領航者，自編自導了**《大都會》**（*Metropolitan, 1990*）、**《情定巴塞隆納》**（*Barcelona, 1994*）與**《最後迪斯可》**（*The Last Days of Disco, 1998*）三部片。

《大都會》以充滿感情又諷刺的角度關注紐約的貴千金社交圈。這部電影為史蒂曼贏得電影獨立精神獎（Independent Spirit Award）的最佳首部電影獎、紐約影評協會最佳新導演獎，以及奧斯卡最佳原創劇本提名。他的下一部電影跟**《大都會》**一樣，有著輕鬆、偶爾苦甜參半的喜劇氛圍，講述一群能言善道的年輕人，在跌跌撞撞走向成人世界的歷程中發生的浪漫糾葛。

一九九〇年代，史蒂曼的大多數時間都在發展電影專案，包括改編克里斯多福 · 巴克利（Christopher Buckley）的小說《外星小綠人》（*Little Green Men*）。之後他推出**《待解救的少女》**（*Damsels in Distress, 2012*）重返影壇。這部輕快的大學校園喜劇匯集了一群新生代明星，最有名氣的是葛瑞妲 · 吉維格（Greta Gerwig），一起精湛地演出了史蒂曼筆下搔到癢處、迷人的對白。

史蒂曼出生於華盛頓特區，父親約翰 · 史特靈 · 史蒂曼（John Sterling Stillman）律師曾在杜魯門、甘迺迪兩位總統的政府裡擔任公職。他是哈佛大學畢業生，在校時為大學報紙《哈佛深紅》（*The Harvard Crimson*）寫過報導，也幫「快速布丁劇團」（Hasty Pudding Theatricals）寫過劇本（但未製作上演），發展出機智、細膩、輕鬆的寫作風格，後來也成為他電影的特色之一。身為常春藤名校畢業生，史蒂曼經歷了許多事才成為電影人，而且他曾經做過適性測驗，結果說他不適合寫作，也許應該改而考慮當建築師。

惠特・史蒂曼 Whit Stillman

我父母分手之後，我去了紐約的密爾布魯克（Millbrook）念寄宿學校。學校的動物園管理得很好，非常吸引我。我在那裡對劇團與報紙《密爾布魯克校園筒倉》（*Millbrook School Silo*）產生了興趣。高三那年，經過一場激烈競爭，我當上總編輯。因為學校很少有真正的新聞，於是我們開始不務正業搞笑起來。那時有件事讓我們非常沮喪：報紙送印日離出刊日太久，要八天以上，新聞都變舊聞了，於是我們想到可以寫未來事件的新聞——然後真的讓事件發生！

整件事的最高潮發生在下一屆的學生會長選舉——幸好沒人認真看待這檔子事，或者應該說，至少我們認為是如此——我們寫選舉相關新聞，說某個不可能當選的候選人（我們其實真的滿喜歡他的！）突然獲得大量支持。然後在報紙送印後，我們開始幫他造勢，結果是出乎意料的成功，我們的「玩笑候選人」當選了！

我這票寫校園新聞的同學都很好笑，遠比那時候的我幽默。那份報紙就像我們小小的《週六夜現場》電視搞笑節目一樣。但後來他們沒人去搞喜劇，每個人都飛黃騰達了，而且因為我很窮，所以跟他們吃飯時，我就負責逗他們笑來抵餐費。他們其中之一後來還給我機會去雅加達拍廣告。當時我的劇情片創作已經卡住好幾年，很高興能夠拍個廣告喘息一下。

高中時代，我一心只想進哈佛，因為我們全家都是哈佛畢業生。哈佛入學審查員來我們學校時，把時間都花在運動員身上，應該是覺得我們學校的學業表現不怎麼樣，但或許可以出一、兩個足球明星。有意思的是，當你要把自己的人生故事講給一個毫不在乎的人聽時，你反而會特別專注。在審查員的訪談過程中，我被問到人生目標這個標準問題，於是開始複誦準備好的台詞。它基本上就是我父親的生涯：進法學院，當律師，活躍在民主黨政治圈，獲選擔任公職等等。但是我一邊講，也一邊意識到這不是我該做的事。

受到作家費茲傑羅的影響，我在這場有點淒慘的哈佛入學面談中，人生目標變成了寫小說。大學期間，我是真的用心努力過，最後還是放棄了；我不覺得自己有小說家那種忍受孤獨的耐力。但我很喜歡當時電視上播放的喜劇影集《瑪麗・泰勒・摩爾秀》（*The Mary Tyler Moore Show*）、《包柏・紐哈特秀》（*The Bob Newhart Show*）、《桑福德父子》（*Sanford and Son*）。我開始心生在電影或電視產業工作的念頭，卻完全不知道怎麼入行。

結果我進了出版業，然後是新聞業。我後來待在一本刊物的雜誌社工作，它付員工太高的薪水，所以我有了點積蓄。在它吹熄燈號後，我才四處探聽，想知道怎麼進電影圈。後來在某個奇怪的機遇下，我變成西班牙電影的海外銷售業務員。

西班牙電影產業非常隨興，跟我配合的那些導演缺「愚蠢的美國人角色」時，就找我上場，還演過兩次！我就演過這兩部電影，但那對我未來的電影事業是很重要的經驗。其中一部是場景設在

圖1：《大都會》，1990

> **"我不能按照A-B-C-D-E-F這樣的邏輯來思考,而是像A-D-I-Z這樣子跳躍,隨機又找不到規則。但是在寫對白喜劇或電影劇本時,跳躍性思維卻是一件好事。"**

紐約的超低成本電影,只用了最少的力氣,但結果很不錯。另一部是在馬德里拍攝的正規製作,用了最大的努力,卻換來很糟的結果。就這樣,我認識到電影的這個特點:努力與金錢不見會有回報。要有對的點子——對的處理手法——才能得到回報。

我開始對寫電影劇本感興趣時,買了坊間出版的勞倫斯 · 卡斯丹(Lawrence Kasdan)自編自導《大寒》(*The Big Chill*, 1983)電影劇本。它對我的幫助很大,讓人清楚掌握一部劇本看起來應該是什麼樣子。然後我找到約翰 · 布雷迪(John Brady)寫的電影編劇訪談書《電影編劇的技藝》(*The Craft of the Screenwriter*),裡頭收錄的全是常見的名編劇,例如保羅 · 舒瑞德(Paul Schrader)、勞勃 · 湯恩(Robert Towne)、厄尼斯 · 雷曼、威廉 · 高曼(William Goldman),非常精彩,讓我讀得很起勁。

席德 · 菲爾德(Syd Field)寫的編劇書[43],我覺得也很有幫助。不過,對於這本書,我是既認真拜讀,同時也有些反抗。想了解電影劇本的架構,當中涉及很多技術性的細節,例如當你想寫一部片長九十到一百分鐘的電影時,寫到第十頁,應該發生這件事;到第六十頁時,應該發生那件事——我想說的是,其實你不是非得照著這樣做。有趣的是,在他的下一本書裡,對於某些劇情點的位置,他改變了他的論點。我很欽佩那些能夠自我修正、改變想法的人。總之,這還是一本非常有幫助的書,只是不該被當成「聖經」看待(但確實有「聖經外傳」那樣的地位)。

我開始寫《大都會》的時候,因為太害怕寫作可能有多寂寞,所以邀了一個朋友來我家。在我努力想點子時,他就坐在旁邊陪了我兩小時。我跟

43 席德 · 菲爾德的著作有一本繁體中文譯本:《實用電影編劇技巧》(遠流出版)。

獨立電影與一九八〇年代電影

(圖2－3)史蒂曼熱愛一九八〇年代的喜劇片,包括《怪咖大反擊》(*Revenge of the Nerds*, 1984)、《光棍俱樂部》(*Bachelor Party*, 1984)、《阿達記者擺烏龍》(*Fletch*, 1985)。「這些電影有種甜蜜感。」他說。「一種開心的傻氣。我不太喜歡噁心搞笑的電影。我喜歡那個時代的喜劇片,因為裡面融合了許多正向的元素。」有個演員令他特別喜愛。「比爾 · 墨瑞(Bill Murray)本身幾乎就是當代獨立喜劇電影的化身。」史蒂曼說。「我的意思是,好看的獨立喜劇片通常都是比爾 · 墨瑞主演的,包括《都是愛情惹的禍》(圖3)、《愛情不用翻譯》(*Lost in Translation*, 2003)、《愛情,不用尋找》(*Broken Flowers*, 2005)。有段時期,在商業市場有所斬獲的獨立喜劇片,都有比爾 · 墨瑞的加持。再更早期,他也演過我喜歡的那些電影,例如《魔鬼剋星》(*Ghostbusters*, 1984)。」事實上,史蒂曼認為墨瑞對當代喜劇的影響可以追溯到道格 · 肯尼(Doug Kenney),他是幽默雜誌《國家戲謔》的共同創辦人,也合寫了一部墨瑞演出的電影《瘋狂高爾夫》(*Caddyshack*, 1980)(圖2)。「道格 · 肯尼把大學幽默找回來。」史蒂曼說。「他跟人合寫《動物屋》(*Animal house*, 1978),參與《國家戲謔廣播節目》(*The National Lampoon Radio Hour*),裡面很多人跟墨瑞一樣後來都加入了《週六夜現場》。」有些人稱《待解救的少女》是「珍 · 奧斯汀版的《動物屋》」,難怪他對此評語相當自豪。

看見故事

（圖1－2）史蒂曼的電影以對白著稱，但他都怎麼判斷某場對話或獨白會否太囉嗦？

「我知道我的對白都很長篇大論，不過，我的檢測指標是：這些話是『故事』，還是『評論』。」他解釋道。「《**大都會**》的剪接室就是教我們處理對白的學校。片子裡有兩個話特別多的角色：泰勒・尼可斯（Taylor Nichols）飾演的查理，從社會學的角度討論他們『注定墮落』的出身。另一個是克里斯・伊格曼（Chris Eigeman）飾演的尼克・史密斯，他說了很多故事，後來被發現真實性頗可疑。」

為了說明他的論點，史蒂曼引用了一場很關鍵的戲，戲中尼克說一個詳細的故事來證明瑞克・馮・斯龍內克（Rick von Sloneker）是多惡劣的人（這部電影的粉絲一看就知道這是英國女演員波麗・柏金斯 Polly Perkins 的故事）。

「我記得我把劇本拿給一個電影編劇朋友看。」史蒂曼回憶道。「他說：『這場戲太糟糕了。你不能寫這麼長的獨白。』然後我拿給我的教父看。他算是我在智識上的導師，在大學當教授，從沒讀過任何電影劇本，而他特別喜歡尼克那一長段故事的戲。對不習慣讀電影劇本的人，這段故事很容易讀。那是一段長達五頁的獨白，但我們在這部電影裡發現，它根本不需要進行任何刪減。這場戲非常流暢，是這部片裡最強大的段落之一，後來也幾次以不同的方式在片中重現。它是整體故事中一個很重要的層面。片子裡其他地方那些比較短的台詞，雖然我覺得有趣又好笑，但還是得剪短，因為那不是故事，而那段長獨白是故事，所以能夠拿來盡情發揮。」

他啥事都沒幹，他純粹是來陪我而已。最後我還是讓他回家了，然後一個人繼續奮鬥。終於，終於的終於——因為我白天的正職很忙，所以花了好幾年時間寫這部劇本——如此神奇美妙的事發生了：突然間，我想到這些角色和他們的聲音了，也意識到劇本不一定非得有邏輯。

以前在新聞媒體工作時，沒辦法建構出有邏輯的報導，一直讓我很苦惱。我不能按照 A-B-C-D-E-F 這樣的邏輯來思考，而是像 A-D-I-Z 這樣子跳躍，隨機又找不到規則。但是在寫對白喜劇（dialogue comedy）或電影劇本時，跳躍性思維卻是一件好事。讓我終於開竅的是《**愛是生死相許**》（*Longtime Companion*, 1989）這部電影，裡面有一段戲是從某個角色正瀕臨死亡的場景，直接跳到另一個角色的追思會。這部電影就這樣跳過故事裡一大段可以好好發揮的部分，以令人非常驚訝的方式向前開展。

可以像這樣「向前跳」，是電影敘事中讓我非常喜歡的一個面相——也許甚至喜歡過頭了。就這

（圖3）《情定巴塞隆納》的戲劇火花，有部分來自兩個大相逕庭的主角：謙虛、敏感的泰德（泰勒・尼可斯飾演），以及他敢言、直率的表兄弟弗瑞德（克里斯・伊格曼飾演）。

當被問到從跟自己世界觀相同的角色出發來寫作會否比較容易時，史蒂曼回答：「但是另一種世界觀通常有更大的能量，這一點其實讓我有點困擾。而且，有時候，對立的世界觀好笑多了，也更中肯。比方說，泰勒・尼可斯的角色對性革命頗有微辭，說這個世界已經被顛覆、上下逆轉了，然後克里斯・伊格曼的角色說，也許世界本來就是倒著的，所以現在才是正面朝上。這個論點滿不錯的，對吧？讓人沒話可說吧？這兩人的講法都有可能是對的，但克里斯・伊格曼的角色有讓人先發言的美德，而且還很幽默。」

樣，我慢慢地發覺，文章寫不好可能反而對我寫對白喜劇有幫助。這樣滿好的，因為其他的東西仍然非常困難！

寫《大都會》的時候，我一開始把重心放在湯姆・唐森（Tom Townsend）這個角色上。這個紅頭髮的男人跟漂亮、冷淡的瑟琳娜・斯洛肯（Serena Slocum）糾纏不清，但同時有另一個很棒的女生奧黛莉・盧傑（Audrey Rouget）單戀著他。然後我開始想，「把整個故事的重心都放在這樣遲鈍傻氣的角色上不是好事。故事真正的核心是奧黛莉・盧傑才對。她的處境比較有趣，也令人同情。」所以我嘗試把它調整為較偏向奧黛莉的故事，一開場就讓她擔心自己的臀部穿白色禮服看起來太大，而她的母親要她放心。如果要讓觀眾喜愛或對這些角色產生認同，我也得呈現他們經歷的痛苦與難堪。

《情定巴塞隆納》這部片，有人批評說：「喔，這部電影的女性角色可有可無。」問題是，這部片的重點是男人，而女性是他們的關係角色。這部片又不是叫《巴塞隆納女孩》——雖然我也想拍一部這樣的電影啦。而且，當時我已經想好我的下部片會是兩個年輕女性的故事。果不其然，後來又有人批評《最後迪斯可》的所有男性角色都差不多。

想做《最後迪斯可》的點子，是在拍攝與剪接《情

> **我覺得編劇就像在含金量不高的溪流裡淘金。我探勘，用盤子篩選金砂，或是任何有點價值的東西，但這條溪裡的貴金屬真的很少。**

定巴塞隆納》的迪斯可場景時想到的。在那兩場戲中，女主角塔茜卡・柏根（Tushka Bergen）、蜜拉・索維諾（Mira Sorvino）去迪斯可跳舞，讓我們想到：對我們做的這種電影來說——基本上是建構在戀愛故事線上——漂亮女人在迪斯可跳舞，非常具有「電影感」。所以我知道，我下一部片要寫女性角色，而且寫她們也真的讓我很開心。對我來說，女性面臨的戀愛困境似乎比男性的有趣多了。男生在那個年紀就只是盯著電話，努力想鼓起勇氣打電話，並面對接著可能發生的尷尬場面。

《待解救的少女》有部分靈感來自我聽過的故事：在以前只收男性的大學裡，一群女生努力淨化校園的風氣。還有一部分的靈感，來自我剛進大學時的瘋狂狀態。這部片是很鮮明的女性故事，但其實適用在許多學生身上。在我心目中，它是女性版的《都是愛情惹的禍》。

在寫這部劇本的期間，我的兩個女兒，剛好一個要進大學，另一個要從大學畢業，但這故事其實比較是我個人以一種懷舊烏托邦的態度，幻想大

"每當某些影評拚命提到故事的「敘事動能」，說什麼電影的某某地方「慢了下來」，我真的很驚訝……基本上，這是在用過度簡化的標準來取代更遠大的抱負。"

學生活可能或應該是什麼樣子，雖然我女兒聲稱她們願意為我寫的東西背書。

關於怎麼決定要把焦點放在男性還是女性角色上，這其實有點碰運氣。我希望有一天可以再寫一個以男性為中心的故事，也期待自己又因為把女性角色放在背景而遭到抨擊。

如果我讀一本小說，覺得唯一吸引我的是劇情，如果我只是為了知道接下來會發生什麼事而讀——我會直接跳到結局。我不想讀一本書只是為了知道情節怎麼發展；我喜歡閱讀每一頁都讓人覺得有收穫的書。我喜歡的作家會把整本書的閱讀歷程、細節都處理得很好，讓人很珍惜這種作品的質地。我不需要強大的敘事推進動能。

我隨時可以放下那些我最喜歡的書，然後很長一段時間內不用再拿起來重讀。我對我的閱讀經驗非常滿意。我熱愛偵探小說家雷蒙・錢德勒（Raymond Chandler）。我的意思是，我不太在乎他的劇情，但我愛錢德勒的世界。那實在太迷人了。所以，說到我自己的電影，我想，可以說我們都被自身的偏好所束縛吧——又或許我只是不知道怎麼讓我的劇情非常具有推動力。但是每當某些影評拚命提到故事的「敘事動能」，說什麼電影的某某地方「慢了下來」，我真的很驚訝。我是說，老天，他們是小孩子嗎？基本上，這是在用過度簡化的標準來取代更遠大的抱負。如果我沒說錯的話，只要電影裡好笑或有趣的事情持續發生，雖然它不是快節奏、讓人亢奮的娛樂，卻仍然會是一部好看的電影。

我幾乎總是一邊聽音樂，一邊寫作。我戴著耳機聽我最喜歡的音樂合輯，那音樂必須是我夠熟悉的，才不會讓我分心，卻又不會聽膩。我住在歐洲的時候，市面上出過一大堆經典曲目的平價盒裝大合輯。我買過一套蓋希文（Gershwin）的三片 CD 套組，以及佛雷・亞斯坦（Fred Astaire）的三片 CD 套組。這兩套都很棒，而且都收納了同一首歌：亞斯坦翻唱蓋希文的〈前景看好〉（Things

圖 1：《最後迪斯可》，1998

Are Looking Up）。我非常喜歡這首歌。它是**《待解救的少女》**的完美主題曲，因為大學生年紀的憂鬱是我們的電影主題，而這首歌是排遣憂愁的完美解藥。它是這部片真正的嚮導和靈感來源。能夠在開拍前協調到使用這首曲子的權利，真的讓我鬆了很大一口氣。

聽著音樂寫作為我帶來許多樂趣。這是一件好事，因為我覺得寫劇本很痛苦，直到你的劇情世界和角色們終於開始動起來，而我可能要努力很久很久以後，才會進入這個狀態。一開始，我覺得自己怎麼寫都很無聊、很爛——就只是爛爛爛爛爛，然後是更爛。我不喜歡一次寫太長的時間，因為我發現自己寫了幾個小時後，只會想出一堆爛點子。寫得好而且被成功拍出來的劇本，需要我花上好幾年的時間——至少一年半。

我覺得編劇就像在含金量不高的溪流裡淘金。我探勘，用盤子篩選金砂，或是任何有點價值的東西，但這條溪裡的貴金屬真的很少。看看伍迪・艾倫的生產力，再看看我的……我想還是別看吧！

《最後迪斯可》
THE LAST DAYS OF DISCO, 1998

（圖2－3）《最後迪斯可》的精彩場景之一，是幾個角色對於迪士尼以狗兒為主角的動畫電影《小姐與流氓》（*Lady and the Tramp*, 1955）內涵的不同見解。檢察官賈許·納夫（麥特·基斯勒 Matt Keeslar 飾演）認為，「小姐」跟她忠心的蘇格蘭梗犬賈克在一起會比較幸福，而不是跟那隻自我中心的壞狗「流氓」。這部片中呈現相互對立觀點的方式，給人的印象實在太深刻，可能會因此讓人假設史蒂曼是以真實生活發生過的對話為基礎來寫出這場戲，但事實完全不是這麼回事。「那是出自怨氣和怒氣。」他說。「寫那個劇本的當下，我認同的是蘇格蘭梗犬，很受不了這個社會美化『流氓』的文化。」他大笑。「因為我覺得自己就是那個追不到女朋友的男人，因為這樣而氣到不行。所以這場戲基本上是蘇格蘭梗犬寫的——我心中的蘇格蘭梗犬要我這樣寫。但老實說，現在我認同的是『流氓』。」

> **"通常這種靈光乍現不會發生在你坐在電腦前面的時候，而是發生在你刮鬍子或下樓梯或去游泳的時候。所以說，休息是很重要的……"**

我的意思是，他真的是喜劇天才，源源不絕的點子，簡直不可思議。我覺得我沒有那麼多點子，也必須花力氣去開發。這就像龜兔賽跑一樣，而我是那隻烏龜。

我小時候完全沒有幽默感，老大不小才養成這東西。在密爾布魯克中學求學時，我身邊有一票比我有喜感的人，但好笑的東西我當然一聽就知道。我不覺得自己想過要在劇本裡搞笑，只是寫出角色的荒謬性而已。我喜歡本來就已經很奇怪或很好笑，然後因為角色做了什麼而變得更好笑的素材。不過，當你進入自己喜歡的喜劇模式，卻有可能是巨大的災難。

我不太了解喜劇編劇的世界，但近年來我認識了一些編劇，他們都在講要寫「誇張一些」。我把《外星小綠人》的劇本寄給某個喜劇編劇，自以為這個本子有很棒的笑料，結果他說：「不是很好笑，你其實可以寫誇張一些。你應該更用力搞笑。」這有點嚇到我了。如果我嘗試這樣寫，應該會發瘋。所以，我想我喜歡的風格是你不必拚命搞笑，而是你想講個故事，然後喜劇突然冒出來，讓故事因此打住。不過，這種時候呢，我猜「故事沒有前進動能」的指控大概又會跑出來了。

英國導演安東尼 · 明格拉（Anthony Minghella）談過寫電影劇本的過程，他說那就像打開抽屜，你看到裡面有一些很棒的東西；每一次抽屜打開時，你可以拿一樣東西。這實在說得太好了。當你正在處理你的題材時，抽屜打開了，你獲准拿走一樣非常棒的素材來用。

我不記得我那時是在寫哪個劇本，但我人在西班牙的布拉瓦海岸（Costa Brava），剛游完泳回來，往山丘上我們住的房子走去，突然間想到一個絕佳的劇本點子。那個當下，真的讓人非常開心。通常這種靈光乍現不會發生在你坐在電腦前面的時候，而是發生在你刮鬍子或下樓梯或去游泳的時候。所以說，休息是很重要的，讓你的心智不會被其他諸多考量給堵塞。散步、游泳、刮鬍子，這些都是神賜予你靈感的時刻。

圖 1：《待解救的少女》，2012

經常有人指控我「生產力太低」。他們說得很對，但是對電影編劇來說，我們有很多作品，包括嘔心瀝血的傑作，都有可能永遠不見天日。而電影沒拍成，或是沒拿到編劇頭銜，都只反映了我們真實編劇生涯的一小部分而已。

我很不會行銷我自己。我就是做不到，沒辦法自己提案。這讓人有點喪氣。沒有人會因為聽了提案就投資我的電影。但我有這樣的自知之明，還是很幸運的。於是我不管怎麼樣，先拍一部電影再說。等我拍出還算成功的電影，就可以說：「我還想拍其他主題的電影。」然後電影公司高層就拿我前面的電影當範本，自己去跟金主提案。不過，這個方法目前其實只幫我找到一個金主，而我非常幸運，已經跟他合作了三部電影。

導演薛尼 · 波拉克（Sydney Pollack）說過，電影工作者分成兩種：一種人拍的電影裡有槍，另一種人拍的電影有愛情故事。希望我有朝一日可以在一部電影裡同時放進這兩樣東西。但你也知道，目前為止我還困在愛情故事裡 —— 通常也丟進一些認同危機的問題。

刪掉再放回去

（圖2－3）「寫劇本的時候，」史蒂曼說。「你會想到各式各樣的點子，當中有些還不錯，但其實還不夠好，或是沒有把故事帶往你已經決定的方向。從劇本裡刪掉東西對我來說是很輕鬆的事，甚至可以說是輕而易舉。」舉例來說，在寫《待解救的少女》時，史蒂曼曾經決定大量刪減「沮喪黛比」這個角色的戲份，她是薇爾蕾（葛莉塔‧潔薇 Greta Gerwig 飾演）的主要對手之一。

「我那時候覺得這個角色有點常見，而且令人沮喪。」他解釋道。「但是當奧布芮‧普拉薩（Aubrey Plaza）對這個角色表示有興趣時，問我們有沒有可能給這個角色更多戲份來表現。於是史蒂曼回到較早的劇本版本，把她的一些場景再放進來，其中包括一個令人記憶深刻的片段：當薇爾蕾陷入情緒上的混亂，黛比批評她不算『臨床』認證的沮喪，因為她沒看過醫生、躺過診所的床。「我把這一段放了回去，」他說。「後來也很慶幸自己這麼做了，因為讓薇爾蕾跟黛比發生衝突，同時更突顯薇爾蕾面對的反抗與敵意，對故事很有幫助。還有，這場戲也把觀眾逗笑了。」

班・赫克特 Ben Hecht

當電影愛好者想像早年好萊塢編劇的典型樣貌時——愛喝酒、機智又憤世忌俗的詩人與生活享樂家綜合體——他們心中浮現的可能是班・赫克特的形象。他曾經六度獲得奧斯卡獎提名，得獎兩次，而且還是在第一屆奧斯卡頒獎典禮就得獎。

在搬到西岸寫電影劇本前，赫克特寫過舞台劇、新聞報導與小說。在他的生涯裡，他形塑了大眾對編劇的印象：在貪婪、愚蠢的電影公司高層人海中，電影編劇是洗鍊智慧的唯一代言人，而這些高層唯一的任務就是稀釋編劇傑作的品質。

一八九四年二月，赫克特出生於紐約的俄國猶太人移民家庭，小時候便全家搬到威斯康辛州。雖然他學過小提琴，有段時間也在馬戲團裡當特技演員，赫克特最終還是將才華傾注在寫作上，一開始在芝加哥，然後搬到紐約發展。但是到了一九二六年，他決定開始嘗試寫電影劇本（或許

可以輕鬆進帳維生），搬到洛杉磯，憑著為約瑟夫・馮・斯登堡（Josef von Sternberg）寫黑幫默片《下流社會》（*Underworld, 1927*）的劇本贏得奧斯卡獎。

從此，赫克特進入創造力驚人旺盛的一九三〇年代。他與查爾斯・麥克阿瑟（Charles MacArthur）合寫的舞台劇在一九三一年被改編為成功的同名電影《頭條新聞》（*The Front Page*）。同一時間，赫克特改編阿米塔吉・崔爾（Armitage Trail）的小說為經典黑幫電影《疤面煞星》（*Scarface*）。他很輕易就成為好萊塢最搶手的編劇，最廣為人知的經歷是改寫《亂世佳人》（*Gone With the Wind, 1939*）劇本。當時電影已經開拍近一個月，因為片廠擔心本片會一敗塗地而暫停拍攝，邀請赫克特進行為期一週的密集改寫工作。

改寫《亂世佳人》讓赫克特賺進一萬五千美金的

01

圖 1：《疤面煞星》，1932

大筆稿費，而儘管他成功又多金，卻從不曾停止對好萊塢的輕蔑。

「我一直都覺得，我寫劇本的豐厚稿酬，有一半來自我對製片的言聽計從。」他在回憶錄《世紀之子》（*A Child of the Century*）裡如此寫道。「我不是在說笑。電影酬謝服從就跟酬謝創意一樣多。有本事的編劇比沒啥才華的人賺得多，但他多賺的這部分，是要他別拿出自己的絕世才華。」

赫克特的劇本展現了他犀利機智的文筆，拒絕壓抑自己這方面的才華。他與查爾斯‧麥克阿瑟合寫了《咆哮山莊》（*Wuthering Heights*, 1939），該片得到奧斯卡最佳影片提名，也被大眾認為是艾蜜莉‧勃朗特（Emily Brontë）原著小說的最佳改編電影。然後《頭條新聞》又被再次改編為《小報妙冤家》（*His Girl Friday*, 1940）這部備受喜愛的神經喜劇（screwball comedy），精彩的劇本是由查爾斯‧勒德勒（Charles Lederer）撰寫。赫克特寫了《意亂情迷》（*Spellbound*, 1945）這部重要性常被低估的希區考克電影，接著又寫了《美人計》（*Notorious*, 1946）這部既是間諜驚悚片也是浪漫愛情片的經典懸疑電影中的經典。一九三五年，赫克特與麥克阿瑟

共同執導與編劇《惡棍》（*The Scoundrel*），改編自諾維‧考沃（Noël Coward）的舞台劇，讓赫克特以此贏得第二座奧斯卡最佳劇本獎。一九五七年，他將海明威的經典戰爭小說《戰地春夢》（*A Farewell to Arms*）改編為電影。

除了劇本等身之外，赫克特也具有強烈的個人特色。他是浪漫、瀟灑、世故的電影編劇，努力帶給大眾一點藝術與娛樂。當他於一九六四年四月去世，代表的是一個好萊塢黃金年代的結束，而一九七〇年代振奮人心的電影復興即將來到。

但赫克特在人生的最後階段，卻認為自己對電影並無太大的貢獻。「在我的七十部劇本裡，假設我身為觀眾，也許可以勉強接受其中八、九部電影吧。」一九五八年，他曾這麼說。整體而言，他對電影的評價很低。「我不喜歡電影的原因有點奇怪。」他在同一篇訪談中這麼說。「我其實不討厭電影，我只是對電影沒興趣，就像水電工對他的產品不會有太大興趣一樣。他得知道怎麼完成工作、把事情做好、收錢，但他不需要欣賞自己的工作成果。」赫克特或許不欣賞自己的電影，但世世代代的觀眾絕對懂得欣賞他的電影。

圖 2：《美人計》，1946
圖 3：《意亂情迷》，1945

蘿賓・史威考 Robin Swicord

"……我挑案子時會考慮大家能否密切合作的問題。在會議上，最重要的就是確認大家是否能夠達成共識。如果我對某件事提出強勢的意見，我會看對方的回應來判斷我們會不會有良好的共事經驗，一起把電影拍出來。"

《藝妓回憶錄》，2005

一九六〇年代初期，蘿賓・史威考還是小女孩，住在佛羅里達州小鎮巴拿馬市海灘（Panama City Beach），這裡的電視台並未加入全國電視網。幸運的是，電視台裡有個工作人員是電影迷，會播放他最喜歡的黑白電影十六釐米拷貝，讓史威考可以跟著希區考克、約翰・福特（John Ford）、貝蒂・戴維斯（Bette Davis）、芭芭拉・斯坦威克的電影一起長大。

「我想打入電影圈，但不知道怎麼入行。」史威考說。「於是我改而去寫舞台劇。當我的第一齣舞台劇在外百老匯公演後，我遇到一個經紀人，他幫我賣掉我第一部電影劇本《獻給耶穌的改裝賽車》（*Stock Cars for Christ*）。」後來她成為《來電的感覺》（*Shag, 1989*）的編劇之一，這部群像喜劇給了安娜貝絲・吉許（Annabeth Gish）與布莉姬・芳達（Bridget Fonda）突破演藝生涯的角色。

由此開始，史威考成為值得信賴的暢銷小說改編編劇，首先是《新小婦人》（*Little Women, 1994*），它贏得三項奧斯卡獎提名，包括薇諾娜・瑞德（Winona Ryder）的最佳女演員獎提名。後來史威考與同是編劇的丈夫尼可拉斯・卡贊（Nicholas Kazan）改編羅爾德・達爾的小說，合寫《小魔女》（*Matilda, 1996*）電影劇本。一九九八年，她與人合寫《超異能快感》這部由珊卓・布拉克（Sandra Bullock）與妮可・基嫚領銜主演的電影。

她下一部大獲成功的作品是《藝妓回憶錄》（*Memoirs of a Geisha, 2005*），讓亞瑟・高登（Arthur Golden）撰寫的二次大戰日本藝妓人生小說成為奧斯卡得獎電影。她還改編凱倫・喬伊・富勒（Karen Joy Fowler）的小說，並親自執導《珍奧斯汀的戀愛教室》（*The Jane Austen Book Club, 2007*）。在《班傑明的奇幻旅程》（*The Curious Case of Benjamin Button, 2008*）這部改編自費茲傑羅短篇小說的電影中，她也取得「故事原創[44]」的頭銜。

早在童年時代，她就知道自己未來要走視覺敘事領域的方向。「在課堂上，把作業寫完後，我會在紙上畫一些方形的框框。」她說。「基本上我可以說是在畫圖像小說（Graphic Novels）——方塊之間有對白、敘事和散文。看起來就像分鏡表一樣。大家會看著我問：『這是什麼？』我不知道怎麼回答，只能說：『這是我的故事。』」

44「Story by」，指寫出第一版劇本或詳細故事大綱的編劇。根據美國編劇公會規定，雖然最後劇本是由其他編劇改寫完成，但第一個編劇得保有此頭銜。

蘿賓・史威考 Robin Swicord

小時候，閱讀是我遁離這個世界的方法。因為我父親是軍人，所以我們很常搬家。一九五〇年代，我還是小女孩，一家子住在巴塞隆納。在我們回美國前，爸媽送我去一間以英語教學的學校上十天課，為返回英語世界暖身。

這所學校把不同年級的學生放在同一班，所以雖然我才剛開始上學，同班同班已經都會閱讀了，也會在班上大聲朗讀。輪到我朗讀的時候，我就兩眼定定看著書本，嘴邊重複旁邊女生剛念過的句子來矇混過去。

有一天，老師把我叫到她的辦公桌旁：「我要妳念這個給我聽。」她把書翻到某一頁，拿到我面前。我看著它，突然體驗到一種強烈的感覺：眼前的世界變成一片純白，一股熱流通過我的頭頂。

就在那個當下，我會讀每一個字了。我把那一整頁讀完，然後翻頁繼續大聲朗讀，再翻頁繼續讀下去……

從那之後，我唯一想做的事就是閱讀；我人在哪裡都無所謂了，因為我都埋首書堆中。我會讀一本書，把書中角色做成紙娃娃，而且是整套角色，然後坐在地板上一個人把故事演出來。我整天在做這件事，是個徹頭徹尾的創作怪胎。

電影編劇是第一個「看到」電影的人。我的丈夫也是編劇，他會聽到腦袋裡有對白出現，變成他的點子。我則是會看到畫面，好奇畫面裡的人物有什麼樣的故事。

從大學時代開始，我就一直在拍照，對攝影的興趣認真到可以輕鬆轉行當職業攝影師。我拍的照片經常含有某種氛圍或視覺元素，跟我正在思考的電影點子有關連。

但有時候，身邊的小東西也會為我帶來靈感。這樣的事，今年就發生過一次。當時我人在二手物品公益商店，看到一個小老鼠造型的物品，勾起我兒時聽灰姑娘童話的回憶。

> **"在某種意義上，改編就像在與原著作者對話。你追尋他們的軌跡，以深入理解原著，然後你才可能試著把劇本寫成作者希望看到的樣子。"**

我從未想像過自己是灰姑娘、會有王子來找我之類的事。我認同的一直都是故事裡的老鼠；牠們被變成馬來拉馬車，載著灰姑娘去舞會，卻不能進去，而等到舞會結束，牠們又變回老鼠。看到那個老鼠造型商品，讓我想起這一切，所以現在我正在寫被它啟發的故事。

我的第一部電影劇本是《獻給耶穌的改裝賽車》。那是個喜劇，有點奇怪的小品，寫得不是很好。一般來說，我認為所有編劇寫出來的第一部劇本都不會很好，除非你是完全的天才，而我可不是。

故事主角是小夥子尤里西斯，很崇拜一個名叫桑尼・杜魯的改裝車車手，也是世界上最壞的人。這小夥子因為過失殺人而入獄——他試圖模仿桑尼・杜魯，卻駕車衝出橋樑，摔落在水面浮台上，壓死了幾個泳裝美女——後來他終於遇到桑尼，跟他一起搞起瘋狂的耶穌受難記舞台劇，演出耶穌被釘上十字架的歷程，當作改裝車車賽之前的祈禱儀式。

從我的描述你就可以知道，這種點子簡直就是異想天開。一點商業價值都沒有。誰會想看這種片，更別說是寫這種劇本？

但我真的寫出來了，而且它正好證明了：剛出道的時候，你應該寫心裡想寫的東西，用信念、個人特質與風格把它寫出來。

這部劇本當然永遠不會拍成電影，但可能有人看了之後會說：「你是個編劇人才，來寫劇本吧。」

這就是發生在我身上的事。我把那個劇本賣掉了，搬到好萊塢。

《班傑明的奇幻旅程》 THE CURIOUS CASE OF BENJAMIN BUTTON, 2008

（圖1－3）根據費茲傑羅短篇小說改編的電影劇本《班傑明的奇幻旅程》，史威考花了將近二十年的時間才看到它登上大銀幕。

「我想我是在一九八八年寫了劇本的第一稿。」史威考說。「我幫四個不同的導演、兩到三家電影公司寫了十六個版本左右，然後整個案子進入冬眠，直到大衛・芬奇（David Fincher）開始帶著這個劇本四處跟人談。他雇了艾力克・羅斯（Eric Roth）來改寫我的劇本。」劇本有了很多改動，最後完成的電影——史威考得到「故事原創」的頭銜——背景設在紐奧良而非巴爾的摩。

「我認為有許多小差異。」她說。「在我的劇本裡，班傑明不是做過許多行業的人。我很想寫一個歷時百年的電影，可以把整個二十世紀放進一個人的一生裡。我選

擇用音樂來做這件事，所以讓他當音樂家。」此外，在史威考的版本裡，昆妮（泰拉姬・漢森 Taraji P. Henson 飾演）不是在老人院工作，而是一個被解放的黑奴，受雇於巴頓家，負責照顧老爺子。她把班傑明藏了好幾年，在巴頓家陰暗的閣樓裡養育他。「巴頓家有許多家庭關係失能的問題。」史威考說明她原來的版本。「他們有家族事業，但不是做鈕扣生意。在我的百年主題裡，他們家族的命運跟美國的國運相繫，所以他們本來是開鑄造廠，後來擴張成軍火工廠。我循著二十世紀美國經濟發展的脈絡鋪陳，但電影基本上還是關於這個社會邊緣人。我的故事跟費茲傑羅的原著有很大差異，他的故事始於南北戰爭，終於爵士年代。

「我寫的故事，核心是班傑明與黛西的愛情，他從嬰兒時期就認識她——原著裡並非如此。我創造了這樣的愛情，讓我可以呈現在倒過來活的人生裡，有什麼是可以持續不衰的。這個人的外在與他的內在不相符，大家永遠無法真正了解他。他的故事其實就是認識自我的追尋歷程。在拍出來的電影版本裡，很多符合這種主題的東西還是存在，我寫的一些場景仍算完整，但用途已經不一樣了。」

圖3：史威考為她的版本做的時間表，音樂元素經常穿插其中。

How Old He Looks	How Old He Is	Year in History	Important Relationship
80	newborn	1910	grandfather Uremiah; Queenie, former slave
75	5	1915	Uremiah teaches him music
70	10	1920	Uremiah dies; 1st mortality
65	15	1925	baby girl cousin born; Daisy
60	20	1930	Thomas is father=age 60; new-found friendship
55	25	1935	Marries Helene, 30
50	30	1940	Son James is born Too "old" to go to war
45	35	1945	Plays music with USO; meets Daisy (20); Father dies; marriage ends
40	40	1950	Exiled in Paris; parity with age; reunited with Daisy, they begin affair
35	45	1955	Hears electric guitar; forsakes jazz for rock and roll
30	50	1960	Returns to New York
25	55	1965	Daisy is 40; beginning of youth cult era; drift apart Reunited with son James, 25.
22	58	1968	Summer of Love; Benjamin on the road with rock and roll
20	60	1970	Vietnam draftee; never gets out of boot camp/school
15	65	1975	Son takes him in; son=40 son=father:music "prodigy"; resumes serious work on opus
10	70	1980	Granddaughter born; losing some musical ability, hands small
5	75	1985	Age parity with grandchild. Daisy (60) rescues him.
0	80	1990	dies

《珍奧斯汀的戀愛教室》THE JANE AUSTEN BOOK CLUB, 2007

（圖1）《珍奧斯汀的戀愛教室》是史威考執導的處女作，改編自二○○四年凱倫‧喬伊‧富勒的小說。「我很喜歡讀她寫的書。」史威考說。

「她寫的每一頁，我都喜歡。在思考怎麼把它改編成電影時，我覺得我想呈現珍‧奧斯汀的世界跟我們的生活方式之間存在多大的對比。我們的日常世界，經常缺乏真正美好的東西，只有迷你購物中心、交通信號與都會生活，但珍‧奧斯汀的書裡有英國鄉村與樹林裡的漫步……你知道的，就是她書裡的世界。珍‧奧斯汀筆下的人物除了會去巴斯（Bath）這個城市，偶爾參加一下派對，基本上她的小說非常田園風。在凱倫‧喬伊‧富勒的書裡，我看到她寫的現代角色們在珍‧奧斯汀的小說裡找到避風港，彼此分享這些浪漫的想法。在視覺上，我希望這部片能夠突顯角色對珍‧奧斯汀世界抱持的浪漫情懷與他們沒有美感的現代生活之間的對比。」

女性觀眾的支持

（圖2）《新小婦人》是史威考第一部成功的劇本，但也花了很長的時間來發展。「我在一九八○年代初期入行時，」她回憶道。「沒有人在做古裝電影。我一講到《小婦人》這本書，他們就說：『妳可以寫個當代版本嗎？我們不想碰那些麻煩的長裙。』結果這個題材跟著我十二年左右都沒下文。」

當時身為索尼行銷主管的席德‧甘尼斯（Sid Ganis）為這個案子帶來突破。他的四個女兒都讀過《小婦人》，史威考說服他為什麼觀眾會想看新的電影版。「我跟他碰面時說：『這種題材有觀眾。女性占了《致命武器第二集》（Lethal Weapon 2, 1989）觀眾的半數，也占了《大地英豪》（Last of the Mohicans, 1992）觀眾的大多數，所以我們別再假裝女性不看電影了！她們會看，而且如果她們真的喜歡一部好電影，例如《情比姊妹深》（Beaches, 1988），甚至會去電影院看好幾次。她們會帶女兒再來看一次，然後再帶媽媽來看，帶祖母來看。她們會成群結隊、反覆來觀賞。如果我們拍得好，她們就會來捧場。』甘尼斯相信了我的行銷論點，而且是真心認同，因此變成這部片的強力支持者。」

《新小婦人》終於在一九九四年十二月二十一號上映，大獲好評。正如史威考預測的，它成為那個聖誕假期最賣座的電影之一。

"剛出道的時候，你應該寫心裡想寫的東西，用信念、個人特質與風格把它寫出來。這部劇本當然永遠不會拍成電影，但可能有人看了之後會說：「你是個編劇人才，來寫劇本吧。」"

我喜歡寫改編劇本。當然我不是只喜歡改編，但我想，尤其是當你在寫以女性為主角的題材時，如果有本像《藝妓回憶錄》這樣的暢銷書，大家都會比較想把它拍成電影。

相較之下，我在家裡寫個女主角都沒人認識的劇本，大家就比較沒興趣。知名的原著可以搬上大銀幕，「原創故事」則比較難得到這樣的機會，尤其當你的主角是女性時，這種劇本幾乎不可能會被拍出來。真的得有魔法般的天時地利人和，它才有可能成真。

我躋身電影編劇後，想寫的是我從小就想寫的題材，那就是：忠於原著的《小婦人》電影版，真的拿原著來改編。小時候，我看過所有電影改編版本。八歲時，我第一次看原著，之後一直到十六、七歲之前，每年都會再看一次。

我對原著瞭若指掌，很清楚我看過的電影版本跟原著不是同一個故事。我對原著的理解，跟現有的電影版本大相逕庭。那些電影的主軸都是「喬會嫁給誰？」但這從來都不是原著想問的問題。

《小婦人》原著說的，是女性的企圖心；這一點從一開始就很明確。它主要想探討的是：「我們能否維繫住這個家？能否讓每個人的夢想成真？」

即便原著作者露意莎・梅・艾考特（Louisa May Alcott）在寫這些後來集結為《小婦人》的故事時，也承受了來自讀者的壓力：「我們希望喬嫁給羅立。」

但事實上，連她自己都對婚姻沒有興趣（終生保持單身），因為在她的年代，結婚實際上就是變成其他人的財產；女人在法律上，結婚後的權益就跟奴隸一樣。艾考特不想讓喬踏入婚姻，因為在書中喬就代表了她，帶有半自傳的色彩。

我必須對這一切有深入的了解，因為我想寫出艾考特自己也會寫出來的電影劇本。在某種意義上，改編就像在與原著作者對話。你追尋他們的軌跡，以深入理解原著，然後你才可能試著把劇本寫成作者希望看到的樣子。

我相信有些小說家很擔心作品改編成電影會毀了他們的作品。但我也發現，如果可以賣出電影改編版權，他們通常都滿開心的。

寫小說討生活是很辛苦的事，我覺得小說家會希望賣出電影或電視影集改編版權，給自己帶來一些繼續前進的動力。這可以讓他們有更多的時間寫作，也讓更多觀眾接觸到他們的作品。

那些本來不會讀《珍奧斯汀的戀愛教室》原著的人，因為看過電影，而去買原著來讀。所以一般說來，這對小說家是件好事。

《珍奧斯汀的戀愛教室》的原著，是凱倫・喬伊・富勒的短篇小說集，收錄六篇故事，每一篇都深入這個讀書會某個角色過往的故事。在電影敘事上，我只處理了現在的時空，亦即在讀書會上與各場讀書會之間發生的事。

凱倫本來可能會說：「這不是我的小說。」但她沒這麼說，真的是非常慷慨大器的人。我想她從我們初期的討論中就知道我只會運用現在的素材，然後創造原著沒有的東西、把一切串起來，讓劇本具有戲劇的形態。

在改編中，你會追求某種可以傳達原著作者意圖的東西。凱倫從一個方向切入故事，我則是選擇另一個角度，但我們的意圖相同。原著作者如果夠成熟，就不會那麼不高興——或是就算不高興，也沒有公開表現出來，所以我從來沒聽說。

至於《藝妓回憶錄》，當時我是真的很想拿到這個編劇工作。我去面試，也知道導演羅伯・馬歇爾會繼續找其他編劇聊（我不知道這是不是真的，但我聽說他跟四十四個編劇碰過面）。我只知道我想要寫這個案子。跟他碰面後，我把我對原著的想法寫成一頁又一頁的筆記寄給他。

銀幕上的女性權力階層

（圖1-3）史威考會這麼渴望改編《藝妓回憶錄》小說，有很充分的理由。「首先，我熱愛那個世界。」她說。「一九八〇年，我在洛杉磯的第一間公寓裡有和室紙門。因為我很喜歡這東西，所以去洛城的小東京找了一個做這種門的工匠來幫我安裝，讓我可以用它來隔出一塊工作區域。我一向深受日本美學所吸引，但《藝妓回憶錄》特別吸引我的原因是，這本書誠實展現了女人之間的權力階層。這一點幾乎從未在電影裡被描寫過。

「我們在大銀幕上一再看到關於男人權力階層的電影，但在這本書的世界裡，女人是戰士，是施虐者，是女王。你會有種感覺：如果你把父權體制拿掉，『女人世界』就會是像這個樣子。但怪異的是，這個世界又在為傳統日本文化服務：女人的存在是為了伺候男人。這種壁壘分明的切割，我覺得非常引人入勝。

「我也喜歡它是一個關於生存的故事：一個女孩從漁村被帶走，開始她艱難的旅程，一路上好幾次險遭摧毀。她有好多次都差點死去，無論在肉體上、情感上或心理上，她都有可能被毀滅。在書裡，她經常與水產生連結，這就是為什麼我在電影裡一直運用水這個元素。她這種流動在岩石之間卻始終沒被摧毀的能力，讓我非常認同。我覺得這是一個從未在銀幕上呈現的驚人故事，而且可能再也不會看到。」

圖2：史威考在電影的開場花了很大力氣，因為觀眾必須理解並感受小百合經歷人生巨變的處境。

"你一定要請人大聲把劇本讀出來，讓你聽聽在場的人有什麼反應……就像劇場一樣，電影也應該盡量找機會開讀劇會議才對。耳朵可以告訴你的事，比你的大腦還多。"

圖4：《藝妓回憶錄》，2005

雇用我之後，音樂劇編舞家出身的羅伯說：「我感覺就像在徵選舞者的階段，某個舞者走了進來，把這個角色拿下──妳寄這些筆記給我，向我證明妳在我們碰面後仍然持續在思考，所以妳拿下這個工作。」

不過，其實我從不認為我需要在這些場合推銷自己。我追求的，是一種非常充實的工作經驗。雖然不是每次都能如願，但我挑案子時會考慮大家能否密切合作的問題。在會議上，最重要的就是確認大家是否能夠達成共識。如果我對某件事提出強勢的意見，我會看對方的回應來判斷我們會不會有良好的共事經驗，一起把電影拍出來。我其實不太擔心能不能拿到案子這件事。也許有人在這方面的競爭心很強，但是，跟人家搶案子、拿到案子，然後才發現它跟自己的本性完全背道而馳……我覺得這是很痛苦的事。

我怎麼知道自己寫的東西有是否有趣？喔，我很會自己尋開心，笑點很低。寫的時候我都很有信心，只是經常都是錯誤的自信。日常生活中，沒人覺得好笑的事都能把我逗笑，寫劇本時怎麼可能不是這樣？說實在的，這是很恐怖的事。

了解一個世界的美學

（圖5－6）史威考受聘改編《藝妓回憶錄》的那一天，跟該片的美術指導約翰・米瑞（John Myhre）碰面。他也是那一陣子獲聘加入團隊。

「我們都覺得需要多了解這個文化，才能製作一部以它為主題的電影。」她回憶道。幸運的是，因為在史威考加入前，這個計畫已經發展了幾年，製片收集了許多美術書籍放在辦公室裡。「他們把鑰匙給約翰・米瑞和我，我們連著四天都待在那裡翻閱這些書，只差沒睡在那裡。我們完全沉浸在那個視覺世界裡，在感興趣的頁面上做記號，然後跟對方討論。」

當他們完成研究後，一起編輯了一本圖像集，覺得這可以代表他們想說的故事。「兩週後我飛到紐約，開始跟羅伯・馬歇爾合作，一起把小說與電影的故事拆解開來。我也把那本圖像集帶給他看了。電影裡的很多畫面都來自這本圖像集。它變成大家的共通語言，從造型指導到攝影指導都用。最後，憑著我寫的七十頁故事大綱──基本上就是沒有對白的劇本──與這一大疊圖像，這部電影終於得到電影公司核准，進入攝製階段。」

《來電的感覺》SHAG, 1989

（圖1）史威考早期被拍出來的劇本之一是懷舊喜劇《來電的感覺》，由菲比・凱絲（Phoebe Cates）、布莉姬・芳達、派姬・漢娜（Page Hannah）與安娜貝絲・吉許領銜主演，以一九六三年為時空背景，由她們飾演的四個摯友一起去密托海灘（Myrtle Beach）共度週末假期。

「這部片有點像在呼應《留校察看》（*Porky's*, 1982）。」史威考說。「當時有很多電影在講男生喝醉酒出去把妹，我就想：『好，那我來寫比這更有趣的故事。』那類電影強調男性間的情誼，女人則被物化，不像真實的人，而《來電的感覺》就是女性對於被物化的回應。對我來說，讓女性有機會以喜劇方式呈現她們告別青春期的真實體驗，是很重要的文化回應。有許多很棒的女演員，我希望能看到她們在大銀幕演出，但電影界沒有角色給她們發揮，頂多讓她們演『裹著浴巾的女孩』之類的角色。我的意思是，我得向《伴娘我最大》（*Bridesmaids*, 2011）的製片賈德・阿帕托（Judd Apatow）致敬，因為他願意支持這種電影，但我在寫《來電的感覺》時，沒有賈德・阿帕托這樣的製片存在。所以當時我們得從體制外——其實應該說從邊緣——展開反擊。《來電的感覺》不得不獨立找投資方來製作。那時候，女性電影導演很少，也沒有男性導演想拍這部片。」

所以你一定要請人大聲把劇本讀出來，讓你聽聽在場的人有什麼反應。這種方式應該被當成寫電影劇本的標準流程；就像劇場的做法一樣，電影也應該盡量找機會開讀劇會議才對。耳朵可以告訴你的事，比你的大腦還多。

《小魔女》的劇本是我跟我丈夫合寫的。我們會在鄉間的小廚房裡招待一些來拜訪的朋友，由他們把劇本讀出來，我們再根據他們的表演來做修正。之後，丹尼・狄維托（Danny DeVito）把試鏡帶寄給我們，讓我們看到他對校長湯布小姐（Miss Trunchbull）這個角色有什麼想法，因為我們必須聽到專業演員朗讀劇本。看完那些錄影帶後，我們看著彼此，說道：「那句台詞很多餘，一定得刪掉。」

為演員修改劇本真的感覺很好，遺憾的是，你都得等到選角階段才能聽到演員朗讀劇本，讓你有機會把劇本改得更好。劇本是用來表演的作品，需要有人把它演出來才能賦予它特色。

> **"電影編劇幾乎沒有任何控制權。電影的牽連太廣，太多人參與其中，你只能抓緊寫劇本的時間。這是你最珍貴的時刻，此時電影只為你而活……"**

電影編劇幾乎沒有任何控制權。電影的牽連太廣，太多人參與其中，你只能抓緊寫劇本的時間。這是你最珍貴的時刻，此時電影只為你而活，因為在這之後，什麼事都可能發生。比方說，我真希望觀眾看《超異能快感》時，可以體會到我在寫改編劇本時的美好經驗。那時候的情況是，我把劇本寫完後，電影公司說：「導演是這一位。我們已經跟他簽約了，事情就是這樣。」然後你還是努力想把劇本寫好，儘管你跟導演想法不同，而他也絕不會站在你這邊。

事情只會每下愈況。當大家基本上沒有共識，雙方的歧見只會愈來愈多。事後你看影評，大家都責怪編劇，因為他們不可能看出來是什麼和哪裡

圖2：《舊愛新歡一家親》，
1995

出了問題。我們編劇從來沒有機會把影評人拉到一邊說：「那天有個蠢蛋在片場突然提出這個建議，如果你在現場就會知道……」你只能帶著這樣的經驗活下去，然後說：「你知道，我很滿意這一部電影，但不太滿意那一部電影。」不要去想那些讓你傷心的事，繼續往前走就對了。

也許，如果我更精明的話，就會為了寫改編劇本而找書讀。然而，對我來說，電影歸電影，看書歸看書。這是兩碼子事。除非有人把一本書交給我，對我說：「我們買下改編版權了，想把它拍成電影。」不然我不會往這方面想，因為，為了享受閱讀的樂趣而讀書是很棒的事。

話說回來，現在我手上有兩個案子，一個是電視劇本，另一個是電影劇本，原著作者都是 E.L. 達克托羅（E.L. Doctorow）。當我在讀他這兩篇短篇小說時，的確有「慢著！這寫得太好了，絕對應該拍成電影！」的想法──所以這種事確實會發生，只是對我來說，尋找改編機會並非最重要的。大學時代，我只能敬他是個了不起的作家，而現在我可以跟 E.L. 達克托羅當朋友，跟他聊短篇小說，一起去喝茶。這真的太棒、太過癮了。

走在時代的前頭

（圖2）史威考選擇改編克里斯婷・貝爾（Christine Bell）的小說《舊愛新歡一家親》（The Perez Family），是因為她太喜歡這本關於邁阿密古巴移民的書。「它的架構太美了。」她說。「它有三幕劇的架構，一種自然天成的戲劇結構，而且主人翁多蒂・裴瑞茲（Dottie Perez）真的是很出人意料的角色。」她後來由瑪麗莎・托梅（Marisa Tomei）接演。

「全書充滿一種不尋常的幽默感，到處看得到名言金句。我以前還可以背出裡面的經典句子。克里斯婷・貝爾有一種高明、冷面笑匠的幽默感。這本小說她寫過很多稿。它的結構會這麼好，跟她寫過十五稿左右脫不了關係。小說寫得很高明──在我看來，遠比電影版好多了。」

史威考希望能找剛冒出頭的導演艾方索・柯朗（Alfonso Cuarón）當導演，但因為他當時還默默無名，所以電影發行公司山謬・高德溫（Samuel Goldwyn Company）決定起用米拉・奈兒（Mira Nair）來執導，她曾與這家公司合作《密西西比風情畫》（Mississippi Masala, 1991）。

「米拉・奈兒的感性和柯朗很不一樣。」史威考說。「她天生的感性跟小說完全不同，也與劇本的調性不同。她從自己在印度成長的經驗出發，把這部電影的主題解讀為流落異鄉，拍出來的電影比我寫的要浪漫多了，也沒有表現出我花很多時間研究的古巴裔族群。為了改編這部片，我跟克里斯婷・貝爾同住了一段時間，由她帶領我認識邁阿密的古巴文化。而米拉把她強烈的個人觀點帶進這部電影──這點我們也是可以理解的。」

史威考對最後成果不甚滿意，卻也認為這部以「移民」為核心概念的電影，與其放在一九九五年，更符合今天的社會潮流。「就我們的創作意圖來說，這部電影超前了時代。現在我可以用同一個劇本跟艾方索・柯朗合作，拍出跟現有版本相當不一樣的電影。我覺得現在才是拍這部片的正確時機。當年我們做這部片並不符合時代的氛圍。」

卡洛琳・湯普森 Caroline Thompson

"我對創作過程不抱任何浪漫幻想。我感覺自己就像是拖犁的馬，一步又一步地前進。而且我是真的相信，當編劇工作進行得很順利時，那不是我的功勞，而是來自其他源頭的力量，只是我不知道那源頭在哪裡。"

《剪刀手愛德華》，1990

卡洛琳 · 湯普森擔任編劇的電影，總是充滿兒童、動物與幻想生物。

四歲時，她看了第一部電影，一九六〇年的**《時光機器》**（The Time Machine），結果被它嚇壞了。「從此以後，我很害怕電影。」她回憶道。「我覺得看電影對我而言變成一種非常強烈的體驗。我太把電影當真了。」

湯普森在華盛頓特區的郊區長大，二十歲出頭時搬到洛杉磯，想要當個小說家。一九八三年，她出版了第一本書《頭胎》（First Born），敘事結構為日記體，是一個母親寫給她墮胎後又活過來的孩子看的。這本小說幫助她打開進入電影編劇業界的大門；導演潘娜樂 · 史菲莉絲（Penelope Spheeris）找她合作，打算將它改編成電影。

雖然她們的努力並未開花結果，卻讓她有機會與提姆 · 波頓結識，而他有個點子是有人用剪刀當手，啟發她寫出**《剪刀手愛德華》**劇本。然後她與賴利 · 威爾森（Larry Wilson）合作，寫出**《阿達一族》**（The Addams Family），成為一九九一年最賣座的電影之一。另外，由於她非常喜愛一九六三年的家庭電影**《一貓二狗三分親》**（The Incredible Journey，改編自席拉 · 本福特 Sheila Burnford 的小說），因此讓她創作出**《看狗在說話》**（Homeward Bound: The Incredible Journey, 1993）的劇本。同一年，她還有另外兩部劇本拍成的電影作品上映：改編自法蘭西斯 · 勃內特（Frances H. Burnett）兒童小說的**《祕密花園》**（The Secret Garden），以及**《聖誕夜驚魂》**（The Nightmare Before Christmas）。

接下來幾年，她的重心放在導演自己寫的**《神駒黑美人》**（Black Beauty, 1994）與**《我的金剛寶貝》**（Buddy, 1997）劇本上。二〇〇一年，她自編自導了電視電影**《白雪公主：最美麗的女人》**（Snow White: The Fairest of Them All）。

近年來，她與提姆 · 波頓第三度合作，與人合寫了**《地獄新娘》**（Corpse Bride, 2005），還將琴娜 · 杜普洛（Jeanne DuPrau）的科幻小說改編為電影**《黑暗之光首部曲：微光城市》**（City of Ember, 2008），現在與丈夫和她深愛的動物們住在加州歐海鎮（Ojai）。

卡洛琳・湯普森 Caroline Thompson

我成長於馬里蘭州貝塞斯達市（Bethesda），那個社區是個奇怪的地方，因為大多數居民都是老人，幾乎沒什麼小孩。有個朋友住的地方讓我很羨慕，那是一個大規模造鎮的社區，每棟房子都一模一樣，而且因為剛蓋好，周遭毫無景觀可言。

現在我很不喜歡這種社區，但小時候的我認為這是最棒、最美、最溫暖的社區：每棟房子都住了一家人，孩子們放學回家，在街上玩觸身式美式足球，女生也一起玩，然後父母會坐在草皮間的椅子上喝雞尾酒。

《剪刀手愛德華》裡的社區，就是以那個社區當藍本。當然，寫《剪刀手愛德華》時，我的觀點早就不一樣了。我已經長大，住在洛杉磯郡柏本克市（Burbank），那裡什麼事都可能發生，大家會跑到屋外看發生了什麼慘劇。

所以我透過愛德華的眼睛，把我對郊區世界的感覺表現出來。剛開始，那裡看起來一定很美、很迷人，但是當大家榨乾他的生命力，那裡變成愈來愈黑暗的地方。

孩提時代，父母不准我養寵物，因為我母親很怕狗。我開口講的第一個詞是「動物」，而且一直吵著要「狗狗」。五歲時，我參加暑期不過夜的夏令營，接送巴士停在騎馬場，而我一步也沒踏進營區，就只是坐在柵欄上看馬。

有一匹馬叫史東沃・傑克森，我把牠吸引過來，跳到背上坐了一整天。從此我愛上了馬。牠們的氣味對我來說是那麼充滿生氣。大家其實都誤解了，以為騎士與馬之間，是一種掌控／順服的關係。事實上，它比較接近舞伴的關係。這種人與馬的合作與一體感讓我上癮。牠們是非常慷慨的

圖5：《剪刀手愛德華》，強尼・戴普飾演主角愛德華

---

01   11

```
                    PEG
                 (blurts)
        Look at your face... What in
        the world happened?  Where are
        your parents?

                    EDWARD
        My parents?

                    PEG
        Yes.  Your mother.  Your father.

                    EDWARD
        My father's dead.

   Anxiously he scratches himself and slices a fresh gash in his
   nose.  Peg winces.

                    EDWARD
        I didn't ever have a mother.

   Peg kneels beside her samples case.  She opens it.

                    PEG
        Well, no wonder.  You poor
        thing.  The idea of you living
        up here all by yourself...

   She studies the bottles and pulls one out.

                    PEG
        A good astringent should at the
        very least prevent infection....
        No.  On second thought.
             (she snaps the case closed and stands)
        I think you should come with me.
        Put those things down and...

                    EDWARD
        What things?

                    PEG
        Those...uh...
             (nods toward his hands,
        weapons or whatever they are.

                    EDWARD
        They're my hands.  He didn't
        get to finish me.

                                    Continued
```

---

02   12

```
                    PEG
        Oh...

   As he steps fully into the light, Peg can see that they are in
   fact his hands and that his clothes are in tatters all about him,
   hanging in shreds from his thin body.  She shakes her head pityingly.

                    PEG
        We'll work on that.  And on
        your skin.  And certainly on
        your wardrobe.

                                    CUT TO:

   EXT. PEG'S STREET. LATER.

   As Peg drives by, with Edward in the passenger seat, WOMEN'S
   FACES -- Joyce's among them -- appear at the windows of the
   various houses she passes.  "Who's that with Peg?" each one
   wonders aloud -- almost like a chant.  Peg pulls into her

   DRIVEWAY as

   ALL UP AND DOWN THE BLOCK

   women's heads pop out of their front doors for a better look.
   Their dogs' heads poke out, yapping excitedly, noses between
   their mistresses' legs.  Nothing goes on here that not everybody
   knows about.  Curious, eager to be sprung from boredom, the women
   oogle and gawk.

   AT THE BOGGS' HOUSE.

   the front door closes behind Peg and Edward.  The house is a
   variation on the others in the neighborhood -- fifties ranch
   style, slightly bungaloid; a bland face, efficiently, but
   unimaginatively landscaped.

   THE OTHER WOMEN

   slam their own doors and dart INSIDE to the telephone.  Each
   giddily punches in number after number until she finds one that
   isn't busy.  Amidst the chitter-chatter about what's going on --
   or what might be going on:

                                    Continued
```

> **"我喜歡這樣的故事結構：開頭時你會笑，然後你會哭。不是很多電影可以做到這一點。我不確定為什麼我這麼喜歡這種結構，也許是因為它包含了一切。"**

生物，而且會反映你的情緒狀態。即便你不知道自己的情緒狀態為何，牠們也會讓你知道。

狗兒則是我的靈魂伴侶。「剪刀手愛德華」這個角色是以我養過最棒的狗為藍本。她是我十八歲時養的狗，早就往生了，但我們曾經有過心電感應的連結；我不需要說「往這走，往那走」，她就會跟著我走到任何地方，不用狗鍊，什麼都不用。她甚至會跟人用眼神交流，這對狗兒來說很罕見。她沒辦法說話，但她對一切都興致勃勃。對她來說，這世上的一切既神奇又奧妙。

在想像愛德華是什麼樣的人時，我的腦海中立刻浮現她。但是，愛德華的創作原型當然還是提姆‧波頓在高中時代畫的一個剪刀手角色。

我跟他是透過雙方的經紀人介紹認識的，因為他

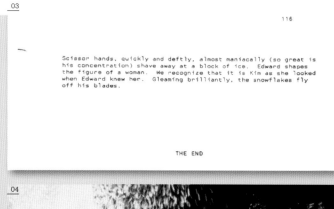

讓強有力的故事自己發聲

（圖 1－4）導演提姆‧波頓一開始的點子，是把《剪刀手愛德華》這部奇幻浪漫的電影拍成歌舞劇。

「他的邏輯是歌舞劇可以天馬行空，」湯普森說。「大家比較容易接受歌舞劇建構的世界。而因為我基本上不是寫歌舞劇唱詞的編劇，所以我那時所做的，就是在三週內把劇本用散文對白寫出來。我就這樣寫了七十五頁的劇本。」

在初稿中，她也把可能用得上的音樂串場歌詞寫進去。「我到現在都還記得其中一首的曲名是〈我處理不了〉（*I Can't Handle It*）。」她笑道。「後來，不知道是因為歌曲太糟，還是因為故事太棒了，提姆‧波頓看完劇本後說：『妳知道嗎？我不覺得我們需要把它拍成歌舞片。』」湯普森的劇本初稿（圖 1－3）完成於一九八七年十月二十一日，三年多後電影上映。

合寫時掌握主導權

（圖1－2）二十世紀福斯電影公司的製片史考特．魯丁（Scott Rudin）曾經大力支持《剪刀手愛德華》專案，之後來跟湯普森談將《阿達一族》改編為電影的案子時，她本來非常遲疑。「我說：『不行，我沒辦法寫。我不會寫商業鉅片。』」她回憶道。「我的意思是，我知道我是什麼樣的編劇。我對強檔大片（tentpole）──不管他們現在用什麼字眼來稱呼──沒有興趣。但史考特使出渾身解數，例如請我喝酒吃飯、送我禮物，最後又問我：『如果幫妳找個合寫的夥伴呢？』我說：『這得看是誰。』」魯丁將她介紹給賴利．威爾森，他是《陰間大法師》（Beetlejuice, 1988）的編劇之一。

「賴利是我認識最有魅力、最幽默、最可愛、最仁慈的人了。」湯普森說。「於是我改變心意，接下這個案子。」這兩位編劇開始共事時，湯普森並未積極從電視版本尋找靈感，反而去找查爾斯．亞當斯（Charles Addams）的原著漫畫來看。「我們希望劇本機智又黑暗。」她如此說明。而且，雖然湯普森通常不跟人合寫，但她很喜歡跟威爾森一起工作。「我們嘻嘻哈哈了一年半。那時候我心想：『這樣下去我會坐吃山空！我不能這樣笑十八個月！』但我們就是花了這麼多時間才寫出第一稿。」

當被問到兩人如何分工，湯普森坦承：「我知道我是嚴重的控制狂，一定要掌控一切。我不常跟人合寫劇本，但每次我跟人合作，一定會掌握主導權，所以無論對方提出什麼點子，我有可能總是說：『我不確定耶……我們繼續想吧。』」

們不知道該拿我們倆怎麼辦。碰面後，他和我都很想跟對方合作，因為我們有同樣的創作感性：恐怖暴力的哥德風，同時又帶點異想天開。

我們倆都喜歡墓園、妖魔鬼怪的事物；我們都很怕死亡，卻又對它著迷。我們想一起創作，因此當他告訴我他畫過的那個剪刀手角色時，我說：「等一下！這就是我們要的點子！」故事就這樣從天上直接掉進我腦袋裡，然後從我手中寫出來。

這是我寫給提姆的情詩。我想，這故事可以這麼有力量，因為我是真心用對他的情感來寫劇本。

這是他給我的禮物，也是我給他的禮物，也是神賜給我們兩人的禮物。有時候，你就是運氣好。

《剪刀手愛德華》的第一次試片是我人生中最棒的體驗，這輩子可能再也不會有同樣的感覺。我和提姆，還有電影配樂作曲家丹尼．葉夫曼（Danny Elfman），搭同一輛車去橘郡──我生平頭一遭搭豪華禮車──前往一間郊區電影院。

被找來看這部電影的小孩，每一個看起來都像電影裡的壞孩子吉姆。提姆馬上去男廁吐了，而且整個放映期間都待在裡面。我頭一次體驗到，「當

《看狗在說話》HOMEWARD BOUND: THE INCREDIBLE JOURNEY, 1993

（圖3）湯普森參與《看狗在說話》的起點，是在迪士尼電影公司的一場會議上。「我告訴他們，『你們拍出了我孩提時代最愛的電影之一：《一貓二狗三分親》。你們應該拍一個新版才對。』然後他們覺得這是個好主意，雇用我來寫劇本。」雖然湯普森很喜歡一九六三年的版本，但她想做些修改。「我覺得它實在很老派。」她說。「現在的小孩絕不會想看這種電影，而我希望大家來看……在原版電影裡，觀眾聽不到動物講話，而是由敘事者，那個「迪士尼之音」，來告訴我們牠們的想法。這樣實在有點土。」

有趣的是，《看狗在說話》是所有她寫過的作品中唯一還能令她哭泣的，因為她就是忍不住。「看到電影結尾我還是會哭。導演杜威恩 · 鄧漢（Duwayne Dunham）導得太棒了。儘管我知道接下來會發生什麼事，當老狗『影子』回到彼德身邊……喔，杜威恩充分發揮了這場戲，長度剛好。我看到這裡就開始哭了。」

場得知自己寫的東西有沒有效果」是什麼感覺。

我跟他們一起看片，而開場成功如我願地讓觀眾大笑了。他們真的喜歡這部電影，一直笑、一直笑。然後，到了我設想的點，我開始聽到吸鼻子的窸窣聲。來到結局時，我聽到觀眾啜泣。我的臉都快裂開了，因為笑得太開心。

這真是一次神奇的經驗。我喜歡這樣的故事結構：開頭時你會笑，然後你會哭。不是很多電影可以做到這一點。我不確定為什麼我這麼喜歡這種結構，也許是因為它包含了一切。對我來說，觀影經驗就是應該這樣：你用笑聲軟化觀眾，讓他們更脆弱易感。要找到能讓觀眾又哭又笑的故事真的很難，所以我覺得自己能夠做到這一點是相當幸運的。

第一部劇本被拍出來的經驗，給我非常棒的感覺，而那時的我還不知道這一行的真實生態是怎樣。《剪刀手愛德華》沒被電影公司給意見修改。換到今天，這種電影根本不會被製作，因為它實在太怪了。我非常感謝《剪刀手愛德華》，但後來我正式踏進電影圈，終於體會到現實的生態。

寫《阿達一族》的劇本時，製片是史考特 · 魯丁。

> **「觀影經驗就是應該這樣：你用笑聲軟化觀眾，讓他們更脆弱易感。要找到能讓觀眾又哭又笑的故事真的很難，所以我覺得自己能夠做到這一點是相當幸運的。」**

當我和合寫編劇賴利 · 威爾森出席讀劇會議，演員勞爾 · 朱力亞（Raul Julia）、安潔莉卡 · 休士頓（Anjelica Huston）也在現場，讓我覺得很興奮，因為我沒參加過這種場合。但出席會議的，還有另一個編劇保羅 · 洛尼克（Paul Rudnick）。

賴利說：「我想史考特會要我們跟保羅一起合作。」我則說：「賴利，我不這麼想。我覺得我們今天要被炒魷魚了。」結果，當天我們倆果真被開除，而我們已經寫了這個劇本一年半。史考特處理這件事的方式很無禮。他的態度就像，「給我他媽的滾出去。」他跟我有言語爭執——他堅持己見，我也是。

有些人認為我很難共事，但我認為這全是因為我會挺身保護作品。我的意思是，我的劇本是我的孩子，我為它們而戰，為我的信念而戰。如果我覺得某人的點子很糟糕，我就會擺出一張臭臉，也會直接說出實話。

我不太搞手腕那一套。這就是為什麼我當導演的時候很不快樂，因為得花精神對抗他人，把自己消耗殆盡。那些有力人士總是想操控你，而我根本不理會他們。對我來說，這不是針對任何個人——我對電影本身才會有個人情感——而且這不是說你的行為出了什麼差錯，我就會永遠恨你。我只是永遠不會再跟那個人共事。

只不過，人際關係在電影產業是非常重要的一環——因為大家都如此幼稚，而我是會為自己在乎的事站出來的那種人。記得以前我住在波士頓的時候，我的狗亂跑進一個工地。一個工人對另一個說：「拿磚頭丟那隻狗。」我說：「你他媽要是敢動那隻狗，我就拿球棒打碎你的膝蓋。」

如果我要寫原創的東西，我會把它寫成提案劇本。我就是沒辦法先去跟人提案再寫，連要怎麼下手都不知道，除非我先去上過這一類的課程。就說我不是這樣的人吧——我不是業務人才。推銷是一種天賦，而我就是沒有。但我會寫作，也覺得我的工作就是寫作。我出道的時候，電影公司主管讓我很害怕，所以我假裝自己是在辦派對，我的工作就是讓這些主管覺得舒服自在。但我也讓

他們知道，我不歸他們管，這輩子都不可能説「好嘛，拜託、拜託、拜託……」這種話。所以呢，我會穿騎馬服去開會，而且真的騎馬去，也不為了開會而換衣服。就這樣，我穿著馬褲開會，而那些男人當然會說：「妳有沒有帶馬鞭來？」但我的訊息傳達出去了：我有自己的人生，不用真的仰人鼻息。結果，我想他們對我是有點提防，但也覺得我很有意思。

電影或許不是永遠帶有自傳色彩，但一定會有個人投射的成分存在。比方説，《祕密花園》的改編工作非常困難。原著小說作者是法蘭西絲・賀

圖 1：《祕密花園》，1993

《神駒黑美人》BLACK BEAUTY,1994

（圖 2）湯普森初執導演筒的作品是《神駒黑美人》，那匹馬的旁白是由艾倫・康明（Alan Cumming）演出。有些影評人不滿意湯普森把動物擬人化，但對她來說，這是很自然的決定。

「我丈夫跟我一直在爭論這件事；他說電影是關於人，我說電影是關於情感——關於角色。現在有很多對動物的研究，但以前曾經明文禁止把動物當人看待、認為牠們有感覺與情緒。你知道嗎，牠們是真的有感覺與情緒。你只需要養隻狗或貓，就會知道他們有情感。到今天，還會有人問我：『馬有個性嗎？每一匹都不同嗎？』當然有！我敢打賭連蒼蠅都有個性。」

創造讓自己產生共鳴的角色

（圖3－4）湯普森被找來寫《聖誕夜驚魂》的時候，丹尼・葉夫曼寫的曲子已經將主角傑克・史克林頓（Jack Skellington）塑造得相當完整。但當她拜訪製作動畫的舊金山片廠時，莎莉（傑克的戀愛對象）的角色素描深深吸引住她。

「那時候的莎莉，比較接近《提姆波頓之地獄新娘》的角色。」湯普森解釋道。「提姆對於沙漏型的身材情有獨鍾，這對我來說很難產生共鳴，因為我又高又瘦。而我也發現莎莉這個角色的故事，還沒被歌曲唱出來。提姆一直把她設想成『被縫補起來』的角色，所以顯然她是被製造出來的。但我說：『你知道，她必須是像賣火柴的小女孩那樣才對，不能是這種拼湊出來的東西，否則我不知道要怎麼寫她。』所以他們說：『好，就用妳的方式寫。』」

湯普森有一星期時間完成劇本，最後的成果差不多有五十頁，不包含葉夫曼的歌曲。在這過程中，她把莎莉寫成比較甜美、敏感、聰明的女主角。「就《聖誕夜驚魂》來說，我總是跟人說：『我蓋的房子裡早就有人住了。』」湯普森說。「只有莎莉的故事是我打造的。」

格森・柏內特（Frances Hodgson Burnett），她的作品裡有將近十五個角色。我改編劇本花的時間，比她寫小説的時間還久。她是一氣呵成寫完這本小説，裡面有很多重複之處；而且，她是虔誠的基督教科學會信徒（Christian Scientist），所以原著裡也有這一類的傳教文字……到最後，我選擇向我小時候最喜愛的那本書致敬，而非現在理解的這一本。有時候，我會發現自己是為了過去某個面向的我而寫作，就像在為孩提時代的我而寫。

"有些人認為我很難共事，但我認為這全是因為我會挺身保護作品。我的意思是，我的劇本是我的孩子，我為它們而戰，為我的信念而戰。"

> **"有時候，我會發現自己是為了過去某個面向的我而寫作，就像在為孩提時代的我而寫。"**

這部電影還曾經發生一件有趣的事。阿格涅絲卡·霍蘭（Agnieszka Holland）是這部片的導演。我們的體型完全相反：我很高瘦，她很矮小。而演瑪麗的人選有兩個女孩，一個高瘦又弱不禁風，另一個則是矮矮胖胖的。我看上的是那個高瘦的女孩，她則喜歡那個矮胖的。當然，她是導演，所以可以決定誰來演，但這件事真的很有趣。那時候我意識到：「是啊，我們都在投射自我。」

入行的第一個十年，我寫過的劇本都被拍出來了。在那之後，情況就很辛苦了。在二〇〇〇年代，**《提姆波頓之地獄新娘》**是我被拍出來的電影劇本之一，但我對它非常失望。它為我與提姆·波頓的關係劃下句點……情況真的很糟。當時他暫時離開去導《大智若魚》，雇了一個共同導演麥克·強森（Michael Johnson）來進行**《提姆波頓之地獄新娘》**的工作，但他叫我放手去寫我想寫的劇本。那個年輕導演跟我碰面吃午餐，講了一堆他的點子，我全部都不喜歡，只是回他說：「喔，還不錯。」——我對他的態度很怠慢，而我確定這讓他很火大。

我不是故意這樣對他的。現在的我比較尊重人了，但當時我對自己與提姆的關係非常有信心……總之，我寫了劇本初稿，提姆看了後說他很喜歡，告訴我：「妳就繼續寫妳要寫的東西。」我說：「可是麥克想要這個和那個。」提姆說：「別理他。」所以我寫了下一稿，交出劇本後卻沒得到任何回應。兩個月後，我終於打電話給製片，他說：「妳不知道妳被開除了嗎？妳被換掉了。我們已經完全改寫妳的劇本了。」

於是我聯絡提姆，告訴他我的想法，他回給我的電郵讓人無法置信。他說我背叛了他。

基本上，這部電影後來被拍出來的樣子，就是那個年輕導演提出的想法。我的名字掛在這部片上，而「掛名」事關個人信譽，在我們這一行是非常重要的事。我從來沒看過這部自己起了頭、後來卻退避三舍的電影。我的劇本有一種莊嚴性，但

我想，電影的版本在結構上應該差不多，畢竟它是以俄羅斯童話為本的作品。但如果是我的版本，結局會讓人落淚。我不是說我的劇本有多了不起，只是這部片的經驗最後讓人感覺很糟，而我的名字掛在一部我沒看過的電影上，真的是很奇怪的事。曾經有個製片來跟我說：「**《提姆波頓之地獄新娘》**的價值被低估了。妳的劇本寫得很棒。」我只能說聲「謝謝」，因為跟別人解釋發生什麼事一點意義也沒有。我只是覺得悲傷，因為我與提姆·波頓本來可以一起做這部電影，而我們以後再也不會共事了。

我對創作過程不抱任何浪漫幻想。我感覺自己就像是拖犁的馬，一步又一步地前進。而且我是真的相信，當編劇工作進行得很順利時，那不是我的功勞，而是來自其他源頭的力量，只是我不知道那源頭在哪裡。

我每次只寫一個案子，每年只寫一個劇本，每天早上進辦公室寫五頁劇本。大家可能會想：「不是很多嘛。」事實上，如果我寫更多——比如我突然大爆發，寫個十五頁——大腦就會精疲力盡，結果沒辦法連寫四到五天，節奏就完全亂掉了。所以這些年來我學會的是，如果我每天寫五頁，一個月左右就可以完成初稿了。

寫作的日子，通常我會在兩點左右收工，剩下來的時間都留給我的馬。我家養了五匹馬，大多都已經退休，但牠們每一匹都有獨特的個性，值得我下筆寫牠們的故事。跟我的馬在一起就像冥想一樣，沒辦法思考其他事，畢竟如果你在跟馬相處的時候分心了，就有可能出事。牠們需要你完全不同的專注力，需要你比實際上的自己更堅強、更勇敢，然後你會真的變成更堅強、更勇敢的人。

湯普森的辦公室

（圖1－3）湯普森的寫作空間位於她家後院的小木屋。「我每天早上八點進去工作，通常午餐時間停筆。」她說。「我出道以來，最喜歡的就是這樣的固定時程。我不講電話，進去裡面就是全心投入工作。我真的很幸運，可以這樣專心寫作，可以在完成當天的工作後，把編劇的事留在小木屋裡。有些人會說：『我相信妳一定會一直想著劇本的事。』其實不然。結束當天的寫作工作後，我就完全不去想了。有時候畫面會飄進我的夢裡，或在我開車的時候出現，但通常來說，創作上的事不出我的辦公室。」

她書桌右邊的書櫃上，掛著愛犬艾莉兒的照片（圖1）。牠是《剪刀手愛德華》主角的藍本，辦公室裡也掛著這部電影的法國宣傳海報（圖2）。「提姆那時候的助理給我的。」湯普森說。「就掛在我左手邊後方。當我對自己寫的東西很沒把握時，我會轉頭看看它，整理一下心情，但我不會把它放在隨時看得到的地方，這會很像那些在辦公室牆上掛滿自己與名人合照的人。這種自我膨脹還滿恐怖的。」至於她牆上的十字架，湯普森如此說明：「當我不知道怎麼辦的時候，偶爾我會仰望祂，共同分擔痛苦。我認為我在精神上是無神論者，但我真的很喜歡這座耶穌受難像，尤其是祂雜亂的頭髮和震撼人心的姿態。祂是最好的辦公室夥伴（圖3）。」

反映人生經驗的電影

（圖4）湯普森寫完第一本小說《頭胎》後，她請她的經紀人把書交給導演布萊恩・狄帕瑪（Brian De Palma）。她會這麼做，有她的理由。

「《魔女嘉莉》（Carrie, 1976）是我最喜歡的電影。」她說。「我認為它是青少女內心真實感受的絕佳隱喻。後來我跟狄帕瑪碰面，試著告訴他我覺得他有多厲害，問了他一大堆關於《魔女嘉莉》的問題。他看我的眼神好像我的頭髮著火了一樣……我想他不明白自己拍了一部多麼特別的電影，以及他對青少年經驗的詮釋有多精準。」

當被問到她是否有類似的經驗——遇到影迷告白她的電影對他們來說意義有多重大，湯普森回答：「當我遇到人們在談《剪刀手愛德華》時，我看得出來它對他們來說是很重要的電影，尤其是對不滿意自身狀態的人來說。這一點都不讓我訝異。另外就是，我在改寫某個作者的小說時，注意到封底的作者照片裡，她穿著《聖誕夜驚魂》的運動衫。這感覺真的很好——對她來說也是。令人開心的是，她非常高興由我來改編她的小說。」

大衛・偉柏・皮博斯
David Webb Peoples

"……但如果你寫了真的很好的劇本，這本身就是一種成就了。這是我從威廉・高曼身上學到的事。我從來沒見過他本人，但他一直都是我的精神導師。他可以把劇本寫成完整的作品，讓你光讀劇本就看到了電影。"

《殺無赦》，1992

大衛・偉柏・皮博斯的電影圈生涯，是以剪接師為起點，一九七〇年代開始寫電影劇本，並在寫出一系列劇本後，終於讓導演東尼・史考特（Tony Scott）注意到他。透過史考特的鼓勵，皮博斯參與了**《銀翼殺手》**（*Blade Runner, 1982*）這部重量級科幻電影，該片是由史考特的弟弟雷利（Ridley）執導。

然而，皮博斯最成功的作品，在他發想出故事點子十五年後才被拍出來：導演克林・伊斯威特（Clint Eastwood）買下他的劇本《刀疤妓女買兇記》（*The Cut-Whore Killings*），最後拍成贏得奧斯卡最佳影片獎的電影**《殺無赦》**（*Unforgiven, 1992*），同時也讓皮博斯榮獲最佳原創劇本獎提名。同年，他寫了**《小人物大英雄》**（*Hero / Accidental Hero*）這部充滿普萊斯頓・史特吉斯（Preston Sturges）風格的喜劇，由達斯汀・霍夫曼（Dustin Hoffman）、吉娜・黛維絲（Geena Davis）與安迪・賈西亞（Andy Garcia）領銜主演。他與也是編劇的妻子珍妮・皮博斯（Janet Peoples）、導演強・艾爾斯（Jon Else）合寫的紀錄片劇本**《崔尼蒂原子彈試爆之後的日子》**（*The Day After Trinity, 1981*），深入探討了人稱「原子彈之父」羅伯特・奧本海默（Robert Oppenheimer）的人生。

一九八九年，他初執導演筒拍出電影**《壯士血》**（*The Salute of the Jugger / The Blood of Heroes*），由魯格・豪爾（Rutger Hauer）、陳沖與狄諾・林多（Delroy Lindo）主演。一九九〇年代中期，他不再獨自創作劇本，從此只與妻子合寫。他們一起改編克里斯・馬克（Chris Marker）一九六二年著名的短片**《堤》**（*La Jetée*），寫出**《未來總動員》**（*Twelve Monkeys, 1995*）劇本，該片讓布萊德・彼特獲得奧斯卡最佳男配角獎提名。

二〇一二年舊金山國際電影節上，皮博斯榮獲「電影編劇傑出貢獻獎」（Kanbar Award for excellence in screenwriting）。絕對謙遜的皮博斯堅稱自己的創作過程並無談論的價值。「專訪本身暗示這個主題是有趣的。」一九九二年他如此告訴《洛杉磯時報》。「但我並不有趣。身為編劇，我從未想過要成為明星法蘭克・辛納屈（Frank Sinatra）或大亨兼製片家霍華德・休斯（Howard Hughes）那樣的人。我的一切都在電影劇本裡。」

大衛・偉柏・皮博斯 David Webb Peoples

我十七、八歲進入電影圈，但不是用編劇的角度來思考電影。事實上，那個年代的電影讓我很輕蔑編劇，認為電影這個創意世界是以影像為主體，對文字沒有太多敬意。我有點像個痞子，喜歡歐洲電影。不知道為什麼，我覺得這些電影不是人寫出來的，以為這些影像是自己組合起來的。真的很天真。

我沒寫劇本，當了電影剪接師，工作就是操弄影像。我剪的大部分是紀錄片，而在這個領域裡，你會比劇情片剪接師更像說故事的人。在劇情片的世界，編劇與導演負責講故事，剪接師負責把畫面兜在一起——這完全沒有減損剪接師的重要性，因為是剪接師把電影剪得好看。但是在紀錄片的世界，講故事的工作其實經常落在剪接師身上。紀錄片工作者不知道會發生什麼事，也不知道他們要把什麼放進影片裡，所以剪接師與導演是在素材裡找出故事。

但我仍然不時嘗試寫電影劇本，只是沒辦法寫完，也不知道該怎麼寫。此外，我念大學的時候主修英文，這樣會有個缺點，就是他們教你以批判的眼光看偉大的作家。你分析這些文學巨匠，然後必然會發生的是，當你坐下來自己嘗試寫作，寫出來的東西都不好，讓你立刻覺得自己無法寫作。

但後來我剪接了一部非常低成本、類似剝削電影（exploitation film）的片子。在我看來，劇本不是寫得很好，還發現拍出來的場景就跟劇本裡寫的一模一樣。於是我心想：「我可以寫得更好。」

因此我不再嘗試要寫得比杜斯妥也夫斯基或詹姆斯・喬伊斯（James Joyce）還好，把目標改成超越那部電影的劇本就好，而這是可行的。那部低成本電影的劇本只是在盡它的本分：達到娛樂觀眾的目標。突然間，我理解這個目標了，不再有意識地去模仿那些大師。以前我寫劇本的理由只

有時無須多費言詞

（圖1－3）導演克林・伊斯威特拍《殺無赦》時，很少偏離皮博斯的劇本，除了一個地方。「在結局之前有一場戲，克林・伊斯威特雖然拍了卻沒剪進去。」皮博斯說。

「那跟電影的節奏與感覺有關，而我認為克林做了正確的抉擇。」被剪掉的戲是威廉・孟尼（伊斯威特飾演）殺了小比爾（金・哈克曼 Gene Hackman 飾演）後，回到他的孩子身邊。「他們在雞寮挖土，小男孩提到斯科菲爾德小子來過，給了他們一些錢。威廉挖出這筆錢，小男孩說：「呃，爸爸，你是不是……」他沒辦法把話說完。威廉跟他說：「偷了這筆錢？不是，我沒偷。」接著，小男孩說：「我的意思是，你有殺人嗎？」然後威廉看著兒子一會兒，接著說：「沒有」。這場戲就這樣結束。這是直接抄襲《教父》的結局，麥克的妻子問他是否下令幹掉卡羅，他說沒有。在某個層面上，這兩場戲是一樣的。」

（圖2－3）劇本上可看到這段對白被標示出要剪掉

"當時我還年輕，非常天真。我不知道問題不是編劇能寫什麼，而是導演想要看到什麼樣的劇本。"

是想當導演，但後來我開始喜歡寫劇本。我喜歡把東西寫在紙上，希望它能夠娛樂別人。

我是強‧艾爾斯導演的紀錄片**《崔尼蒂原子彈試爆之後的日子》**的編劇之一，內容是關於奧本海默與原子彈的故事。在製作的過程中，我們想到一個點子：如果我們研究出強‧艾爾斯要訪問的那些人可以說出什麼對故事有幫助的內容，我們就可以先想好他可以問哪些問題，讓他們說出我們希望他們說的話。

於是我們寫出我們稱之為「玩具電影」的東西，也就是假想所有受訪者大致講出我們希望聽到的內容。等到真正進行訪問時，他們並未確切講出我們預期的內容，而是說出更棒的東西，但至少我們在製作時有個方向。

這跟電影編劇有個趣味的相似之處。寫電影劇本時，比較困難的任務之一，是你心中經常有些事情希望角色能去做，但你得想辦法讓角色想去做這些事。

如果你回溯電影史，想想那些一字千金的東岸作家，關在米高梅或華納兄弟公司辦公室裡寫劇本，然後製片進來給他們一些故事重點，例如：「嘿，我們讓教授去搶銀行吧。」

這其實是個好主意——如果讓教授心血來潮去搶銀行，可能真的會更有趣——但如果你想寫個好劇本，劇本得讓搶銀行的慾望真的出自教授心底。寫劇本時，你要努力做到的事，是讓角色彷彿依照他們的計畫行事，而非只是做編劇要他們去做的事。

當我接得知雷利‧史考特要我去幫忙改寫**《銀翼殺手》**的電影劇本，讓我非常興奮。製片麥克‧

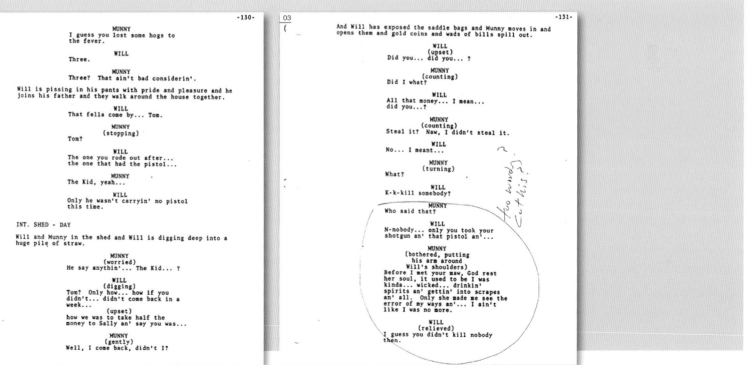

從新角度看舊故事

（圖1－2）克里斯・馬克導演的短片《堤》，是《未來總動員》的靈感來源。一開始，這部短片讓皮博斯夫妻留下非常深刻的印象，但他們對於接下這個改編案子有點遲疑。在製片努力的遊說之下，這對夫妻展開他們在這種時候經常進行的腦力激盪。

大衛說明這個經過。「我們自問：『如果他們綁架了我們的小孩，而我們必須寫出劇本才能贖回孩子的話，我們會怎麼寫？』結果我們想到的是：有一個人活在什麼都沒有、只剩下動物的世界裡。關於世界末日後的電影，當時已經有很多傑作──詹姆斯・卡麥隆（James Cameron）拍了幾部這種類型的大師級作品，所以感覺似乎不太新鮮了。不過，把故事的角度改為從生物學下手，雖然故事基本上還是一樣，卻有了新鮮的觀點。這就是你要的東西：看事物的新觀點。然後因為我與珍妮都是加州大學柏克萊分校畢業的，那裡有很多非常特別的人物，於是我們開始想像其中有個人告訴你世界即將毀滅。他們是真的相信世界末日快到了，但如果我們從他們的角度去看這個世界呢？這就是看日常事物的新鮮方法。然後我們找到一個關鍵：有個心理醫生很確定主角瘋了，而當電影進行到某個地方，她說服主角相信自己瘋了，然後主角又說服她其實是來自未來。就這樣，我們告訴製片：『好，我們願意接這個案子。』」

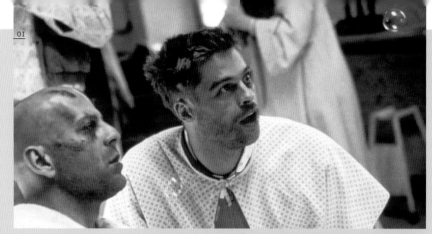

迪利（Michael Deeley）打電話來通知我，把我叫去洛杉磯，並安排我住在馬蒙城堡飯店（Chateau Marmont）的豪華套房。他們用快遞把漢普頓・范契（Hampton Fancher）寫好的劇本寄給我。

我讀完之後，迪利與雷利・史考特來找我談，而我很傷心地說：「我沒辦法改得更好了。我認為這是很棒的劇本。」其實我不想這麼說，心想：「我要是能說『這是劇本糟透了，我可以把它改好』，這樣就太酷了。」

但那真的是很精彩的劇本，我想不到任何能替它加分的方法。迪利咯咯笑著說：「我想雷利有些想法……」當時我還年輕，非常天真。我不知道問題不是編劇能寫什麼，而是導演想要看到什麼樣的劇本。

> **"寫劇本時，你要努力做到的事，是讓角色彷彿依照他們的計畫行事，而非只是做編劇要他們做的事。"**

《銀翼殺手》當年得到的評價褒貶不一，但我一直很清楚自己參與了一部特殊的電影。我知道《銀翼殺手》是不凡的作品。

敘事上的一些問題讓我覺得很挫敗，因為敘事是我的工作，而我確實在這方面沒幫上忙，所以我有些不安。但隨著時間過去，我開始意識到這是一部多麼偉大的電影。它的視野引起觀眾的共鳴。雷利的藝術視野超越了敘事的需求，讓這部片無與倫比。它比較像歐洲電影而非美國電影，而我是道地的美國編劇，非常美國風格。漢普頓與雷

《銀翼殺手》BLADE RUNNER, 1982

（圖 3 - 6）偉柏・皮博斯改寫漢普頓・范契的劇本時，導演雷利・史考特指示他不要去讀菲利浦・迪克（Philip K. Dick）所寫的原著《銀翼殺手》（*Do Androids Dream of Electric Sheep?*）。

「直到今天，我還是沒看過原著。」皮博斯說。「當時我沒有很想讀，而不讀原著很輕鬆，所以我沒看。當然，這也跟漢普頓已經改編了小說、做好許多決定有關。」

皮博斯聽說雷利・史考特是個嚴格的監督者，跟他一起討論了許多他想落實的改寫工作。「有很多東西。」皮博斯回憶道。「他非常有想像力與創造力。我的想像力遠不及他，可是我對講故事成癮，所以我想當時我們有某種程度的小衝突。但我主要的任務，就是滿足他發揮想像力的慾望，而在同一時間，我又非常佩服漢普頓寫的東西，還實際上嘗試去複製它，用他寫劇本的風格來寫作。我想讓改寫版本看不出來是另一個人寫的。」

《小人物大英雄》HERO / ACCIDENTAL HERO, 1992

（圖1－3）《小人物大英雄》是關於一個名叫柏尼・拉普蘭提（達斯汀・霍夫曼飾演）的狡猾扒手，在一場墜機事件中意外展現出英雄行徑的喜劇。這個點子的源頭是編劇艾文・薩金特和製片蘿拉・季絲金（Laura Ziskin），他們找上了皮博斯。

「他們拿給我看的是一個完全不同的故事，」他回憶道。「跟一個參議員有關。艾文因為某種原因拿到一把小刀，上面有個人名：柏尼・拉普蘭提（Bernie LaPlante）。這就是編劇會幹的事——艾文有了這個人名就不肯放手，開始寫這個柏尼・拉普蘭提的故事，但當時我也有我自己一直在發展的點子，概念與這部電影相同，只是黑暗多了。我發展的不是喜劇，而是一個非常黑暗的故事，關於一個讓人不敢苟同的主角做出某種英雄事蹟。」皮博斯得到兩人的首肯，將兩個點子結合起來。

「既然這是喜劇，我心裡想到的是普萊斯頓・史特吉斯，因為我覺得沒有比他更偉大的喜劇編劇。我不是在說《小人物大英雄》有達到那個高度，但我確實是以他為目標。」

當被問到他是否喜歡這部片諷刺英雄崇拜與可拋棄式名人現象的議題，皮博斯回答：「我只把它當成關於一個傢伙的好故事而已。基本上，我想寫有趣的角色，而柏尼這個傢伙會偷他年輕女律師皮包裡的錢，然後用她的錢來支付要給她的律師費。我的意思是，這是個不按牌理出牌的人。寫劇本最有趣的事之一就是，在現實生活中，你不知道身邊這個人下一步會做什麼。比方說，在炸彈突然爆炸的時刻，你不知道這個人會做出英雄還是狗熊的行為，也不知道你自己會如何應對。所以對我來說，這個鼠輩進了一架燃燒中的飛機裡，他不知道自己會做出這麼瘋狂的行徑，連他自己也嚇一跳。當年這一點深深吸引我，現在也還是如此。」

改寫不一定能解決問題

（圖4）一九九八年，《兵人》（*Soldier*）在戲院上映，但劇本早在十幾年前就寫好了。「寫這個劇本時，」皮博斯回憶道。「我剛看完《魔鬼終結者》第一集（*Terminator, 1984*），受到很大的振奮。我一直有個點子，就是用怪物級的硬漢當主角，而在《魔鬼終結者》這部精彩絕倫、名列影史經典的電影中，阿諾・史瓦辛格飾演的終結者在技術上來說並非主角。那時候，我不覺得該片的導演詹姆斯・卡麥隆有處理到我一直想寫的題材。我心目中的故事，像終結者一樣壞的人是真正的主角。卡麥隆當時幾乎已經做出這樣的東西，所以我說：「我一定要寫出來，一定要讓終結者當主角。」結果，卡麥隆在《魔鬼終結者》第二集做得比我想的還好。」

《兵人》最後由寇特・羅素（Kurt Russell）主演，導演是保羅・安德森（Paul W.S. Anderson）。當被問到多年後再看這個劇本，能否幫助他更客觀地看到故事的問題，皮博斯答道：「你是可以把一些缺陷看得更清楚，不過，我其實一直都有意識到一個問題，那就是：當一個點子已經沒那麼強了，再怎麼改寫可能也沒用。」他笑道。「我經常愈改愈糟，即便我明知道問題在哪裡。」

利打造了這個偉大的視野。我的確對劇本做出一些貢獻——我不是在故作謙虛，但這部片確實在任何層面上都算不上我的作品，而是一部我有幸參與其中的電影。

拿到舊金山電影節的獎項時，有人評論我是非常謙虛不居功的人，所以我就到處跟人吹噓我有多謙虛不居功。事實上，假裝自己寫的東西都很成功根本沒有意義。這是不可能的事，對吧？寫作是一場奮戰。我知道有些編劇不如我，但我也非常清楚有一大堆編劇比我厲害多了。

寫提案劇本的時候，你是用自己的時間在創作。我生涯早年在寫提案劇本時，沒辦法白天工作、晚上寫作，只能特意挪出一段時間，用飛快的速度寫作。等到有人付錢聘你寫劇本時，整件事都不一樣了。你不再是為了讓大家驚喜而寫，因為你們已經徹底討論過故事了。

圖 5：《殺無赦》，1992

《壯士血》 THE BLOOD OF HEROES, 1989

（圖 1－3）皮博斯的首部劇情片導演作品是一九八九年的《壯士血》，這部末日後（post-apocalyptic）劇情片由魯格・豪爾主演，主軸是天鷹隊（Juggers）玩的一種殘酷運動。

「劇本靈感大致來自《君子雜誌》（Esquire）上刊登的一篇短篇小說〈滾球殺人〉（Roller Ball Murder）。」皮博斯說。「我早在電影《滾球大戰》（Rollerball, 1975）之前就開始發展這個劇本。那篇小說讓我充滿創作能量。我喜歡這個運動的混亂本質，於是開始發想參與這樣一種殘酷運動的角色。寫這個劇本的關鍵，是我對運動員的仰慕；他們忍受痛苦，面對艱困的處境，並展現他們的本心。多年以後的現在，在柏林真的有球隊與聯盟每年都在進行這項賽事。綜合格鬥（MMA）與終極格鬥錦標賽（UFC）可以反映《壯士血》裡這種運動的暴力與靈魂。我對技巧沒太大興趣，感興趣的是這些角色展現的決心、意志力、勇氣與人格特質。

當被問到他如何評價自己當導演的經驗，「令人謙卑。」皮博斯大笑道。「那是一次很棒的經驗。在拍片過程中，我遇到此生最好的一些朋友，也發現自己在導演這方面不是特別有才華。那部片不是導得不好，只是我得再導個五到十部電影才能成為一個真正的好導演。它讓我意識到自己不是當導演的料，所以這是很大的啟發。」

反烏托邦社會的觀照

（圖1－3）雖然皮博斯寫過幾部反烏托邦（dystopian）
科幻電影，例如《銀翼殺手》與《未來總動員》，但他
坦承自己對科幻題材並不熱衷。

「我沒看很多科幻小說。」他說。「它是書寫與討論某
些東西的一種方式，結果有可能非常精彩。至於我，只
是單純喜歡說故事而已。你可以在某個特定時空下把故
事講得比較好，所以我也對科幻題材抱持開放的態度，
但我沒有一定要寫科幻故事。」

當然，科幻作品確實給作家一些其他類型無法提供的自
由。「日常生活中充滿各種令人困惑的細節，而你可以
避開這些，進入未來並創造一個世界，在那裡寫你想寫
的，不必處理你不想寫的東西。」

至於他自己對反烏托邦的哪些面向感興趣，皮博斯說：
「有段時期這種劇情很吸引我，我想大概是因為它的整
體形式（gestalt）。我覺得自己現在還不是寫得很好，但
仍然很欽佩有新鮮手法的科幻作品，例如《人類之子》
（*Children of Men*, 2006）。雖然我不是很喜歡它的故事前提，
但這部電影真的太棒了，因為它跟人產生共鳴。它告訴
我：『讓我們拿現在這個世界做題材，但是用不太一樣
的角度來看它。』這正是科幻題材給你的創作自由，讓
你講的故事跟今日世界發生的事相呼應。」

另外就是，現在幫電影公司寫劇本，你是寫給一
個審核小組看，他們會對劇本進行深入分析、確
認細節並下評語。所以，往好的一面看，你一定
要寫出漂亮的東西才能贏得他們的心。但是從負
面來看，這個程序會消耗很多創意能量與火花。
以前他們大量生產的老電影，例如羅傑・科曼[45]
（Roger Corman）的電影，看得到裡面有許多誠
意與靈魂。而現在為大片廠工作，一切都必須修
整漂亮到某個程度，不能交出只有誠意與靈魂的
東西。這當中有一種妥協。

一九七六年前後，我寫了劇本《刀疤妓女買兇
記》，後來拍成電影《殺無赦》。所謂的「反傳統
西部片」（revisionist Western）一直深深吸引我，
而非偉大的約翰・福特式典型西部片。我喜歡的
電影包含《牛仔路漫漫》（*The Culpepper Cattle Co.*, 1972）與
《血灑北城》（*The Great northfield Minnesota Raid*, 1972），後者

在我心目中是一部經典作。但我也受到《計程車
司機》（*Taxi Driver*, 1976）的影響，覺得那是非常了不
起的電影。它的編劇保羅・舒瑞德以這部電影打
開了全世界的眼界。

我剛開始寫劇本時，不希望自己寫的劇本裡有人被
殺，因為我對這種非寫實很感冒。片裡有人被殺，
像在〇〇七電影裡那樣，但因為〇〇七是〇〇七，
所以殺人完全合法，這是他們設定的真實。結果
後來連在其他電影裡也可以看到，你殺了十個人，
然後去吃早餐，彷彿殺人根本算不了什麼……突
然間，我看到《計程車司機》，裡面的人被殺害，
角色們都仍保有真實人生的反應——而在此同時，
它又是一部具有娛樂效果的電影。

這一點對我來說一直很重要，我想寫能夠娛樂大
眾的東西。《計程車司機》開啟了電影娛樂性的

45 美國低成本 B 級電影製片家，
生涯曾製作超過四百部電影。

> **《計程車司機》開啟了電影娛樂性的新向度，告訴我：「對，你們可以寫這種題材，而且它還是可以具有娛樂效果。」**

新向度，告訴我：「對，你們可以寫這種題材，而且它還是可以具有娛樂效果。」

編劇的工作其實跟演員很像。所有編劇的心中都有個演員，但我發現，比起大多數編劇，我的運作模式更像演員——我指的是，一旦我進入自己筆下的劇情世界後，我就沒辦法抽離……我很想留在自己正在創造的這個世界，但我有家庭、有真實的生活要過，所以我不能全心全意待在那個世界裡。

因為這樣，我發現我沒辦法再讀小說，因為我喜歡小說就是愛它那種會把你吸進去、讓你沉浸在書中世界的感覺。但我無力應付三個世界，需要集中心力來應付編劇的世界與日常的家庭生活。即便到了現在，我也不太讀小說，除非我刻意空出時間休假六到八星期，可是我從來沒這樣做過。我曾經度過一次假，在經過一星期或十天完全不想編劇的事後，我突然又可以像大學時代那樣閱讀了。以前我可以讓自己完全迷失在書裡，現在很難這樣了。

出於實際上的考量，我的妻子珍妮和我大約是在一九九五年開始共同編劇。我們本來各寫各的劇本，但這讓我們的生活節奏陷入一團亂：我剛寫完一個劇本，想好好休息一星期，但她才剛開始寫另一個劇本……我們倆都快瘋了，於是決定：「好，以後我們一起工作，這樣兩人的時程表就相同了。」

然後查克・羅文（Chuck Roven）與羅勃・柯斯堡（Robert Kosberg）帶著《堤》這個案子來找我們，後來拍成電影《未來總動員》，從此我和珍妮就維持共同創作。一開始我們有點擔心這樣合作不知道會怎樣，畢竟我們都有很強的主觀想法，所以我們合作的條件之一，就是不寫原創劇本——不合寫我的點子或她的點子，只寫第三方找我們寫的題材。這樣一來，我們倆都不是這個題材的主導人，所以兩人的想法都一樣值得參考。這當然不表示我們都不會起爭執，但我們之間是公平

競爭，合寫兩人一起決定要接的劇本。

我們寫了一些沒有被拍成電影的好作品，也做了一些未掛頭銜的劇本改寫工作。重點是，我們寫的很多劇本都跟時代脫節。我們沒有大紅大紫，因為我們的寫作風格大幅傾向一九七〇或八〇年代初期那些我們喜歡的電影。那些電影啟發了我與珍妮走上編劇之路。在那個時代，你可以不管任何禁忌，寫一些有娛樂性的東西，它可以讓大家驚嘆，也可以非常成功，而你也可以對自己的作品很滿意。那是非常令人興奮的時代，現在則已經很難拍出那樣的電影了。克林・伊斯威特現在還在拍那種擁有真正強大、絕佳主角的電影，但他可不會把你寫的東西照單全收。

我跟珍妮寫過的最佳作品從未被付諸製作，那是一部改編自詹姆斯・迪奇（James Dickey）小說《前往白色之海》（*To the White Sea*）的電影劇本[46]。許多編劇的最佳作品都沒被拍成電影，我也不覺得這是什麼特殊現象。電影的工程比劇本大多了。你得有理解劇本的好導演與好演員，而且沒有人會完全照劇本來拍。所以我不認為這有什麼不尋常之處，也不覺得這就是世界末日。還是有很多電影確實被拍出來了，而好作品能被拍出來是很美好的事。

我不會熱切期待看到自己寫的電影上映，我覺得珍妮應該也一樣。這不是說我們沒看過任何自己的作品，但如果你寫了真的很好的劇本，這本身就是一種成就了。這是我從威廉・高曼身上學到的事。

我從來沒見過他本人，但他一直都是我的精神導師。他可以把劇本寫成完整的作品，讓你光讀劇本就看到了電影。這就是我跟珍妮的做法。劇組去把電影拍出來，這是值得慶賀的好事，但我們的工作在紙上就完成了。看到《殺無赦》上映，以及片中演員的表演，確實讓人非常亢奮。觀賞那些演員讓角色活靈活現的魔法，是一種視覺上的享受——但那不是我的成就。那是他們的成就。

46 這是美國名導柯恩兄弟發展的案子。故事講述一個美國轟炸機組員於二次大戰時，意外跳傘至東京，然後一路往寒冷北方流亡的故事。

比利‧懷德與I.A.L.戴蒙 Billy Wilder & I.A.L. Diamond

比利‧懷德出生於一九〇六年,曾贏得六座奧斯卡獎與奧斯卡榮譽獎項「歐文‧撒爾伯格紀念獎」,但他的電影傑作並非他個人豐富想像力的產物。「我總是找人一起合寫劇本。」一九九〇年代末期,他曾這麼說。那時他已經退休。「如果你覺得現在我講的英文很破,那你應該聽聽我以前講得有多爛。因為語言的問題,讓我當年覺得自己必須找共同編劇。」

比利‧懷德在維也納成長,並在歐洲參與電影製作工作,約莫二十八、九歲時才搬到美國。懷德開始拍好萊塢電影的時候,找的合作夥伴都是一流的作家,包括與雷蒙‧錢德勒合寫《雙重保險》(*Double Indemnity*, 1944),與查爾斯‧布雷基特(Charles Brackett)合寫《失去的週末》(*The Lost Weekend*, 1945)、《日落大道》(*Sunset Boulevard*, 1950)。雖然以上兩位優秀作家都值得敬佩,但懷德最棒的編劇夥伴卻可能是 I.A.L. 戴蒙。

一九二〇年,戴蒙在奧匈帝國(今天的摩爾多瓦國 Moldova)出生,九歲時隨著家人搬到布魯克林。在跟懷德搭檔之前,他寫了十年的電影劇本,作品包括與班‧赫克特與查爾斯‧勒德勒(Charles Lederer)合寫的《妙藥春情》(*Monkey Business*, 1952),該片由卡萊‧葛倫(Cary Grant)、金姐‧羅傑絲(Ginger Rogers)與瑪麗蓮‧夢露(Marilyn Monroe)領銜主演。

他跟懷德的合作關係始於《黃昏之戀》(*Love in the Afternoon*, 1957),但他們打造的第一部經典是兩年後的《熱情如火》(*Some Like it Hot*),這部備受讚譽的喜劇由湯尼‧寇蒂斯(Tony Curtis)與傑克‧李蒙(Jack Lemmon)主演,兩人飾演一九二〇年代的兩名樂手,假扮女性以躲避黑幫的追殺。在本片眾多的優點之外,最令人難以忘懷的是它的最後一句台詞。李蒙向未婚夫喬‧布朗(Joe E. Brown)表示不能嫁給他,因為自己其實是男兒

圖1:《熱情如火》,1959

"二〇一二年，米歇爾•哈札納維西斯以《大藝術家》獲頒奧斯卡最佳影片獎時，他的感言如此作結：「我想要感謝三個人。我要感謝比利・懷德，我要感謝比利・懷德，我要感謝比利・懷德。"

身。布朗一本正經地回答：「嗯，沒有人是完美的。」這些都是戴蒙的點子。多年後，懷德記得戴蒙建議用這句話當做最後一句台詞，懷德決定在他們想出更棒的台詞之前先用這句話——最後他們並未想到更好的台詞，而結果顯示這是正確的選擇。 在洛杉磯維斯伍區（Westwood）的試映會上，觀眾簡直笑翻天……後來它成為我們最好笑的電影結尾台詞。」懷德説。

這對搭檔的下一部電影仍保持其創作生涯高峰。《公寓春光》（The Apartment, 1960）以絕佳的手法揉和了愛情、喜劇與戲劇，贏得連同最佳影片獎在內的五座奧斯卡獎。懷德是在看了大衛 • 連導演的《相見恨晚》（Brief Encounter, 1945）之後，得到創作該片的靈感。《相見恨晚》是關於一個已婚男子與一個已婚女子的故事，而懷德與戴蒙是在聽到新聞報導某個女人的丈夫殺害了她的祕密情人後，才想出電影的劇情。「有趣的是，那個情人是用他公司某個部屬的公寓來偷情。」戴蒙回憶道。「這讓我們想到《公寓春光》裡的人際關係：大企業裡，某人用下屬的公寓來偷情 接下來的二十年間，這對搭檔繼續合作，創作出《愛瑪姑娘》（Irma La Douce, 1963）等賣座電影，以及《飛來豔福》（The Fortune Cookie, 1966）等喜劇傑作。他們一起

獲得三次奧斯卡最佳編劇獎提名，並以《公寓春光》拿到獎座。儘管懷德跟幾個編劇夥伴合作過，但顯然戴蒙對他而言是非常特別的。「如果我失去這個傢伙，」懷德宣稱。「我會感覺像是失去費區（Fitch）的亞伯孔比（Abercrombie）[47]。」一九八八年四月二十一日，那一天終於到來，戴蒙死於多發性骨髓瘤，享年六十七歲。他們合作的最後一部電影是一九八一年的《患難之交》（Buddy Buddy）。懷德説話算話，在夥伴過世後就息影了。「我八十歲的時候萌生退意。」懷德説。「八十二歲就真的退休了。」

懷德後來於二〇〇二年三月逝世，享年九十五歲。直到今日，他仍繼續啟發新一代電影工作者。二〇一二年，米歇爾 • 哈札納維西斯（Michel Hazanavicius）以《大藝術家》（The Artist）獲頒奧斯卡最佳影片獎時，他的感言如此作結：「我想要感謝三個人。感謝比利 • 懷德，感謝比利 • 懷德，感謝比利 • 懷德。」懷德葬於皮爾斯兄弟維斯伍村墓園（Pierce Brothers Westwood Village Memorial Park），而他的墓碑更進 步見證了他與戴蒙之間永恆的連結。「我是個編劇，」他的墓碑上寫著。「但沒有人是完美的。」

圖2：《飛來豔福》的劇情是關於一個走旁門左道的律師（華特 • 馬索 Walter Matthau 飾演）説服他的妹夫（傑克 • 李蒙飾演）假裝重傷以獲得利益。

圖3：戴蒙（左）與懷德（右）於《滿城風雨》（The Front Page, 1974）片場。這部以報社為背景的詼諧戲謔電影由傑克 • 李蒙與華特 • 馬索主演。

圖4：《公寓春光》，1960

47 語出美國知名服飾品牌 Abercrombie & Fitch。它以兩位創辦人的姓氏為品牌名稱。一九〇七年，亞伯孔比賣掉公司股份與費區拆夥。

專有名詞釋義

幕 Act
傳統好萊塢電影劇本中故事的主要組成結構。典型的劇本由三幕組成。第一幕介紹主要角色與核心衝突，第二幕展現主角努力想達成他或她的目標，第三幕解決核心衝突。雖然劇本結構上沒有既定規則，但在傳統的一百二十頁英文劇本裡，第一幕約有三十頁，第二幕有六十頁左右，第三幕則約莫三十頁。

改編劇本 Adaptation
由現有的文學素材，諸如小說、短篇小說、電視影集或舞台劇，改編而成的電影劇本。

經紀人 Agent
代表編劇、導演、演員或其他創作人才的人士，負責為客戶協商合約或其他商業交易。

反派角色 Antagonist
與主角抗衡的角色。這個角色經常是故事裡的壞人。

仲裁 Arbitration
美國編劇公會為劇情電影裁決編劇頭銜歸屬的程序。

背景故事 Backstory
一個角色的背景與人生歷程，可能透過倒敘或對話來揭露，意指角色在劇本故事開始前所經歷過的重要人生事件。

戲劇節拍 Beat
電影劇本裡重要的個別時刻。編劇會根據它在劇本裡的功能，稱之為「故事節拍」、「動作節拍」或「感情節拍」。

劇本評估摘要 Coverage
電影公司或製作公司人士撰寫的分析，歸納劇本的故事並評估其優缺點。

編劇頭銜 Credit
授與對電影劇本寫作有貢獻之人正式頭銜。特定的頭銜包括「編劇」（written by）與「故事原創」（story by）。

場景描述 Description
劇本中，描述觀眾在電影裡所見畫面之文字。

劇本發展 Development
在電影進入攝製前，片廠或製片要求修改劇本的過程。（此過程若是無限期拖延下去，常被稱為「劇本發展地獄」）

劇本發展專員 Development executive
片廠或製作公司的職員，負責對既有電影劇本提出修改建議。他們也讀各類素材，尋求改編為電影的機會。

對白 Dialogue
角色所講的話。

劇本稿 Draft
完整電影劇本的版本之一。在電影製作完成之前，劇本經常會改寫好幾稿。

群戲 Ensemble
有好幾名主角的電影劇本。他們可能是同一個故事裡的角色，也可能各自有獨立的故事線。

倒敘 Flashback
電影劇情回到過去，呈現發生於現在劇情之前的事件。

高概念 High-concept
針對主流觀眾設計的電影概念，可以簡潔有力地用一兩句話來總結。

獨立電影 Independent film
於片廠體制之外製作的電影。

劇本大綱 Outline
在電影劇本寫作的預備階段，編劇寫下他們對角色、故事線與主題的初步想法。劇本大綱的寫法有很多種，但主要目的是協助釐清劇本寫作將採取的走向。

經理人 Manager
他們像經紀人一樣，代表了編劇的利益。但他們與經紀人不同之處在於，經理人不協商合約，對編劇來說是扮演某種顧問的角色，幫助他們打造職涯。

非線性 Nonlinear
故事並非依照時間順序發展，穿梭於不同時間或現實之間。

電影改編權 Option
透過此協議，片廠或製片取得電影劇本或其他創意素材（例如小說或舞台劇）的攝製權利。

古裝片 Period
將時空背景設定在過去時代的電影。

重拍Remake
根據既有的電影改編而成的電影劇本。

提案Pitch
編劇向製片或片廠主管進行口頭簡報，目標是勾起他們對購買其電影概念的興趣。

試映會Preview
電影發行之前，片廠舉辦的電影映演會。在試映會上，觀眾被找來評價電影並提出反饋。透過試映會，片廠主管可以判斷電影在上映前是否有任何需要修改之處。

製片Producer
協助讓電影劇本躍上大銀幕的關鍵人物。在電影製作過程中，製片負責許多不同的工作，從技術面、財務面到創意面，但其主要職責是幫助編劇、明星、導演與片廠落實團隊的目標。

被攝製的電影劇本Produced screenplay
拍成電影的劇本。相對的，沒被拍成電影的劇本則稱為「未被攝製的電影劇本」。

主角Protagonist
主要角色，經常是劇本裡的英雄。

改寫Rewrite
就最單純的定義來看，指編劇修改或編輯自己的電影劇本。就片廠的用語來說，「改寫」指雇用新編劇來修改既有場景、角色或對白。

高難度設計場面Set piece
電影劇本中設計為關鍵時刻的段落。高難度設計場面經常為動作場景，但也指涉任何重要的感情戲、戲劇性場景或系列場景。

提案劇本Spec script
寫作目的為賣給製片或片廠的電影劇本。

讀劇會議Table read
演員們與導演齊聚一堂，通常圍著桌子坐在一起，朗讀全本劇本。進行讀劇會議，是為了協助電影工作者與演員們認識劇本對白與故事的走向（也可幫助編劇了解劇本哪裡可以修改或刪除）。這個程序也可稱為「全本劇本朗讀」（read-through）。

主題Theme
電影劇本中潛藏的哲學性、智識性或政治性理念。

劇本主軸Through-line
貫徹劇本始末的敘事元素。通常主角的故事是電影劇本的主軸。而故事中反覆出現的重要主題元素，也可被稱為「主題上的主軸」。

轉手Turnaround
劇本所有權由某家片廠移轉給另一家。

旁白Voiceover
電影中可被觀眾聽到的角色心聲，通常以口白敘述的形式表現。

片名暨人名索引